Libby Purves
Die Kunst, (k)eine perfekte Mutter zu sein II

SERIE PIPER

Zu diesem Buch

Das Nachbarskind bekommt mehr Taschengeld? Ihr Kleiner hätte gerne ein Haustier, wenn er schon kein neues Fahrrad bekommt? Und wie Sie den Kindergeburtstag nächste Woche organisieren sollen, wissen Sie auch noch nicht? Alles ganz normal, beruhigt Libby Purves, selbst mehrfach erprobte Mutter. Klug und mit liebevollem Humor schreibt sie über alle Themen, die Müttern unter den Nägeln brennen: Babysitter, Kindergarten, Spielzeug, Fernsehen, Geburtstagspartys, Einschulung und und und ... »Die Kunst, (k)eine perfekte Mutter zu sein II« widmet sich speziell den lieben Kleinen im Alter von vier bis sieben Jahren und natürlich ihren (nicht) perfekten Müttern. Ein Leitfaden für Mütter (und Väter!) im Kampf an vorderster Front, voll praktischer Tips und heiterer Anekdoten.

Libby Purves bekam mit zweiunddreißig ihr erstes Baby, nachdem sie beim Rundfunk und in Zeitschriftenredaktionen Karriere gemacht hatte. Dann ging es Schlag auf Schlag: Fünf Kinder nennt sie ihr eigen. Sie lebt mit ihrer Familie in Suffolk und fährt einmal pro Woche nach London, um eine Radiosendung zu moderieren. Außerdem liegt von ihr vor: »Die Kunst, (k)eine perfekte Mutter zu sein I«.

Libby Purves
Die Kunst, (k)eine perfekte Mutter zu sein II

Für Mütter von 4- bis 7jährigen Kindern

Aus dem Englischen von
Renate Zeschitz

Piper München Zürich

Von Libby Purves liegt in der Serie Piper außerdem vor:
Die Kunst, (k)eine perfekte Mutter zu sein I (2746)

Ungekürzte Taschenbuchausgabe
Piper Verlag GmbH, München
Dezember 1999

Titel der englischen Originalausgabe:
»How (not) to raise a perfect child«,

Umschlag: Büro Hamburg
Stefanie Oberbeck, Katrin Hoffmann
Umschlagabbildung: Thierry Huynh / The Stock Illustration Source
Foto Umschlagrückseite: Nick Davies
Gesamtherstellung: Clausen & Bosse, Leck
Printed in Germany ISBN 3-492-22813-5

Danksagung

An erster Stelle möchte ich meinem Mann Paul, unseren Kindern, meinen Freunden und deren Kindern Dank sagen. Sie alle haben bewußt oder unbewußt zu diesem Buch beigetragen. Auch wäre dieses Buch wohl nie ohne die beharrliche – um nicht zu sagen hartnäckige – Überredungskunst einiger Zeitschriftenredakteure geschrieben worden, die mich anhielten, über Kinder nachzudenken, zu recherchieren und zu schreiben, obwohl dieses zweite Kinderbuch eigentlich nicht mehr geplant war. In diesem Zusammenhang danke ich Jackie Highe, Daphne Metland, Tony Bradman und ganz besonders Sandra Lane von der Zeitschrift *Parents*.

Nach Elstern-Art habe ich die Gedanken, Haltungen und Erfahrungen zahlloser anderer Menschen gesammelt. Dafür speziellen Dank an das Personal der Coldfair Green School, an Christine Hardyment, an Janet Bellis, Caroline Stevens, Belinda Devenish, Robin Skynner, Martin Herbert und natürlich wie immer an meine Mutter.

Epigraph

Eure Kinder sind nicht eure Kinder,
Sie sind die Söhne und Töchter der Sehnsucht des Lebens nach sich selber.
Sie kommen durch euch, aber nicht von euch,
Und obwohl sie mit euch sind, gehören sie euch doch nicht.
Ihr dürft ihnen eure Liebe geben, aber nicht eure Gedanken,
Denn sie haben ihre eigenen Gedanken.
Ihr dürft ihren Körpern ein Haus geben, aber nicht ihren Seelen,
Denn ihre Seelen wohnen im Haus von morgen, das ihr nicht besuchen könnt, nicht einmal in euren Träumen.
Ihr dürft euch bemühen, wie sie zu sein, aber versucht nicht, sie euch ähnlich zu machen.
Denn das Leben blickt nicht rückwärts, noch verweilt es im Gestern.

aus: Kahlil Gibran, DER PROPHET,

Inhalt

Einleitung

Keine Entschuldigungen, keine Erklärungen. Als ich mein erstes Buch »Die Kunst, (k)eine perfekte Mutter zu sein« beendet hatte, verkündete ich großspurig, daß dieses Thema ein für allemal abgehakt ist. Von der Empfängnis bis zum vierten Geburtstag des Kindes gab es gute Gründe, Bücher über Babys zu lesen – oder zu schreiben, scheinen doch in diesem frühen Stadium Verallgemeinerungen noch vertretbar zu sein. Zwar ist jedes Baby ein Individuum, doch überwiegen in diesem Alter die Gemeinsamkeiten bei weitem. Alle Babys im Alter von sechs Monaten grapschen nach dem Löffel, wenn man versucht, sie zu füttern; alle Babys ziehen die Tischdecke samt Geschirr vom Tisch, wenn sie die ersten Gehversuche machen. Und auch die Zweijährigen sind in ihren allgemeinen Eigenschaften – einem energiegeladenen Wackelpudding in Michelinmännchenform nicht unähnlich – durchaus vergleichbar. Aber nach vier Jahren hat man, so schrieb ich, »entweder einen draufgängerischen, kleinen Rebellen oder ein zimperliches Püppchen (geschlechtsunabhängig), eine Intelligenzbestie, einen kraftstrotzenden Muskelprotz oder einen Jet-Set-Aspiranten. Da stehen sie nun, klein, aber jeder für sich mit seinen ureigenen Erbanlagen, seinem Schicksal, seinen Lebensbedingungen. Also ist das vollendete dritte Lebensjahr ein guter Zeitpunkt, das Thema ein für allemal abzuschließen.«

Ich ließ also alle meine Freunde wissen, daß ich nicht im entferntesten daran dächte, jemals wieder über Kleinkinder zu schreiben. Wenn das Kind vier Jahre alt ist und Sie den Dreh immer noch nicht raus haben, dann ist ohnehin Hopfen und Malz verloren. Von mir war jedenfalls nichts mehr zu erwarten. Ich hatte meine Schuldigkeit getan und wollte nun endlich über andere Themen schreiben. Eigentlich war ich auch recht froh darüber: Nie mehr würde ich mir Gedanken machen müssen, ob ich »er« (altmodisch), »sie« (der Zeitgeist läßt grüßen!) oder »es« (beleidigend) schreiben oder jeden zweiten Satz mit einem schwerfälligen »er/sie« verhunzen sollte. Dieses Problem werde ich wohl nie elegant lösen.

Aber es kam ganz anders. Ich nehme alles zurück. Meine Kinder wurden größer, die Erinnerung an Windeln und durchwachte Nächte verblaßte, aber anstatt mich einer neuen, rationellen Phase des Familienlebens zu stellen, war ich weiterhin ziemlich ratlos. Ich versuchte immer noch, den Dingen auf den Grund zu gehen, diskutierte mit Müttern in meinem Freundeskreis und schreckte auch nicht davor zurück, wildfremde Mütter an der Supermarktkasse anzuquatschen. In vielen Dingen waren die Kinder schon sehr selbständig geworden und mußten nicht mehr rund um die Uhr versorgt werden. Mit jedem Lebensmonat des Kindes schien für mich ein Leben in geregelten Bahnen wieder in erreichbare Nähe zu rücken. Wenn das Kind erst einmal vier Jahre alt ist, kann man schon mal einen Handel vorschlagen wie: »Gib' mir für meinen Bericht hier noch zehn Minuten Zeit. Dann spielen wir zusammen mit dem Legobaukasten. Großes Ehrenwort!« Wenn ein vierjähriges Kind einen Joghurt möchte, kann man auf den Kühlschrank zeigen und sagen: »Gut, geh' schon und such' dir einen aus«, ohne dafür den Versuch, den verstopften Abfluß freizubekommen, abbrechen zu müssen. Ist das Kind fünf, kann man guten Gewissens davon ausgehen, daß es die Kühlschranktür wieder zumacht. Mit sechs Jahren geht das Schließen der Kühlschranktür noch rascher vor sich, hat das Kind doch erst kürzlich in der Schule und im »Öko-Tip« im Fernsehen gelernt, daß Elektrizität nicht zum Verschwenden da ist. Irgendwie war doch alles leichter geworden.

Aber eigentlich hatten sich nur die Perspektiven verschoben, und neue Fragen waren aufgetaucht, die in den Babyjahren noch kein Thema gewesen waren: Alpträume, Flüche, Schule, Mumps, Ohrfeigen, gute und böse Feen und ähnliche Dinge. Wieviele Stunden habe ich heiße Diskussionen mit Freunden darüber geführt, was zu tun ist, wenn das Kind Alpträume von bösen Feen hat, wenn es in der Schule wie ein Fischverkäufer flucht oder beim Kindergeburtstag alle Anwesenden mit Mumps ansteckt. Eines Tages wurde mir klar, daß alles anders geworden und doch alles beim alten geblieben ist. Anstatt mit dem Baby auf dem Arm dem anderen Kind ein Lied vorzusingen und dabei eine Banane mit der Gabel zu zerdrücken, baute ich jetzt ein Raumschiffmodell, versuchte gleichzeitig am Telefon einen Schwimmkurs zu belegen und dabei meinem Sohn zu erklären, warum Flugzeuge fliegen. Und so beschloß ich, schließlich doch Teil zwei der nicht perfekten Mutter zu schreiben.

Natürlich wird dies ein ganz anderes Buch werden, haben sich doch, wie schon gesagt, die Perspektiven verschoben. In diesem Stadium der Elternschaft hat es wenig Sinn, zehn heiße Tips zur Ablenkung eines Babys zu geben oder sich seitenweise darüber auszulassen, wie andere Mütter das Problem der Sauberkeitserziehung gelöst haben. Was sollten Sie auch jetzt mit dem Vorschlag, für einen Hotelaufenthalt auf jeden Fall eine Rolle Kreppband einzupacken, damit ihre Kinder in der Badewanne nicht ausrutschen? (Ehrlich gesagt waren meine Kinder mit fünf Jahren viel sicherer auf den Beinen als ihre Mutter.) Es wäre im Grunde genommen geradezu beleidigend, in einem Buch für Eltern Vier- bis Siebenjähriger die gleichen Töne anzuschlagen wie in einem Buch für frischgebackene Eltern. Kleine Kinder sind ein enormes Managementproblem, aus dem sich allmählich eine Beziehung entwickelt. Bei größeren Kindern steht dann die Beziehung an sich im Vordergrund, und obwohl die Mutter immer noch mit kleinen Tricks arbeiten kann, müssen diese schon sehr viel ausgekochter sein. Warum sonst wenden sich Vier- und Fünfjährige plötzlich so abrupt von Babysittern und Kindermädchen ab, die sich babygemäß gebärden? Weil sich die Kinder verändern. Davon soll dieses Buch handeln. Vor allem ist es vielleicht ein weiterer Schlag gegen den Perfektionszwang im Familienleben. Während in den ersten Jahren der ganze Druck noch auf der Mutter lastet – sie muß eine moderne Madonna mit einem ganzen Arsenal an Fluoridtropfen und endlos selbstaufopfernder Geduld sein –, verschiebt sich mit zunehmendem Alter des Kindes der Schwerpunkt. Plötzlich ist es *das Kind*, das sich als strahlend, ausgeglichen, artig, künstlerisch begabt, naturwissenschaftlich interessiert und körperlich fit erweisen soll. Statt der Mutter ihre eigene Unzulänglichkeit vorzuwerfen, schiebt man ihr indirekt oder direkt die Schwachstellen ihres Kindes in die Schuhe – daß es in der Schule versagt, das Cellospielen aufgegeben hat oder im Sport nicht mitkommt. Kämpfen Sie dagegen an. Es gibt ebensowenig ein ideales Kind, wie es ideale Eltern gibt. Es ist übrigens völlig egal, ob es sich bei den Eltern um Mutter oder Vater oder um beide handelt. Mutterschaft ist meiner Meinung nach eher eine Arbeitsplatzbeschreibung denn eine Sache des Geschlechts.

Wundern Sie sich nicht, wenn die Kapitel sehr unterschiedlich ausgefallen sind. Manche schweben in höheren, philosophischen Regionen, andere wiederum bestehen aus kurzen, praktischen Tips. Das liegt ganz einfach daran, daß Sie, wenn Sie Klein- und Schulkinder haben (so wie ich), sich in zwei verschiedenen Sphären bewegen. Entweder wimmelt es in Ihrem Haus von Kindern – Ihren eigenen und fremden –, Möbel fallen um, schrilles, markerschütterndes Geschrei erfüllt die Räume, oder aber sie sind alle weg, das Haus ist unnatürlich still, und Sie wandern schwermütig umher, heben ein achtlos hingeworfenes Unterhemd auf, drücken es an Ihre Wange und grübeln mit versonnenem Blick über das Privileg der Elternschaft nach. Und ehe Sie sich's versehen, stürmen die lieben Kleinen wieder herein und streiten sich lauthals darüber, wer denn nun die kleine Plastikfigur aus dem Frühstücksflokkenpaket bekommt. Ich hoffe, das Buch wird beiden Situationen gerecht, denn beide sind mitten aus dem Leben gegriffen.

Speckröllchen, ade, oder warum mit vier plötzlich alles anders wird

Bei vier- bis fünfjährigen Kindern vollzieht sich manchmal recht plötzlich ein eigenartiger Wandel – bei weitem nicht so offensichtlich wie die früheren Veränderungen, beispielsweise das aufrechte Stehen, das Sprechen oder das Ende des Windelzeitalters. Die einschlägige Literatur schweigt sich größtenteils darüber aus. Aber er ist nicht wegzuleugnen und verlangt Ihnen in jedem Fall eine Reaktion ab. Wenn Sie das größere Kind wie ein zweijähriges behandeln, hat das für beide Seiten ebenso fatale Folgen, wie wenn Sie einem Schulkind Windeln aufzwingen oder versuchen, Ihren Teenager im Tragetuch überallhin mitzuschleppen. Und doch kann es vorkommen, daß Sie die Veränderungen zunächst einmal gar nicht wahrnehmen. Eltern haben's schwer, sind oft erschöpft und verwirrt, sehen alles durch die rosarote Brille des elterlichen Stolzes, sind manchmal überängstlich und haben immer die Erinnerung an die eigene Kindheit, mag sie nun gut oder schlecht gewesen sein, im Hinterkopf. Ganz zu schweigen von den vielen gutgemeinten Ratschlägen in Zeitungen, Zeitschriften und Büchern, die es zu beherzigen gilt. Da kann es schon vorkommen, daß man das, was vor der eigenen Nase passiert, zunächst einmal nicht bemerkt, obwohl viele dieser Veränderungen, wenn sie nur erst einmal richtig erkannt würden, den Alltag um einiges erleichtern könnten. Ihr Baby zum Zubettgehen zu bewegen und dabei die Sechsuhrnachrichten im Fernsehen versäumen, ist absolut verlorene Zeit, wenn Sie in Wirklichkeit ein fast sechsjähriges Kind vor sich haben, das sich nur allzugerne die Nachrichten ansehen und mit Ihnen eine ernsthafte Diskussion über Perestroika führen möchte, ehe es ganz freiwillig von selbst ins Bett geht.

Die scharfe Trennungslinie zwischen Kleinkind und größerem Kind gibt es wirklich. Wie oft habe ich mir gedacht, daß die gut gepolsterten Beinchen eines Kleinkindes magisch-beschützerischen Charakter haben. Alles an der Gestalt eines Babys oder Kleinkinds ist fröhlich, rund und niedlich anzusehen. Die Speckröllchen an den Beinen harmonisieren voll und ganz mit dem abgerundeten, ganz aufs Praktische orientierten Lebensbild des kleinen Erdenbürgers. Seine Sprüche bringen die ganze Familie zum Lachen, seine Wünsche sind unabdingbar, seine Launen unberechenbar und seine Handlungen – zumindest aus seiner Sicht – ganz und gar ohne Konsequenzen. Irgend jemand wird das schon aufwischen. Irgend jemand wird das schon wieder reparieren. Mami neues kaufen, im Laden. Kein Problem, das nicht durch eine liebevolle Umarmung und eine warme Milch gelöst werden könnte.

Dann verändert sich die Figur des Kindes: Alles wächst in die Länge und wird schlanker. Die rundlichen Beinchen werden lang und spindeldürr, das kleine Schmerbäuchlein weicht einer anmutigen Wölbung nach innen, und plötzlich blickt das Kind, das eben noch ein Baby war, mit großen, verwundert fragenden Augen in die Welt. Warum regnet es? Wird die Maus nie mehr lebendig, wenn Tibby sie totbeißt? Komme ich ins Gefängnis, wenn ich einem Polizisten ein unanständiges Wort nachschreie?

Mir wurde der Unterschied zum ersten Mal so richtig klar, als meine beiden Kinder etwas vom Ozonloch gehört hatten. Das ältere Kind brauchte mehrere Tage, um mit den Ängsten fertigzuwerden: Ein Loch im Himmel, das schädliche Strahlen durchläßt und den Meeresspiegel so weit anhebt, daß viele Menschen ertrinken werden. Das blanke Entsetzen schaute ihm aus den Augen. Die Dreijährige dagegen sagte nur: »Ahahaaa! Wir werden alle gebraten! Brutzel! Brutzel!« Sie glaubte kein Wort. Zunächst dachte ich, die beiden hätten eben unterschiedliche Charaktere. Aber dann fiel mir ein, daß Nicholas noch vor einem Jahr die gleiche unbeschwerte Lebenseinstellung an den Tag gelegt hatte. Sicherlich, vermutete ich, würde Rose in einem Jahr auf derartige Meldungen auch ganz anders reagieren. Ich sollte recht behalten. Und dann tauchte in meiner Erinnerung eine Szene aus meiner Kindheit auf. Zitternd vor Angst lag ich im Bett und dachte an das

Kernkraftwerk ganz in unserer Nähe. Ich hatte Näheres über Radioaktivität erfahren. Auch mein kleiner Bruder wußte davon, aber er war im Gegensatz zu mir ganz fasziniert von der Vorstellung, irgendwann einmal richtig radioaktiv zu werden. Er wollte am ganzen Körper strahlen, »wie eine Uhr mit Leuchtziffern«.

Nur allzu leicht verpaßt man den Zeitpunkt der Trennungslinie. Der Bruch kann irgendwann zwischen dem vierten und sechsten Lebensjahr des Kindes erfolgen, und wenn Sie vielbeschäftigt sind oder noch kleinere Kinder zu versorgen haben, dann kann Ihnen das leicht entgehen. Vielleicht sind Sie auch noch so der Rolle der tröstenden, singenden, spielenden Mutter verhaftet, daß es Ihnen schwerfällt, davon loszukommen, wo das doch immer alles so gut geklappt hat. Ich habe noch ewig mit dem fröhlichen Babygegurre weitergemacht, als mein Kind schon längst konzentriertes Zuhören und ernsthafte Gespräche verlangte. »Mami«, sagte mein Sohn auf einmal, »hör doch mit dem Unsinn auf.«

Manchmal hilft es, ein oder zwei Tage von Ihrem Kind weg zu sein. Wenn Sie dann zurückkommen, sehen Sie wieder viel objektiver, was Ihr Kind braucht.

Dieses Bedürfnis des Kindes ist genauso zwingend wie das des Babys, das nach Milch schreit. Es ist schwierig, groß zu werden, und das Stadium des Vierjährigen ist fast so etwas wie eine Generalprobe für die Jugend. Das Kind mag ein aktives, fröhliches, unerschrockenes Energiebündel sein, das halsbrecherisch radfährt und konzentriert mit seinem Legobaukasten arbeitet, aber es macht auch eine Zeit großer Verwirrungen und Offenbarungen durch. Alle möglichen Vorstellungen und Erwachsenenwahrheiten stürmen auf seine kleine Welt ein und erschüttern sie in ihren Grundfesten. Es ist, als entdecke er jede Woche einen neuen Planeten, ein neues wissenschaftliches Gesetz oder eine neue Religion. Nehmen Sie nur zum Beispiel die erste Erfahrung mit dem Tod: Ein zweijähriges Kind nimmt es gelassen zur Kenntnis, daß der Großpapa jetzt im Himmel ist. Ein paar Jahre später bekommt dasselbe Ereignis eine ganz neue und schmerzliche Komponente. Auch wenn Sie vom Himmel erzählen, um den schmerzlichen Verlust abzumildern, müssen Sie doch zugeben, daß Menschen (und auch das geliebte Kaninchen) nicht mehr wiederkommen – niemals. Das hat meine Kinder – jedes zu seiner Zeit – so geschockt, daß sogar die unvermeidlichen »Peng-Peng-du-bist-tot-Spiele« eine Zeitlang abgewandelt wurden. »Ich schieße dich tot«, riefen sie, »aber nicht tot im Himmel, sondern richtig, peng-tot.«

Auch bei kleineren Dingen gibt es Unstimmigkeiten. Monatelang hörten wir immer wieder die alte Leier: »Ich möchte auch so was haben.« Noch sechs Monate vorher konnten wir unbeschwert ein Eisenbahnmuseum besuchen oder an einer nostalgischen Dampflokfahrt teilnehmen. Unsere Tochter, damals zwei Jahre alt, winkte nach einem erlebnisreichen Tag fröhlich zu den Lokomotiven zurück. Ihr älterer Bruder quengelte mit unglücklichem Gesicht den ganzen Nachhauseweg, er wolle »auch so eine Dampflokomotive« haben, oder sein eigenes Kino oder eine echte Zugmaschine für sein Zimmer. Manchmal wurde er dabei richtig aggressiv. Sicherlich hätte man annehmen können, wir hätten ein verzogenes, materialistisches kleines Ungeheuer an unserem Busen genährt, aber wir versuchten, in diesen Situationen nicht gleich aus den Fugen zu geraten. Nach unserer Theorie – und ich glaube, wir hatten recht – war unser Sohn keinesfalls ein Ausbund an Habgier, sondern bekam ganz einfach nur die Vergänglichkeit der Dinge hautnah zu spüren. Mit einem Schlag wurde ihm bewußt, daß schöne Tage ein unvermeidliches Ende haben, daß Vergnügungen vergehen. Später habe ich dann von Kindern gehört, die vor ihrem Geburtstag bittere Tränen vergießen, weil sie daran denken, wie traurig es sein wird, wenn der große Tag vorbei ist. Da können Sie nicht viel helfen, versuchen Sie Ihr Kind nur zu verstehen.

Das Baby lebt unbeschwert in den Tag hinein, das Kind hingegen trägt die Bürde von unerfüllten und aufgeschobenen Sehnsüchten. Die Zeit ist unendlich lang, die Welt ist unendlich groß. An einem guten Tag ist das vierjährige Kind von dieser Vorstellung entzückt. Geschichten über die Zeit, als Mami noch klein war, oder aus längst vergangenen Zeiten, oder was man alles tun kann, wenn man erst einmal erwachsen ist, finden die uneingeschränkte Aufmerksamkeit. An einem schlechten Tag will das Kind nur etwas von seiner kleinen, geborgenen Welt wissen und keinesfalls da herausgerissen werden. Alle Eltern kennen die Situation, wenn ihr Kind plötzlich darauf besteht, zu Hause zu bleiben oder sich weigert, in die Spielgruppe zu gehen, wo es ansonsten immer sehr glücklich war. Lieber bleibt es zu Hause bei einer durch die plötzliche Verweigerung total genervten und wütenden Mutter. Es will nicht spielen gehen oder sich wie ein Erwachsener benehmen. Es interessiert sich nicht für ein neues Buch und schon gar nicht für das Kasperletheater. Nein, es möchte auf Mamis Schoß sitzen und zum hundertsten Mal die gleiche Geschichte vorgelesen bekommen (eine, die Mami schon bei den Ohren rauskommt).

Alle Bücher über Kinder betonen, wie wichtig der Prozeß der »Sozialisierung« ist, aber alle Eltern von Kindern zwischen drei und sieben werden zugeben, daß es in diesem Lebensabschnitt gelegentlich ganz unberechenbare Zeiten gibt – Tage, Wochen oder auch Monate – in denen das eigene Kind alle anderen Kinder zu hassen scheint und sich weigert, einen Fuß vor die Tür zu setzen.

Für die Eltern kann das schwierig, frustrierend, mühsam und peinlich sein. Leichter tun Sie sich, wenn Sie sich vor Augen halten, daß die Furcht Ihres Kindes vor der feindlichen Welt ein wesentlicher Teil ist, sie zu begreifen. Als meine Kinder klein waren und mit ihren gut gepolsterten Beinchen über den Strand stapften, dachte ich oft voller Wehmut an die Worte Isaac Newtons, die er gegen Ende seines Lebens äußerte: »Mir scheint, ich war nur ein Kind, das am Meeresstrand spielte... während der große Ozean der Wahrheit unentdeckt vor mir lag.« Damals betrachteten die Kinder fasziniert jeden glänzenden Stein, befaßten sich nur mit ihrer unmittelbaren Umgebung und allem was »greif- und werfbar« war. Erst wenn sie älter werden, heben sie erstaunt fragend ihre Augen und erkennen den großen Ozean der unentdeckten Wahrheiten, der sich vor ihren Füßen ausbreitet. Kein Wunder, daß sie manchmal zögern, sich dieser Herausforderung zu stellen.

Aber die Zeit bleibt nicht stehen, und Kinder lernen schnell. Im Alter von sechs oder sieben Jahren haben sie sich mit Ihrer Hilfe eine Philosophie zurechtgelegt, wie sie mit den Fährnissen des Lebens umzugehen gedenken. Tatkraft tritt an die Stelle von Träumerei und Phantasie. Anstatt eine echte Lokomotive in das Kinderzimmer stellen zu wollen, schleppen sie einen Haufen Krempel in den Garten und machen sich daran, selbst eine Lok zu bauen. Sie zittern nicht vor Entsetzen, wenn sie erfahren, daß Kinder in der Dritten Welt Hungers sterben, sondern beginnen, irgend etwas zu Geld zu machen oder in der Schule zu sammeln. Gesetze und Verordnungen faszinieren sie: Lautstark verkünden sie im Auto die zulässige Höchstgeschwindigkeit. Als es Gesetz wurde, daß Kinder im Auto angegurtet sein müssen, waren es die Kinder, die darauf bestanden und die empört aufschrien, wenn die Eltern losfuhren, ehe der Gurt richtig saß.

Also sind dies die »Denkerjahre«, die Jahre, in denen Ihre persönliche Lebensphilosophie auf Ihr Kind übergeht. Ihre gesellschaftlichen, geistigen und emotionalen Wertvorstellungen werden von der nächsten Generation übernommen. Das ist eine äußerst beunruhigende Erfahrung. Die meisten von uns schlängeln sich durch die ersten Jahre des Erwachsenseins ohne sich bewußt zu sein, eine persönliche Lebensphilosophie zu haben. Teenager denken über Moral und Ethik nach, alte Leute über die Ewigkeit. Aber wenn sie nicht ganz unverrückbar auf der einen oder der anderen Seite stehen, verschleiern die Jahre, in denen wir mit Arbeitsstreß und Hypotheken zu kämpfen haben, durchaus den Blick auf die ewigen Wahrheiten. Sicherlich wissen wir, welche politische Partei wir unterstützen, sicherlich haben wir eine Meinung zu den Themen Ehebruch, bleifreies Benzin und Privatschulen. Ins Schlittern geraten wir erst, wenn unser Vierjähriger uns fragt, warum der liebe Gott Menschen durch ein Erdbeben umkommen läßt, warum Herr Rushdie sich versteckt halten muß oder warum Papi über den Bundeskanzler schimpft, wo doch jeder weiß, daß die Regierung von allen Bürgern auf »damakratische« Weise gewählt worden ist.

Es ist, im Grunde genommen, gar nicht so schlecht, wenn

wir ins Schlittern geraten. Schließlich deutet es darauf hin, daß wir uns um die Wahrheit bemühen und willens sind, unsere Unsicherheiten nicht vor unseren Kindern zu verbergen. Menschen, deren Religion ihnen weiszumachen versucht, sie wüßten alles, wirken oft sehr deprimierend: Sie erziehen ihre Kinder nur allzuoft im Sinne selbstgerechter Frömmelei.

Unser sechsjähriger Sohn hatte seine erste Begegnung mit einem Gleichaltrigen aus einer Zeugen Jehovas-Familie. Der liebe, kleine Brusche nahm ihn am Spielplatz zur Seite und erzählte ihm, er sei ein verblendeter Satansanbeter. Egal welchem Glaubensbekenntnis Sie angehören, Sie werden mir beipflichten, daß dies nicht gerade ein idealer Dialog zwischen zwei Kindern ist, die noch nicht einmal einen zusammenhängenden Satz schreiben können.

Eltern sollten in jedem Fall einige Zweifel und Unsicherheiten mit ihren Kindern teilen, sollten Themen interessiert und positiv hinterfragen. Wenn wir zum Beispiel ein aktuelles Thema nehmen, dann sollten wir nicht sagen: »Die Regenwälder werden von bösen Menschen gerodet, die habgierig und schlecht sind.« Statt dessen sollten wir abwägen, sollten versuchen, die Situation der armen Bauern darzulegen, über die Verschuldung, in Bedrängnis geratene Regierungen und Unwissenheit zu sprechen. Mit etwas Glück könnten sie dann zu der relativ leicht verständlichen Schlußfolgerung kommen, daß die Rodung der Tropenwälder allen Menschen auf der Erde schadet und wir uns deshalb bemühen müßten, den Südamerikern, Indonesiern usw. zu helfen, damit dies nicht so weitergeht. Eltern, die das versuchen, kommen oft ganz schön ins Schwitzen und können der Schadenfreude aller Umstehenden gewiß sein. Es gibt kaum etwas unfreiwillig Komischeres als eine besorgte Mami, die sich redlich abmüht, ihrem Sprößling in der Supermarktschlange an der Kasse ihre Umweltphilosophie zu vermitteln. Aber das ist in jedem Fall besser, als einfach abzuwinken: »Denk' nicht an die Regenwälder, trink' lieber deinen Tee.«

Natürlich gibt es einige »unmögliche« Fragen. Es macht überhaupt keinen Spaß mit Fragen wie »Sag' mir die Wahrheit, gibt es nun einen Weihnachtsmann oder nicht?« oder »Wenn Daddy mich liebhat, warum ist er dann von uns fortgegangen?« konfrontiert zu werden. Und es wird Augenblicke geben, in denen die Theorie der offenen, klärenden Diskussion von wichtigen Themen einfach nicht funktioniert. Vor einigen Jahren hatten wir einmal ein sieben- oder achtjähriges Kind bei uns zu Besuch, dessen Eltern wir als weltoffene und diskussionsfreudige Menschen kennengelernt hatten. An einem einzigen Nachmittag hatten wir miterlebt, wie sie mit ihrem Sohn vernünftig und verständnisvoll über Nuklearkrieg, lesbische Liebe, Terroristenbomben, Kindesmißbrauch und Todesstrafe gesprochen haben. Wir erstarrten schier vor Ehrfurcht angesichts einer so engagierten, furchtlosen Familie. Dann berichteten Paul und ich beim Abendessen arglos vor versammelter Mannschaft, wie wir endlich der lästigen Mäuseplage in der Speisekammer unseres Bauernhauses Herr geworden waren. Die Augen des kleinen Jungen wurden immer größer, sein Gesicht wurde kreidebleich. Seine Mutter brauchte Stunden, um ihn zum Einschlafen zu bringen, und sie war ziemlich wütend auf uns, weil wir ihn mit so schrecklichen Dingen konfrontiert hatten. Der kleine Bursche konnte locker mit einer eventuellen Atomkatastrophe und jeder Menge Bomben umgehen, aber bei Mäusen drehte er durch. Auch bei toten Mäusen. Da wir nicht seine Eltern waren, konnten wir das nicht verstehen: Wir waren ihm nicht nahe genug, um seine Ängste zu kennen.

Es ist wichtig, dem Kind nahe zu sein, nicht es mit Affenliebe zu ersticken – schließlich ist dies die Zeit der geheimnisvollen Spiele mit Freunden hinter verschlossenen Kinderzimmertüren –, aber doch nahe genug zu sein, um die Signale aufzufangen, die das Kind aussendet. Hören Sie zu, wenn Ihr Kind mit Ihnen spricht. Das ist schwer, besonders wenn Sie berufstätig sind und abends am liebsten nur einen pflegeleichten Wonneproppen knuddeln möchten. Aber Kindern zuzuhören, wenn sie erzählen, was sie beschäftigt, und ernsthaft mit ihnen zu reden, ist ebenso wichtig, wie mit ihnen Bücher anzuschauen und Zähne zu putzen, und viel, viel wichtiger, als ihre Haare zu kämmen oder ständig zu meckern, daß sie die Gabel richtig halten sollen. Es bringt auch viel mehr als modische Violinstunden und teures, erzieherisch wertvolles Spielzeug. Hier sollten Sie keine Abstriche machen. Und dieser Ratschlag kommt von jemandem, der nur allzugerne Abstriche macht.

Die ersten Freunde: Anderer Leute Kinder

In den ersten vier Jahren müssen Ihre Kinder mit Ihren Freunden vorliebnehmen. In den nächsten vierzehn Jahren müssen Sie mit den Freunden Ihrer Kinder zurechtkommen. Krabbelkinder lieben es, mit Altersgenossen über den Fußboden zu robben, während ihre Mütter sich den neuesten Klatsch erzählen. Ein zweijähriges Kind wird sich, wenn auch manchmal widerwillig, mit den Gleichaltrigen beschäftigen, die ihm von den Eltern präsentiert werden. Ist aber ein Kind erst einmal im Kindergartenalter und trifft auf eine »Bezugsgruppe«, wie die Psychologen das im Fachjargon zu nennen pflegen, dann ist es mit Ihrem Einfluß vorbei. »Gillie ist meine beste Freundin«, wird Ihr Kind dann mit Bestimmtheit sagen. Und wie sehr Sie auch das leere Geschwätz von Gillies Mutter nervt, Sie müssen gute Miene zum bösen Spiel machen und Mutter samt Kind zum Kaffee einladen. Das ist nun mal so. (Und vielleicht finden Sie ja auch ein paar liebenswerte Seiten an Gillies Mutter. Einige der nettesten Ehepaare habe ich durch die Spielgefährten meiner Kinder kennengelernt. Aber auch wenn es nicht so ist, können Sie nichts dagegen tun.) Niemals dürfen Sie es wagen, eine Freundschaft irgendwie zu behindern, denn Sie können sich nichts Schlimmeres vorstellen als daß Ihr Kind keine Freunde hat. Ihr Kind alleine abseits in der Spielgruppe oder am Spielplatz! Schon bei dem Gedanken bricht Ihnen das Herz. Eltern trifft es äußerst schmerzlich, wenn ihr Kind allein am Rand steht oder als letztes in eine Mannschaft gerufen wird. Ich halte mich für ziemlich selbstbewußt, und doch verging kein Kindergeburtstag, bei dessen Planung mich nicht die wahnwitzige Vorstellung gequält hätte, es würde niemand kommen. Deshalb lade ich eigentlich immer viel zu viele Kinder ein und verbringe die halbe Nacht vorher damit, zwanzig Überraschungspäckchen zu packen und den Wackelpudding zu beschwören, er möge doch endlich fest werden. Natürlich kommen sie alle, und wir haben wieder einmal nicht genügend

Stühle. Aber die Angst, das Kind ohne Freunde aufwachsen sehen zu müssen, ist tief verwurzelt.

Denn was hat man schließlich sonst im Leben? Was nützt es, wenn man reich, schön und intelligent aber einsam ist? Und die verläßlichste, am wenigsten schmerzhafte menschliche Beziehung ist echte Freundschaft. Auch gute Ehen gründen zu einem großen Teil darauf. Was immer meinen Kindern in den nächsten siebzig Jahren widerfahren wird: Wenn ich bei einer Fee einen Wunsch frei hätte, würde ich darum bitten, meinen Kindern zuzugestehen, daß sie am Ende jedes problembeladenen Tages ein paar Freunde anrufen können und im Notfall dort auch eine Couch haben, auf der sie schlafen können. Erst dann, und nur dann, kann ich mich mit der Tatsache abfinden, daß ich einmal nicht mehr da sein werde.

Mit dem Augenblick, in dem Ihr Kind einem anderen zum ersten Mal seine Spielzeuglokomotive unter die Nase hält, um sein Gegenüber damit zu einer Reaktion – »Nimm'« oder »schau« – aufzufordern, nimmt alles seinen Anfang. Versuchen Sie sich diesen Augenblick zu merken. Denn er wird nicht lange vorhalten. Nur allzuoft folgt dieser ersten Annäherung ein plötzlicher Sinneswandel. Dieselbe eben noch freundlich angebotene Spielzeuglokomotive landet krachend auf dem Kopf des Spielgenossen. Aber es ist ein Anfang der Annäherung und sollte gefördert werden. Aus meiner Erfahrung, meinen Fehlern und stichprobenartigen Nachfragen bei einigen, mit gesundem Menschenverstand ausgerüsteten Psychologen, hier ein paar Tips:

- Erzwingen Sie nichts. Wenn Ihre älteste, liebste Freundin mit ihrem fünfjährigen Kind über das Wochenende zu Besuch kommt und sich die beiden nicht gesehen haben, seit sie *in utero* waren, können Sie fast darauf wetten, daß sich die beiden erst einmal ganz und gar nicht grün sind. Die Spannung ist einfach zu groß. Bestehen Sie auf den Grundregeln der Höflichkeit, fordern Sie Ihr Kind beispielsweise auf, den kleinen Gast im Haus herumzuführen, aber lassen Sie die beiden dann in Ruhe. Gehen Sie keinesfalls von vornherein davon aus, daß Ihr Kind sein Zimmer mit einem fremden Kind teilen möchte. Stellen Sie sich vor, zu Ihnen sagt jemand: »Da kommt noch ein zweiunddreißigjähriges Mädchen mit, das wird lustig, ihr könnt den ganzen Tag miteinander verbringen und abends zusammen schlafen.« Auch Sie würden ein solches Ansinnen entsetzt von sich weisen oder glauben, Sie wären bei »Billigtours-Reisen« gelandet.

– Zeigen Sie, daß Freundschaft etwas Gutes ist. Zeigen Sie Freude, wenn Sie Ihre Freunde besuchen gehen. Sprechen Sie herzlich von ihnen. Sagen Sie Ihrem Kind, wenn Sie für Freunde eine Besorgung machen, daß Sie ihnen gerne einen Gefallen tun. Bemühen Sie sich ernsthaft, nie über »Daddys Freunde vom Golfclub« mit abfälligem Unterton zu sprechen, als wären sie ein echtes Ärgernis. Auch wenn sie es sind.
– Je früher Ihr Kind das Gefühl hat, sich frei und unbeschwert einen Freund aussuchen zu können, desto besser. Beißen Sie die Zähne zusammen. Bieten Sie Ihrem Kind eine Auswahl – Kinder im ungefähr gleichen Alter, die es ziemlich regelmäßig sehen kann. Vor der Schulzeit ist das nur im Rahmen einer Spielgruppe oder ziemlich häufigen Kaffeeklatschrunden in diversen Küchen zu bewerkstelligen. Wenn Sie nicht gerade auf einem Einödhof wohnen oder versehentlich in einer Seniorenwohnanlage gelandet sind, dann wird es in der Nachbarschaft immer irgendwelche Kinder geben. Es ist verführerisch, sich nur an die eigenen Freunde und deren Kinder zu halten, aber der Kreis sollte größer sein, mehr Möglichkeiten bieten. Nicht jeder mag den Nachbarsjungen. In meiner Jugend gab es nur einen, und den konnte ich nicht ausstehen.

Problematisch wird es, wenn Ihnen die Kinder in der Nachbarschaft rowdyhaft und »ungeeignet« erscheinen. Es liegt nicht an mir zu entscheiden, ob Sie in diesem Fall ein Snob sind oder nicht. Heutzutage gibt es ziemlich schlimme Familienverhältnisse, und es ist sehr ärgerlich, wenn Ihr vernünftig ernährter, kindlich unschuldiger Sprößling nach Hause kommt und mit unabdingbarem Nachdruck die neonbunt leuchtenden Süßigkeiten und das ebenso neonbunt leuchtende Plastikpony haben muß oder aber einen beängstigenden Wortschatz im Kittchenjargon an den Tag legt, den es bei dem großen Bruder seines Freundes, der gerade zwei Jahre auf Bewährung hat, aufgeschnappt hat.

Es bleibt Ihnen nichts anderes übrig, als immer wieder geduldig und ruhig Ihre eigenen Wertvorstellungen zu wiederholen und aufzupassen, daß das kleine, frühreife Biest von nebenan mit dem kurzen Lambadaröckchen wirklich mit Ihrem Kind Mikado spielt, auch wenn sie noch so laut nach einem Rockvideo schreit.

– Andererseits, wenn die Freundschaft gutgeht, sollten Sie sich nicht einmischen. Im Alter von vier bis sieben Jahren spielen Kinder viele ganz seltsame Spiele. Man sollte sie dabei sich selbst überlassen, es sei denn, es droht ein Blutvergießen.

Achten Sie darauf, nicht unbewußt die Bereitschaft Ihres Kindes zu sozialen Kontakten zu unterminieren. Ist Ihr Kind anderen Kindern gegenüber zurückhaltend, dann unterstützen Sie das besser nicht mit den Worten: »Oh, wo ist denn mein Junge, bleib schön bei deiner Mami, nicht wahr, mein Kleiner?« Machen Sie nie anderen Erwachsenen gegenüber Bemerkungen, die den Eindruck erwecken könnten, soziale Kontakte seien etwas Unerwünschtes (»Ist es nicht gleich verdammt laut, wenn sie zu zweit sind?«). Ja, natürlich stimmt es, aber behalten Sie es für sich.

– Martin Herbert, der beste Kinderpsychologe aller Zeiten, schrieb einmal, eine »freundliche Beziehung erfordert ein gewisses Maß an Selbstbewußtsein und sozialer Sensitivität«. Babys haben diese Eigenschaften noch nicht, sie wissen nicht, ob sie nett oder lästig sind, und es ist ihnen auch egal. Allmählich lernen sie es von uns. »Ist die unmittelbare Umgebung des Kindes glücklich, entspannt und aufgeschlossen, wird das Baby geliebt und bewundert, dann wird es auch selbstzufrieden sein und gut mit anderen auskommen.« Sind Sie kalt, steif, kritisieren und mäkeln ständig herum, dann wird auch Ihr Kind ängstlich und abwehrend sein und Schwierigkeiten haben, eine unbeschwerte, vorurteilsfreie Freundschaft einzugehen.

- Aggressive Kinder, Ihre eigenen und andere, brauchen oftmals nur eine Anleitung, wie sie es besser machen können. Sie wissen vielleicht gar nicht, daß man »teilen« und »sich abwechseln« muß, weil es ihnen niemand gesagt hat. Sagen Sie es – mit Gefühl. Sagen Sie es noch einmal. Und noch einmal. Und zeigen Sie es. Teilen Sie mit anderen. Lassen Sie die Katze mit Ihrem Wollknäuel spielen und Ihre Tochter mit Ihrem Lippenstift. Eines Tages wird der Funke überspringen.
- Wenn das Schulzeitalter beginnt, sollten Sie darauf achten, daß Ihr Kind weiterhin Kontakte mit Kindern aus anderen Schulen hat oder Verwandtschaftsbesuche pflegt. Es kann eine große Erleichterung sein – für alle Beteiligten – aus dem Treibhaus von Schulfreundschaften auszubrechen in etwas Beruhigendes, Dauerhaftes. Ein Kind, das die Welt nicht mehr versteht, weil sich sein Schulfreund George nicht mehr um ihn kümmert, wird sich unendlich gebauchpinselt fühlen, daß Jeremy, der an diesem Wochenende aus dem Internat nach Hause kommt, geradezu darauf brennt, mit ihm neue Abenteuer zu bestehen.
- Für den Fall, daß Sie in obengenanntem Beispiel Georges Mutter sind, sollten Sie sich von seiner Launenhaftigkeit nicht aus der Ruhe bringen lassen. Kinderfreundschaften können so kurzlebig wie Seifenblasen sein, müssen aber nicht oberflächlich sein. Erzwingen Sie nichts. Unfreundlichkeit ist tabu, Launenhaftigkeit ist erlaubt. Wenn Laura nicht mehr mit Becky spielt, dann muß sie zwar freundlich zu ihr sein, wenn sie sie trifft, aber sie muß sie nicht nach Hause einladen. Sie müssen sich derweil mit Beckys Mutter arrangieren. Ganz besonders deshalb, weil die beiden jungen Damen schon nächste Woche wieder unzertrennliche Freundinnen sein können. Mädchen, so scheint mir, sind anfälliger für diese Burton-Taylor-Beziehungen als Jungen. Jungen raufen entweder, ignorieren sich oder kommen prächtig miteinander aus. Mädchen scheinen nur so zum Spaß alle Nuancen einer Beziehung durchkosten zu

wollen. »Ich hasse dich, Zoë. Mamie, ich hasse Zoë. Sie ist meine beste Freundin, ich hasse sie. Sie wird jetzt nur mehr meine zweitbeste Freundin nach Sarah. Sarah, ich hasse dich.« Einen Haufen kleiner Mädchen am Nachmittag zu Besuch zu haben, ist ungefähr so wie die Atmosphäre in der Garderobe bei der Miss World-Wahl. Es tut mir leid, wenn das sexistisch klingt, doch so ist es. Aber das wächst sich aus – weitgehend.

Dabei fällt mir ein: Wie steht's denn mit unserer eigenen Beziehung zu den Kindern anderer Leute? Sie kann ausgesprochen unerfreulich sein. Alle frischgebackenen Mütter kennen das Gefühl, das Pam Ayres so wundervoll ausgedrückt hat: »Wenn ich mir deinen Wayne anschaue, frage ich mich, warum ausgerechnet du dir die Mühe gemacht hast, ein Kind zu bekommen.« Und wer von uns hat – Hand aufs Herz – beim Anblick des weinerlichen, kleinen Dickerchens von nebenan nicht schon einmal innerlich tief aufgeseufzt und gedacht: »Oh je!« Und doch ist es reizvoll, eine Rasselbande Kinder im Haus zu haben, die in enger Nachbarschaft miteinander aufwachsen. Die Großfamilie gibt es nicht mehr in unseren westlichen Kulturen, und das ist eigentlich zu bedauern. Die Kinder anderer Leute machen Spaß, weil man nicht direkt verantwortlich für sie ist und sie einen nie so auf die Palme bringen können wie die eigenen Kinder. Wenn sie zum Spielen kommen, achten Sie zwar darauf, daß nichts passiert, es ist Ihnen aber ziemlich egal, wenn sie ihre Nasen am Ärmel abputzen. Wenn Sie andererseits auf der Suche nach den richtigen Gummistiefeln für zehn Kinder schier durchdrehen, finden die eigenen Kinder ihre Mutter ziemlich übertrieben, während die fremden die Panik eher gelassen hinnehmen. Es macht Spaß, andere Kinder zu beschenken – mit dem offenen Blick des Unbeteiligten herauszufinden, was dem kleinen Racker Spaß machen könnte. Und wenn sich die Kinder wirklich einmal gehörig daneben benehmen, fällt es Ihnen erstaunlich leicht, sie in ihre Schranken zu verweisen. Von Nicht-Eltern lassen sie sich eben leichter etwas sagen. In diesem Augenblick dämmert Ihnen auch ein leiser Schimmer der Erkenntnis, wie es einem Grundschullehrer gelingt, fünfundzwanzig brav dasitzende Erstkläßler dazu zu bringen, »Hoch auf dem Gelben Wagen« zu singen, während Sie schon mit einem Kind Ihre liebe Not haben.

Doch ganz so einfach läuft die Sache nicht mit anderer Leute Kinder. Jede Mutter, mit der ich sprach, versicherte mir, sie hoffe sehr, andere Eltern würden ihr Kind ordentlich zusammenschimpfen, wenn es aus der Rolle fällt oder sich auch nur schlecht benimmt, sie selbst hingegen könne es bei anderen Kindern nicht tun. Früher, als ich noch unsicherer war, faßte ich auch die Sprößlinge anderer Leute mit Samthandschuhen an und übte mich in Langmut, anstatt die lieben Kleinen anzuschreien und ihnen den Nachtisch zu streichen. Allmählich aber habe ich meine Hemmungen abgelegt. Einmal machten wir, drei Familien mit insgesamt neun Kindern im Alter zwischen zwei und zehn Jahren, zusammen Urlaub in Norfolk. Am ersten Abend nahmen sich die drei Mütter bei einem doppelten Gin gegenseitig das Versprechen ab, jede dürfe die Kinder der anderen anschreien und ihnen in Extremfällen auch mal eine Ohrfeige verpassen. Es funktionierte ausgezeichnet. Dabei fiel mir allerdings eine Art Naturgesetz auf: Wenn vier kleine Jungs sich streiten und einer aus der Gruppe ausgeschlossen wird, dann sind es immer die Mütter der drei Jungs, die noch in der Gruppe sind, die sagen: »Das sollen sie mal untereinander ausmachen. Wir mischen uns da nicht ein.« Die Mutter des Augestoßenen ist da beileibe nicht so sicher. Doch im Prinzip funktioniert das System. Wir, und auch unsere Söhne, sind Freunde geblieben. Bis auf den heutigen Tag.

Wenn Ihnen das momentan noch nicht so recht gelingen mag, wenn Sie noch ein wenig befangen sind im Umgang mit den Spielkameraden Ihrer Kinder, dann werfen Sie nicht gleich die Flinte ins Korn. Das kann jeder lernen. Gelegentlich wird einem bewußt, daß wir im Grunde genommen alle zu einer großen Familie gehören – alle Kinder gehören allen Eltern. Als ihr Vater auf einer langen Reise war, beobachtete meine Tochter eingehend, wie ein zu Besuch weilender Vater seine kleine Tochter umarmte. »Kann ich da auch mitmachen?« fragte sie und tat es dann auch. Sie hatte keinesfalls die

Absicht, ihren eigenen Vater damit in Mißkredit zu bringen. Die Umarmung war einfach eine Geste, die beiden Seiten willkommen war. Tränen stiegen mir in die Augen. Später stand ich vor dem Chaos, das die Kinder in dem wunderschön aufgeräumten Spielzimmer angerichtet hatten. Aber es machte mir nicht mehr so viel aus.

Ellenbogenmamas: Anderer Kinder Eltern

Ich habe es schon gesagt und sage es noch einmal: Das beste Geschenk, das man einer schwangeren Frau machen kann, ist, sie mit einer ebenfalls schwangeren Frau bekannt zu machen, die in derselben Straße wohnt. Wir brauchen einander. Das ist keine besonders aufsehenerregende oder vielbeschriebene Beziehung. Babygurus beschränken sich für gewöhnlich auf die alte Leier der Bindung zwischen Mutter und Kind oder zwischen Vater und Kind und geben Ratschläge, wie man einen guten Arzt findet. Sie sprechen von Geschwistern, Großeltern und Tagesmüttern, machen sich Gedanken, wie unsere Kinder mit anderen Kindern auskommen. Doch niemand denkt an die Mutter, daß sie sich vielleicht danach sehnt, auch mal mit Menschen zu sprechen, die über sieben Jahre alt sind. Sie sitzt zu Hause und flitzt jeden Tag in der Früh in die Arbeit – und sie braucht Freundinnen. Nein, mehr als das: Sie braucht begeisterungsfähige Mitstreiter, Menschen, die wirklich Verständnis aufbringen. Sie braucht andere *Mütter*.

Natürlich wird sie so tun, als läge ihr nichts ferner. Das habe ich auch getan. Als ich zum ersten Mal jenen magischen braunen Ring in dem Schwangerschafts-Teströhrchen betrachtete, freute ich mich auf das Baby. Das Drumherum hingegen war mir gar nicht geheuer. Irgendwie ließ mich der Verdacht nicht los, ich müßte dann ständig in irgendeiner Küche über häßliche Plastikspielzeuge steigen und über Sauberkeitserziehung plaudern, während anderer Leute Kleinkinder sich ihre Nase an meinem Knie abwischen. Nein, das konnte ich nicht gebrauchen. Mein Baby und ich, das schwor ich mir, wir würden die gleichen Bekanntschaften pflegen wie vorher auch: Junggesellen, berufstätige Frauen, alte Freunde und Kollegen. Weder diese Kaffeeklatschrunden noch eine Stillgruppe konnten mich locken. Diese mamihaften Frauen konnte ich nicht ausstehen, und Kaffee mochte ich auch nicht so besonders gerne. Grau ist alle Theorie, auch meine.

Unsere Gesellschaft stellt Mütter und Babys hintan, deshalb müssen wir zusammenhalten. So kommt es, daß wir plötzlich untereinander erstaunlich intim werden. Wer hätte gedacht, daß Sie, diese zurückhaltende Person, die Hemmungen hat, über ihre Schwangerschaft zu sprechen, innerhalb von neun Monaten freiweg über die Form Ihrer Brustwarzen, Ihre Beziehung zu Ihrer Mutter und die häuslichen Unzulänglichkeiten Ihres Mannes mit einem Mädchen plaudern, das Sie erst im Krankenhaus kennengelernt haben. Ganz zu schweigen davon, daß Sie Ihr einzigartiges, kostbares Baby in die Obhut dieser »wildfremden Frau« geben, um sich die Haare schneiden zu lassen.

Im Laufe der Jahre ändert sich das Bild. Die Auswahl wird größer, es gibt Spielgruppen und Müttertreffs. Allmählich lernen Sie auch die Nachteile der zwischemütterlichen Kameradschaft kennen. Die spontane Intimität zwischen zwei Frauen, deren Kinder sich unter dem Küchentisch innig umarmen, kann den Blick auf so manche Unverträglichkeit trüben. Trotzdem: Wenn Sie mit Ihrem Kind den ganzen Tag zu Hause sind, dann ist es besser, Kontakte mit einigen seltsamen Geschöpfen zu haben, als immer alleine zu sein. Jeder Mensch hat irgendwelche gute Seiten, und es hat wenig Sinn, einen Streit vom Zaun zu brechen. Soldaten, die auf engem Raum in Baracken zusammenleben müssen, wissen das ebenso wie Mütter im Gemeindesaal der Pfarrkirche, die ihren herumtobenden Kindern zusehen, während der Regen auf das Blechdach trommelt. Aber wenn die Kinder erst einmal zur Schule gehen, hören diese zweckdienlichen Freundschaften auf – hoffentlich –, und die echten haben Bestand und entwickeln sich weiter. Aber der Instinkt, jeder Frau mit einem Kind, das im gleichen Alter wie unser eigenes ist, spontan die Hand entgegenzustrecken, bleibt. Und eben dieser Instinkt kann uns manchmal ganz schön in die Irre führen.

Hier sind sechs der schlimmsten Beispiele für diese Behauptung. In manchen werden Sie sich wiedererkennen, in anderen mich: Die *tränenreiche Trixi* ist allen mühselig Beladenen eine wundervolle Labsal. Sie kümmert sich um die

Kinder, wechselt besorgt das Schloß an der Wohnungstür zum Schutz gegen den stets betrunkenen Ehemann aus, bereitet Mahlzeiten zu und lauscht mit Tränen in den Augen stundenlang der Schilderung von Katastrophen. Seltsamerweise wird sie sehr unleidig, wenn die Probleme vorüber sind, und erst da fällt Ihnen auf, daß sie in ihrem Schicksal ganz einfach nur ein Fernsehdrama mit vielen Fortsetzungen gesehen hat.

Die *Schludertrude* liebt man, weil sie noch unordentlicher ist als man selbst. Bei ihr darf der Hund die Eßteller abschlecken, ihre Kinder sind nie frisiert, sie schleppt immer noch einige Pfund Übergewicht aus der Zeit nach der Geburt mit sich herum und vergißt grundsätzlich, an welchem Tag der Elternabend in der Schule ist. Ihr Beispiel steckt an, es ist ein Leichtes, sie zu übertrumpfen. Plötzlich schwenkt das Pendel jedoch um und ehe Sie sich's versehen, landen Sie bei der *perfekten Paula*, deren Haus makellos ist. Vorhänge und Teppiche sind natürlich weiß, und die Spielsachen werden in Designerkästen aufbewahrt. Ihre Kinder verabscheuen Süßigkeiten, Kartoffelchips und alles, was der Kinderarzt nicht ausdrücklich von der schwarzen Liste genommen hat. So weit, so gut. Schwierig wird es erst, wenn sie zu Ihnen nach Hause kommt und Ihnen – ebenso beiläufig wie treffsicher – Ihre Unzulänglichkeiten an den Kopf knallt. Zum Beispiel: »Hast du vielleicht zufällig eine Nadel und einen weißen Faden bei der Hand?« oder »Gibt es hier auch ein *sauberes* Taschentuch, das ich mir ausleihen könnte?« Behalten Sie die Nerven, und geben Sie ihr alle angegrauten Taschentücher aus der Schublade. Sie werden sie blütenweiß und frisch gebügelt zurückbekommen.

Die *Gluckengerdi* ist ein schwieriger Fall. Meistens ist sie lustig, lebhaft und unbeschwert. Aber wehe, es geht um ihr Kind. Wenn es irgendeine Rauferei oder eine zerbrochene Vase gibt, dann war es auf keinen Fall ihr kleiner Liebling, nein wirklich nicht. Schlimmer noch: Es war in jedem Fall allein die Schuld *Ihres* Kindes. Dieses Urteil fällt sie unbesehen...

Das Gegenstück dazu ist die *Jammerliese*. Ihre Kinder sind

an allem schuld, an ihrer Figur ebenso wie an ihren prämenstruellen Beschwerden. Sie wirkt wie ein gefangener Vogel, der verzweifelt gegen die Bürde der Mutterschaft anflattert. Die lustig-chaotische Kleinkinderzeit ist ihr eher lästig, wie mag es da aussehen, wenn die Kinder (und die Probleme) erst größer werden? Sie strahlt Mißmut aus, und man macht sich Gedanken um die Kinder. Überflüssig – denn nachdem sie all ihr Leid bei Ihnen abgeladen hat, ist sie zu Hause wieder der reinste Sonnenschein.

Die *Schmarotzersuse* fällt einem nicht richtig lästig, denn sie gibt immer nur kurze Gastspiele. Sie schaut mal kurz vorbei, dabei fällt ihr ein, daß sie schnell noch etwas einkaufen will, läßt ihren kleinen Timmy nur für »ein paar Minütchen« da, weil er gerade »so süß mit Ihrer Kleinen« spielt, und dann ward sie für dreieinhalb Stunden nicht mehr gesehen. Bei einem knallharten Rachefeldzug versuchen Sie, Ihre kleine Germaine für zwanzig Minuten in ihrer Obhut zu lassen – Pustekuchen. Sie gibt vor, ihre Mutter wäre gerade zu Besuch, die eine panische Angst vor Nicht-Enkeln habe. Wenn Ihr Kind sich jedoch gut mit Schmarotzersuses Sprößling versteht, dann ist sie wahrscheinlich noch die Beste von allen. Sie können stundenlang ungestört Ihrer Beschäftigung nachgehen, während die Kinder friedlich miteinander spielen. Und Sie müssen nicht dauernd Kaffee trinken.

Stimmt, lauter nette Frauen. Genießen Sie ihre Gesellschaft. Es wird nicht lange dauern und Sie werden sich wieder an einem sogenannten »Arbeitsplatz« befinden, als eine von jenen heute so in Mode gekommenen Berufsrückkehrerinnen. Und wenn Sie dann wieder den ganzen Tag nur von Cashflow und Golf hören, werden Sie wehmütig an Gluckengerdi und Jammerliese zurückdenken. Mit einer Ausnahme – sie schließt den Reigen und ist mit äußerster Vorsicht zu genießen:

Die *konkurrenzlose Klara*: Ihr Baby robbte, saß, zahnte, krabbelte, stand, sprach und lief vor allen anderen. Natürlich war es auch früher sauber als alle anderen. Sagt sie. Und es ist erstaunlich sensibel, musikalisch, sportlich und in spe gesellschaftsfähig. Mit unverhohlener Mitleidlosigkeit fiebert die gesamte Nachbarschaft dem Tag entgegen, an dem der junge Viktor in die Hosen macht und seinen Lehrer beißt. Dann wird ein vielkehliger Freudenschrei aus der ganzen Nachbarschaft zu hören sein.

Der Zwang, den anderen Mamis immer eine Nasenlänge voraus zu sein, ist eine Analyse wert, besonders da er so viele an sich glückliche Augenblicke und so manche Beziehung trübt. Zwei große Laster kratzen ein wenig am hehren Bild der Mutterschaft. Das eine ist das Schuldbewußtsein, das andere ist das Konkurrenzdenken. Beide sind schon von Anfang an gegenwärtig. Die Entbindungsstationen sind voll von Frauen, die sich der Tränen nicht erwehren können, weil sie glauben, nicht richtig stillen zu können. Gleichzeitig sind sie jedoch davon überzeugt, daß ihr Baby das schönste und aufgeweckteste auf der ganzen Station ist. Die Tatsache, daß viele von uns darin keinen Widerspruch erkennen, ist der sinnetrübenden Wirkung der vermehrten Hormonausschüttung zuzuschreiben.

Mütterliche Schuldgefühle verlieren sich etwas nach den ersten paar Jahren. Das liegt wahrscheinlich daran, daß unsere Kinder, sobald sie erst einmal selbst sprechen können, ihren Müttern ohnehin so viele Vorwürfe machen, daß wir uns die Selbstvorwürfe getrost sparen können. Aber das Konkurrenzdenken bleibt uns erhalten. Vielleicht liegt das daran, daß unsere westliche Gesellschaft so viel Wert auf Karriere legt und den »Nur-Müttern« so wenig Wertgefühl angedeihen läßt, daß die nicht berufstätige Mutter gar nicht anders kann, als aus ihrem Sprößling ein preisgekröntes Produkt zu machen, und das alles nur, um das Gefühl zu haben, ein ordentliches Mitglied der Gesellschaft zu werden. (Berufstätige Mütter sind meiner Erfahrung nach viel weniger auf dieses Konkurrenzstreben fixiert. Sie sind wahrscheinlich damit schon ausreichend in ihren Büros konfrontiert.) Bei den meisten von uns treibt das Konkurrenzdenken erstaunliche Blüten.

Und während es für kleinere Kinder noch völlig egal ist – was kümmert es ein Baby, ob das gleichaltrige Kind in der

Nachbarschaft mehr oder weniger Zähne hat als es selbst? –, werden die schrecklichen Ellenbogenmamis später wirklich eine Pest. Ganz normale, freundliche Frauen versprühen mit einem Mal wohldosiertes Gift. *»Oh, Jamie geht wirklich in diese Spielgruppe? Na ja, wir haben uns das auch angesehen, aber das war nichts für Viktor. Natürlich ist die ewige Fahrerei kein reines Vergnügen, aber seit er in der Vor-vor-vorschule von St. Blasius ist, ist er nicht mehr wiederzuerkennen. Das Leseprojekt ist wirklich unglaublich, er kann gar nicht genug davon kriegen.«* Sie schnappen nach Luft, atmen einmal tief durch und holen zum Gegenangriff aus. *»Ach wie schön für ihn und wie tröstlich für Sie, besonders wo er doch etwas schüchtern ist.«* Viktors Mutter erkennt ihren taktischen Fehler und schwenkt um. *»Oh, die Bücher sind nur für die stillen Stunden, die er im Haus verbringen muß. Im übrigen ist er ganz verrückt nach Tennis, und der Trainer für ihn war wirklich eine vernünftige Investition.«* Geschlagen sinken Sie in die Seile und sinnen auf Rache wie ein vielgeplagter Medienmogul, dessen Auflagen massive Einbußen erlitten haben. Die Kinder selbst sind natürlich nette kleine Jungs, deren Interesse sich spätestens alle vierzehn Tage genau ins Gegenteil verkehren. Wenn sie meinen, sich vor ihren Spielkameraden beweisen zu müssen, dann tun sie das auf ihre kindliche, geradlinige Art und Weise. Für sie ist das alles kein Problem. Für ihre Mütter schon.

Der Leiter einer Volksschule erzählte mir einmal, daß er absichtlich dazu übergegangen sei, mehrere Leselernmethoden quasi parallel im Unterricht zu verwenden. Das hatte keinerlei pädagogischen Grund. Er war einfach den gestrengen Blick ehrgeiziger Mütter leid, die sich ewig bei ihm beklagten, daß ein anderes Mädchen in der Parallelklasse schon eine Lektion weiter sei, und ob er dafür einen triftigen Grund nennen könne. Zumal beide Mädchen der gleiche Geburtsjahrgang seien. Noch während er beruhigend auf die aufgebrachte Mutter einredete, wußte er, daß ihr das Blut noch mehr in den Kopf steigen würde, wenn sie erführe, daß Jackie im Weihnachtsspiel die Jungfrau Maria spielen dürfe, während Rowanne nur ein kleiner Engel im Chor sein würde. Auch zu Hause macht Rowannes Mutter einem Industriespion alle Ehre. Was, Jackie hat keine Stützräder mehr an ihrem Rad? Gut, auch bei Rowanne werden sie daraufhin sofort abmontiert, und die pummelige kleine Rowanne quält sich danach eine ganze tränenreiche Woche mit aufgeschlagenen Knien und Ellenbogen herum. Jackie geht mit den neuen Legwarmers zur Ballettstunde? Rowanne, hol' deinen Mantel. Wir lassen dir ein Tütü anmessen. Und zieh' deinen Bauch ein, Liebes. Die beiden Mütter tun so, als wären sie die besten Freundinnen. Und wenn sie sich beim Einkaufen sehen, strahlen sie sich mit blitzenden Zähnen an.

Auch Väter sind von diesem Verhalten nicht ausgenommen, besonders wenn der Schulsporttag naht. Wehe dann dem leicht verwirrten Fünfjährigen, der in die falsche Richtung losspurtet, dem unsportlichen Sechsjährigen, der beim Sackhüpfen nicht schnell genug in den Sack hineinkommt, dem poetischen Träumer, der fasziniert einen Meter vor der Ziellinie stehenbleibt, während die Mitkonkurrenten an ihm vorbeidonnern. Innerhalb von Sekunden wird Daddy sich an sein Autotelefon hängen und einen Leichtathletiktrainer für seinen Sohn herbeizitieren.

Nun gut, ich übertreibe. Aber nur ein bißchen. Immer wieder begeben sich viele Tausende von uns – aus Unsicherheit oder aus Angst – freiwillig in irgendwelche unsinnige Wettbewerbssituationen. Wir werden niemals gewinnen. Übertriebener Stolz auf die Leistungen unseres eigenen Kindes sind kein Zeichen von Liebe, sondern deuten nur auf mangelnde Liebe. Anstatt nach Erklärungen zu suchen, warum wir unser Kind so sehr lieben (weil es musikalisch ist, schneller lesen kann, früher Zähne bekommen hat, intelligenter oder stärker ist), sollten wir uns klarmachen, daß wir ihm so sehr zugetan sind, weil er eben *unser* Kind ist. Sehen Sie sich einmal wirklich bewundernswerte Eltern von schwer behinderten Kindern an. Diese Kinder werden nie mit anderen in einen Wettstreit treten können. Entschuldigen sich etwa diese Eltern ständig für ihre Kinder oder brüsten sie sich damit, daß ihr Kind größere Fortschritte macht als das andere schwerbehinderte Kind in der Nachbarschaft? Natürlich tun sie das nicht. Sie lieben sie einfach und helfen ihnen auf ihrem schweren Weg. Sie haben – sicher nicht ohne Schmerzen – gelernt, daß es auf Individualität ankommt. Diese Haltung stünde uns Eltern gesunder Kinder auch nicht schlecht an.

Das Zeitalter der Disziplin dämmert herauf: Vernunft, Ohrfeigen und Selbstverteidigung

Vor diesem Kapitel hätte ich mich am liebsten gedrückt – wirklich. Mit dem Wort »Disziplin« kann man Eltern ganz schnell erzürnen, verunsichern oder auf die Palme bringen. Sie halten wahrscheinlich Ihr Kind entweder für hoffnungslos verzogen oder für unnatürlich unterdrückt. Und sie denken das gleiche von den Kindern der anderen.

Denn schließlich gibt es viele Spielarten des Familienlebens. Nehmen wir einmal irgendeine x-beliebige Straße: Herr und Frau Sorgsam achten immer darauf, daß ihre Kinder sich schriftlich für Geschenke bedanken, ihren Spinat aufessen, aufstehen, wenn ein Besucher den Raum betritt, und pünktlich um sieben Uhr das Licht ausmachen. Die Kinder dürfen nicht mit den Schuhen auf das Sofa, auch nicht mit Hausschuhen. Die Kinder der Nachbarsfamilie Sorglos flitzen prinzipiell mit ungekämmten Haaren herum, turnen mit Gummistiefeln auf den Möbeln herum, gehen zu Bett, wann es ihnen paßt, und beschimpfen ihre Eltern. Sie sind jedoch eifrige Leser und sehr musikalisch. Wieder ein Haus weiter wohnt die Familie Verdrießlich. Auch deren Kinder gehen ins Bett, wann sie wollen, essen nie bei Tisch, sondern ernähren sich von Kartoffelchips und Wurstsemmeln und spielen mitten auf der Straße mit einem selbstgebauten Gocart, dessen Räder den Kinderwagen der Umgebung in den letzten sechs Monaten abhanden gekommen waren.

Die Hackordnung ist hier komplizierter, als man auf den ersten Blick annehmen möchte. Ganz offensichtlich sind für Herrn und Frau Sorgsam die beiden anderen Familien indiskutabel. Andererseits gibt es in ihrer Familie oft Ohrfeigen, was wiederum die Familie Sorglos zutiefst entsetzt. In der Familie Sorglos kennt man keine Ohrfeigen, und die Kinder dürfen auch niemanden schlagen. Das ist die einzige, feste Grundregel in ihrem chaotischen Künstlermilieu. Herr Sorgsam ist dafür, daß die Kinder sich tatkräftig zur Wehr setzen – »Sie müssen lernen, auf eigenen Füßen zu stehen«, sagt er.

Die Familie Sorglos rümpft die Nase, vor allem über Familie Verdrießlich, weil deren Kinder viel zu viel fernsehen und mit Blechdosen auf der Straße kicken. Die Verdrießlichs wiederum verachten die Kinder der Sorgsams, weil sie petzen, und sie rümpfen die Nase über die der Familie Sorglos, weil sie unanständige Worte benützen. Die Verdrießlich-Kinder haben allerdings das Herz auf dem rechten Fleck. Sie waren die einzigen, die neulich für das Kinderhilfswerk gesammelt haben. Die Sorgsams hatten Bedenken, ihre Kinder könnten zu müde werden, und die Familie Sorglos hatte das Datum vergessen. Allen sechs Eltern gemeinsam ist nur die tiefe Verachtung für die Familie Neureich, die in dem großen Haus ein Stück weiter oben wohnt, weil sie die leidige Frage der Kindererziehung auf ein bezahltes Kindermädchen und ein teures Internat abgeschoben haben. Natürlich sind die Neureichs der Meinung, die drei anderen Familien zögen sich eine schreckliche Brut von Rowdys heran.

Wer kann also bei so unterschiedlichen Lebensstilen schon sagen, was unter »Disziplin« zu verstehen ist? Und wie früh sollte begonnen werden? Es gibt immer noch verzopfte, autoritäre Hebammen und Kindermädchen, die allen Ernstes daran glauben, man könne ein neugeborenes Baby disziplinieren – »halten Sie sich an den Vierstundenrhythmus, und lassen Sie sie schreien, meine Liebe, sie muß lernen, wer hier der Herr im Hause ist«. Auch regelmäßige Schläge für Kinder unter zwei sind durchaus an der Tagesordnung (obwohl sie sinnlos und brutal sind). Sie und ich wissen, daß das falsch ist. Aber wir kennen auch alle die ängstliche Familie, in der das »Füttern auf Verlangen« Jahr um Jahr weitergeführt wird, bis es schließlich auch noch Aufräumarbeiten nach mitternächtlichen Teenagerpartys und die selbstverständliche Überlassung des Familienautos an fünf Tagen der Woche einschließt. Das wollen wir nun wieder nicht. Andererseits wollen wir aber auch nicht gefühllos-sture Feldwebel sein, oder? Schließlich sind wir eine Familie und nicht die chinesische Armee.

Das Wort »Disziplin« selbst ist schon eine Falle. Die Politiker werfen es uns an den Kopf, wenn nur einmal eine Bierdose von der Fußballstadiontribüne aufs Spielfeld geschleudert wird. »Keine Disziplin zu Hause gelernt«, heißt es dann. Andererseits predigen ernstzunehmende Lehrer immer wieder das alte Lied, man solle die Kinder »zur Selbstdisziplin anhalten, anstatt ihnen strengen Gehorsam aufzulegen«. Väter kommen entnervt von der Arbeit nach Hause und beklagen lautstark, das Kind »hätte noch nie etwas von Disziplin gehört«, wenn der Fünfjährige partout wieder einmal nicht ins Bett gehen will. Und bei all dem geht uns die Geschichte aus dem alten Kinderbuch nicht aus dem Sinn, in dem zwei kleine Jungs stundenlang in einem dunklen Schrank eingesperrt waren, weil sie nicht folgen wollten.

Aber lassen Sie uns nun einmal das Wort »Disziplin« ohne negativen Beigeschmack betrachten. Es hat etwas mit Ordnung zu tun, es bezeichnet die Fähigkeit des einzelnen, sein Verhalten in bestimmte geordnete Bahnen zu lenken. Das muß gelernt werden. Es kann kein Zweifel daran bestehen, daß Disziplin der Verhaltensbereich ist, der von außen auferlegt wird, auch wenn dies durchaus sanft geschehen kann und sollte. Es ist nicht dasselbe wie die natürliche Freundlichkeit, die Ruhe oder die interessierte Versunkenheit in eine Aufgabe, die wir oft bei Kindern beobachten können. Ein schüchternes Kind bleibt nicht etwa auf der Straße bei seiner Mutter, weil es diszipliniert ist. Andererseits verdient ein Kind, das furchtlos und neugierig ist und trotzdem gelernt hat, nicht gleich loszuspuren, höchste Anerkennung und Belohnung. Ein ohnehin ruhiges Kind ist nicht notwendigerweise besonders »brav«, wenn es während einer langen Bahnfahrt stundenlang Bilder malt. Es ist auch nicht besser oder schlechter als der Bengel vom Abteil nebenan, der ununterbrochen den Gang auf- und abläuft und die Sitze auf Trampolintauglichkeit testet. Die beiden Kinder haben einfach unterschiedliche Charaktere und werden beide noch früh genug lernen müssen, die Instinkte, die ihnen die Natur mitgegeben hat, zu kontrollieren. Disziplin wird den kleinen Bücherwurm in die frische Luft hinaustreiben, damit er etwas Bewegung bekommt; und Disziplin wird den kleinen Vagabunden auch zum Stillsitzen zwingen, damit er seine Hausaufgaben erledigt.

Bestimmte Regeln zu befolgen, ist nur ein Teil des Ganzen. Regeln sind notwendig für das Zusammenleben in einer Gesellschaft und zur Sicherheit des einzelnen. Aber echte Selbstdisziplin geht tiefer. Wir sprechen hier von einem Lernprozeß, der drei Dinge beinhaltet: Selbstbeherrschung, Rücksicht auf andere und warten können auf das, was man möchte. »Verzögerte Befriedigung« nennen die Psychologen das. Ein Neugeborenes weiß davon noch nichts. Es brüllt, wenn es hungrig ist oder sich nicht wohl fühlt, und es ist ihm völlig egal, daß es drei Uhr früh ist. Es kann nicht warten. In den nächsten fünf oder sechs Jahren wird es diese brüllende Selbstsüchtigkeit aufgeben müssen, und Sie werden ihm dabei helfen. Aber wo fängt man an, und wie? Die meisten Eltern haben keine Erfahrung, wie man anderen die Grundbegriffe der Disziplin beibringt, es sei denn, sie waren Lehrer, Pfadfindergruppenführer oder Feldwebel. Sie lieben einfach ihren kleinen Sonnenschein über alles und ertragen es nicht, ihn traurig zu sehen.

Ist das Kind unter zwei Jahre alt, hat es keinen Sinn, böse zu werden. Sie nehmen einfach dem Kind das verbotene Ding zum hundertsten Mal weg. Wenn jedoch der Zeitpunkt gekommen ist, an dem Ihr Kind zur Steckdose geht und dabei einen Blick über die Schulter riskiert oder sogar kichert, dann dürfen Sie schon einen schärferen Ton anschlagen. Gewaltanwendung ist unnötig. Ein ernstes, lautes »NEIN!« wirkt auf ein Kind, das liebevolle Zuneigung gewohnt ist, wie eine Ohrfeige. In diesem Stadium etwa beginnt auch die lebenswichtige Lektion der verzögerten Befriedigung. Ein Kind lernt, daß es auf sein Abendessen warten muß, weil Sie es noch zubereiten. Auch hier ist es oft ziemlich schwer abzuwägen, ob es angebracht ist, ein Kleinkind, das nach seinem Essen quengelt, zusammenzustauchen. Denn einerseits könnte es ja wirklich schrecklich hungrig und dadurch völlig aus der Fassung sein, und bei einer anderen Gelegenheit will es vielleicht nur seine Macht ausprobieren. Im ersten Fall kann es schlimme Folgen haben, wenn Sie ausrasten. Es jagt dem Kind einen Schrecken ein, ohne es etwas zu lehren. Sie müssen also eine Engelsgeduld aufbringen, auch wenn das bedeuten kann, daß Sie einfach aus dem Zimmer gehen und die Katze mit üblen Flüchen bedenken müssen. Wird es erst einmal ganz offensichtlich, daß das Kind Sie ganz bewußt austricksen will – normalerweise ab drei Jahren – dann schadet es meiner Meinung nach nichts, auch gelegentlich laut zu werden. Irgendwann müssen unsere Kinder lernen, daß auch ihre Mütter Gefühle haben. Aber schmollen sollten Sie nie. Kleine Kinder vergeben und vergessen innerhalb von Sekunden, und so müssen Sie das auch halten. Wie oft tönte fast in einem Atemzug durch unser Haus... »HALT' DEN MUND! Komm' Kleines, hinein in die Badewanne, so ist's brav!«

Es erleichtert den Disziplinierungsprozeß, wenn Sie sich die Mühe machen zu erklären: »Wir können jetzt nicht mehr zum Spielplatz gehen, weil der Installateur kommt. Wenn er nicht kommt, haben wir kein heißes Wasser zum Baden. Und das brauchen wir, denn sonst werden wir so schmutzig, daß wir krank davon werden«, usw. usw. Nützlich ist auch darauf hinzuweisen, daß *alle* Menschen sich bestimmten Regeln unterwerfen müssen, eine Tatsache, die das Kind nicht wissen kann, ehe es zur Schule geht. Die meisten Vierjährigen sind fasziniert von Gesetzen, Polizei und Gefängnissen und finden es toll, daß auch ihre mächtigen Eltern sich unterordnen müssen. So ganz nebenbei können Sie auch eine Begründung für etwas einfließen lassen, das Sie selbst nicht sonderlich gerne tun, aber womit Sie jemand anderem helfen: »Ach ja, wir wollten den schweren Wäschekorb für Mrs. Biggs von nebenan zum Waschsalon bringen, es geht ihr nicht so gut.« Oder: »Wir sollten jetzt unseren ganzen Picknickabfall zusammensuchen. Es wäre ja gar nicht schön, wenn andere Leute ihn fänden.« Dafür braucht es allerdings schon ein wenig diplomatisches Geschick, ansonsten bekommt Ihr Kind den Eindruck, alle anderen Leute seien nur unangenehme Plagegeister. Dazu fällt mir der alte Scherz ein: »Gott hat uns zur Erde geschickt, damit wir anderen helfen. Warum er die anderen geschickt hat, weiß nur er allein.«

In allen Entwicklungsphasen zahlt es sich aus, sein Kind

gut zu kennen. Mein Sohn machte zum Beispiel mit vier Jahren eine Zeit durch, in der er jedesmal, wenn wir ihm etwas verboten haben, wütend »ihr Blödmänner« schrie, aus dem Zimmer stürmte und die Tür hinter sich zuknallte. Ein älteres Kind hätten wir sehr wohl zurückgeholt und ihm eine Entschuldigung abverlangt (»So spricht man nicht mit seinen Eltern!«). Aber in unserem Fall unterwarf sich ein sehr kleines Kind einem Verbot, steckte zurück und ließ dann plötzlich auf die einzige Weise, die es kannte, Dampf ab. Also beschlossen wir, die Blödmänner zu überhören.

Im Grunde genommen ist die einzige Art von Disziplin, die man haben sollte, die Selbstdisziplin. Denn sind die als Bremsklötze fungierenden Eltern erst einmal weg, dann gerät ein Kind ohne Selbstdisziplin oftmals sehr leicht aus den Fugen. Die Kinder aus ganz gestrengen Elternhäusern kennen häufig keine Grenzen mehr, wenn Vater, Mutter, Kindermädchen oder Lehrer außer Sichtweite sind. Selbstdisziplin ist der einzig verläßliche Kontrollmechanismus. Damit sie funktioniert, muß erst das Konzept der »verzögerten Befriedigung« verarbeitet werden. Das ist heute, in unserer Wohlstandsgesellschaft, besonders schwer zu vermitteln. Ständig werden die Erwachsenen von Kreditgesellschaften und Geschäften umworben, doch »nicht mehr länger zu warten«. Doch irgendwie ist es für Sie als Eltern eine moralische Verpflichtung, Ihrem Kind beizubringen, daß man nicht immer alles gleich haben kann und sollte. Das muß nicht auf repressive Weise erfolgen. Das gute alte Prinzip des »guten Benehmens« hat nichts von seiner Wirksamkeit verloren. Jedesmal, wenn ein Kind sich ein Stück Schokolade für später aufhebt oder geduldig auf seine Geburtstagsüberraschung wartet, sollten Sie es dafür und für seine Ausdauer loben. Wenn es dann noch mit einem anderen Kind teilt, dann können die Loblieder gar nicht laut genug ausfallen (aber singen Sie erst später, wenn Sie mit Ihrem Kind allein sind).

QUENGELN. Jammern, winseln, quengeln. Nennen Sie es, wie Sie wollen – ein Ärgernis ist es allemal. Für Quengeleien kann jeder Mutter oder jedem Vater eher einmal die Hand ausrutschen als für viel schwerere Vergehen. Schon wenn die Kinder noch sehr klein sind, muß man anfangen, gegen die weinerliche Quengelstimme zu Felde zu ziehen. Freundlich bittet man sie, ihr Anliegen noch einmal vorzubringen. Selbst wenn Sie damit konsequent schon anfangen, solange das Kind noch zwei Jahre ist, werden Sie mit dem Quengeln einige Jahre leben müssen. Die Schwierigkeit bei der Therapie besteht darin, daß es Sie ganz persönlich auf die Palme bringt. Der Taktik mit der vertauschten Persönlichkeit des Kindes kann ich nichts abgewinnen: »Oh, wo ist denn mein Timmy? Statt dessen ist hier ein schrecklicher kleiner Junge, der ständig quengelt. Ach, wenn doch mein Timmy wieder zurückkäme...« Irgendwie ist mir diese Strategie unheimlich. Jedoch habe ich mitunter schon schöne Erfolge erzielt mit der Behauptung, meine Ohren wären mit »Quengelfiltern« ausgestattet, die bewirken, daß ich Forderungen, die mit jammerndem oder aggressivem Unterton vorgebracht würden, einfach nicht hören könne. Wenn Sie dazu noch ziemlich überzeugend schauspielern können, wird es Ihr Kind zumindest halbwegs glauben. Es weiß zwar, daß das nicht stimmen kann, handelt aber so, als wäre es tatsächlich so. Es ist auch ein Spaß und hält Sie davon ab, zu wenig sozialen Mitteln wie Bestrafungen oder Anbrüllen zu greifen.

ESSEN. Wenn es in diesem Bereich eine wahrhaft nutzlose Schlacht gibt, dann ist es die mit dem »Aufessen«. Essen sollte nicht eine Angelegenheit von Wohl- oder Unerzogenheit sein. Es dient einzig und allein der Energiezuführung oder dem Vergnügen. Kinder benützen seltsame Eßgewohnheiten, um Eltern zu ärgern, aber sie haben auch ganz bestimmte Abneigungen und Vorlieben. Wie auch immer, lassen Sie sich nicht zu einer Provokation hinreißen. Ein Stück Brot mit Erdnußbutter und danach Obst – das ist eine ausgewogene Mahlzeit. Und in der Richtung gibt es noch viele andere Möglichkeiten. Die einzigen Grundregeln, für die sich ein Einsatz lohnt, sind: keine leeren Kalorienbomben zwischen den Mahlzeiten außer an besonderen Tagen, und Nachtisch und Süßigkeiten erst nach Eiweiß und etwas Grünem. Versuchen Sie den lauten Aufschrei zu unterdrücken, wenn sich Ihr Kind bei einem Freund gierig auf das Fleisch und die Gemüsebeilagen stürzt, die es zu Hause nicht anrühren würde. Versuchen Sie wegen der auf Festen und auf Ausflügen angebotenen Müllnahrung nicht gleich hysterisch zu werden. In 99 Prozent der Fälle richtet ein gelegentlicher diesbezüglicher Ausrutscher keinen bleibenden Schaden an, auch wenn Ihnen beim Anblick der leuchtendorangen Mundumrandung Ihres Kindes schier die Galle hochkommt.

OHRFEIGEN. Hier scheiden sich die Geister. Einige Länder verbieten die körperliche Züchtigung der Kinder durch die Eltern. In England wird heftig darüber diskutiert, ob wir dem Beispiel folgen sollten. Einigkeit auf breiter Front ein paar verrückte alte Verfechter der Prügelstrafe ausgeschlossen – herrscht darüber, daß man Babys und Kleinkinder niemals schlagen sollte, daß es auch bei größeren Kindern nie über einen festen Klaps hinausgehen sollte, und daß man ein Kind nie, unter keinen Umständen, mit der Hand oder irgendeinem Gegenstand – Stock, Löffel oder Riemen – auf den Kopf schlagen sollte. Aber auch die Stimmen, daß jede »körperliche, gewalttätige Handlung« gegen ein Kind strafbar sein sollte, werden immer lauter. Ich habe zu diesem Thema einige Interviews geführt und herausgefunden, daß die Befürworter dieser Idee immer Eltern halbwüchsiger oder bereits erwachsener Kinder mit einem schlechten Gedächtnis sind. Wenn ich versucht habe, ihnen das Zusammenleben mit einem aufsässigen Vier- bis Fünfjährigen wieder zu vergegenwärtigen, sah ich nur Unverständnis in ihren Gesichtern. Aber die Argumente waren nichtsdestotrotz interessant.

Die Hauptargumente gegen die Ohrfeigen waren:

- Es nützt nichts.
- Es verführt zu härteren Maßnahmen, vielleicht sogar zu Kindesmißhandlung.
- Es ist viel symbolischer für eine negative Grundhaltung gegenüber Kindern, nämlich daß sie nicht die vollen Menschenrechte haben. Wir züchtigen ja auch Gefangene und Mörder nicht mehr körperlich.

Als Alternative schlagen sie vor, mit dem Kind vernünftig zu reden oder es »einfach links liegenlassen« – ein wahrhaft arroganter Gedanke.

Die Argumente für eine gelegentliche Ohrfeige waren:

- Es hilft manchmal wirklich.
- Es muß nicht unbedingt zu härteren Maßnahmen führen. Auf tausend Familien, in denen Kinder gelegentlich eine Ohrfeige bekommen, kommt vielleicht eine, in der es zu anderen Gewalttaten kommt.
- Katzen tun es mit ihren Jungen. Das soll nur beweisen, daß es so instinktiv und natürlich ist wie eine Umarmung. Und die Kinder lernen daraus, daß sie es eben einfach zu weit getrieben haben.

Die Ohrfeigenbefürworter weisen auch darauf hin, daß das »vernünftige Zureden« in eine unbarmherzige Nörgelei ausarten kann, und daß das »Linksliegenlassen« alle möglichen Spielarten von eiskalten, subtilen Grausamkeiten in sich birgt. Ich erinnere mich an eine Geschichte, in der eine böse Tante vorkam. Jedesmal, wenn ein Kind ungezogen gewesen war, dachte sie sich eine besonders schöne Belohnung für die anderen aus, von der dann der kleine Übeltäter ausgeschlossen wurde. Kinder sind impulsive, aufregende Geschöpfe, und Lynette Burrows vertritt die Ansicht, das »kurze, dramatische Ereignis eines unerwarteten Klapses« bringe sie schneller wieder zur Vernunft als ewiges Gekeife. Meine Kinder haben ab und an eine Ohrfeige bekommen, deren Hauptvorteil ich darin sehe, daß eine unliebsame Episode dadurch zu einem schnellen Ende gebracht wurde und die Luft wieder rein war wie nach einem Gewitter. »Du sollst deine Schwester *nicht* knuffen und andere Leute *nicht* anspucken«, begleitet von einem Klaps auf den Hintern ist manchmal eine bessere Lösung als: »Also nun hör' mir mal zu: Du weißt doch, daß du deine Schwester nicht knuffen sollst – was würdest du sagen, wenn sie es bei dir täte? Sie hat es getan? Und dir dein Auto weggenommen? Nun, sieh' mal, sie ist viel kleiner als du, und du hättest es mir sagen sollen, anstatt sie mit dem Fuß zu treten... Nein, du sollst sie nicht anspucken, das ist nicht nett – nein, ist es nicht, werde jetzt bloß nicht frech, sonst gibt es heute keinen Nachtisch – Frederick, so etwas darfst du nie wieder zu deiner Mutter sagen. Geh' jetzt sofort in dein Zimmer.« Wenn Frederick sich dann noch weigert, in sein Zimmer zu gehen, dann wird seine Mutter noch ein wenig lauter werden oder ihn mit Gewalt dorthin bringen müssen (aber denken Sie daran, jede Art von Einschränkung wird gar nicht gerne gesehen). Bis zum Mittagessen ist die Missetat längst vergessen, und der Entzug des Nachtischs mag dann als eine wahrhaft drakonische Maßnahme erscheinen. Den ganzen Tag wird daraufhin ein ungutes Gefühl in der Luft hängen. Hätten Sie Ihrem Sohn, aufgebracht wie Sie in Ihrem ersten Zorn waren, hingegen einen Klaps verpaßt (und ihm sein Auto zurückgegeben, das ihm seine hintertriebene Schwester geklaut hat), dann wäre die ganze Angelegenheit in ein paar Sekunden vorbeigewesen. Gut, Sie hätten seine Menschenwürde angekratzt, aber zumindest hätte er sich ein für allemal gemerkt, daß Treten und Spucken mit einem Verlust an Menschenwürde verbunden ist.

Aber was immer Sie von der eben beschriebenen Situation halten – es gibt natürlich noch mindestens ein halbes Dutzend andere Möglichkeiten, sie zu meistern –, wirklich negativ haben sich die Ohrfeigengegner lediglich auf das ohnehin schon geringe Selbstwertgefühl der Mütter ausgewirkt. Ganz ehrlich gesagt, hin und wieder rutscht uns einfach mal die Hand aus. Entweder signalisiert uns unser Instinkt, daß es richtig ist, oder aber wir sind so ausgelaugt, daß wir unseren Gefühlen einfach freien Lauf lassen müssen. Wenn dann aber angesehene Kindererziehungspäpste uns vorwerfen, Ohrfeigen seien etwas ganz Verworfenes und würden automatisch zu Kindesmißhandlungen führen, dann geraten wir natürlich in Panik. Unsere Instinkte funktionieren nicht mehr! Wir sind schlechte Mütter! Irgendwie hatten wir es ja schon immer gewußt, schon vom allerersten Augenblick an, als aus der natürlichen Geburt plötzlich eine Zangengeburt wurde. Wir sind grausame alte Vetteln, die nur durch strenge Gesetze unter Kontrolle gehalten werden. In unseren kalten, nordischen Kulturkreisen bedarf es nur sehr wenig, um Müttern ein tiefes Gefühl der Unzulänglichkeit zu geben. Meiner Erfahrung nach ist die Zeitspanne, in der es in normalen, liebevollen Familien zu Ohrfeigen kommt, sehr kurz – etwa, wenn die Kinder zwischen drei und fünf sind. Ist das Kind älter, hat es seine

Menschenwürde zusätzlich gefestigt. Dann zögert man schon eher, sie mit einer Ohrfeige zu erschüttern. Wenn Ihnen bei einem siebenjährigen Kind noch immer die Hand ausrutscht, dann sollten Sie einmal eingehend über sich selbst nachdenken. Denn schließlich ist das Kind in diesem Alter durchaus schon Vernunftgründen oder kleinen Bestechungstricks zugänglich. Sie können ihm Vorrechte entziehen, ohne wirklich unfair zu sein, einfach weil das Kind schon ein besseres Gedächtnis hat. Sobald meine Kinder Taschengeld bekamen, habe ich mit großem Erfolg auch Strafgebühren eingeführt (Treten und Spucken werden derzeit mit fünf Pence belegt. Natürlich bin ich nicht herzlos. Die fünf Pence kann man durch Hilfsbereitschaft, Freundlichkeit und Rücksichtnahme zurückbekommen).

Es gibt noch viele andere, eher unerfreuliche Bestrafungsmaßnahmen: Fernsehentzug, Streichung des Lieblingsgerichts, Zimmerarrest, Besuchsverbot für Freunde usw. Das einzige, was man bei jeder Art von Bestrafung unter allen Umständen verhindern sollte: ESKALATION. Menschliche Konfliktsituationen tendieren leider dazu, sich enorm auszuweiten, wenn nicht einer der Betroffenen einen klaren Kopf behält. Passiert das nicht, dann können tatsächlich aus einer banalen Ohrfeige Kindesmißhandlungen werden, aus vernünftigen Erörterungen seelische Grausamkeiten. Normalerweise lassen es Eltern gar nicht so weit kommen. Erst wenn sie ihre Macht als Eltern benützen, um ihren Gefühlen freien Lauf zu lassen, die mit dem Kind gar nichts mehr zu tun haben, passieren die Katastrophen. Denken Sie immer daran: KEINE ESKALATION. Packen Sie sich selbst am Schopf, wenn Sie alleine sind oder sich so fühlen; wenn die tadelnden Vorwürfe sich schon über einen halben Tag hinziehen und Ihre Stimme dabei immer lauter wird; wenn das Taschengeld schon auf Wochen voraus mit Strafen belegt ist; wenn Ihnen die Hand unvermutet ausrutscht, noch ehe Sie sich ein Bild von dem Fall gemacht haben.

Gehen Sie aus dem Zimmer, bürsten Sie Ihr Haar, tun Sie sich irgend etwas Gutes. Schauen Sie sich ein Photo des kleinen Quälgeistes an aus der Zeit, als er noch ein süßes Baby war. Und weinen Sie, wenn Ihnen danach zumute ist. Dann machen Sie sich klar, wie gut Sie bisher alles geschafft haben. Sie haben ein gesundes, liebes, gescheites und trotziges Kind. Selbst der Trotz ist ein Zeichen von liebevoller, gewaltfreier Erziehung.

Und wenn Sie dann dermaßen geläutert sind, denken Sie auch daran: Liebe ist besser als Gerechtigkeit. Eine Bestrafung, die aus Gründen der Liebe nicht stattfindet, bedeutet nicht, wie manche gerne behaupten, ein Kind zu verziehen. Im Gegenteil, das kann zur allerbesten Lektion werden. Es macht nichts, daß das kleine Teufelchen ungeschoren davonkommt, obwohl es in einem Wutanfall den Badezimmerspiegel zertrümmert hat, ein nagelneues Buch zerfetzt oder Sie zum fünfzehnten Mal eine dumme Kuh genannt hat. Nach einem kräftigen Donnerwetter sollten Sie manchmal auch Größe zeigen und Ihren Groll mit einer Umarmung und einem befreienden Lachen begraben. Ja, Sie könnten sich sogar für Ihren Wutausbruch entschuldigen. Wie sonst sollte ein Kind lernen, es ebenso zu machen?

Fernsehen: Gibt es ein Gegengift?

Es gibt kaum eine schrecklichere Vorstellung für engagierte Eltern, als der Anblick eines intelligenten, aufgeweckten, gutherzigen, vielseitig interessierten Kindes, das fasziniert vor der Glotze sitzt und sich einen hanebüchenen Schwachsinn ansieht. Heutzutage sitzen die Kinder viel zu lange vor dem Fernseher, manchmal vier bis fünf Stunden pro Tag, oft sogar länger, und bei dem Gedanken ist uns allen nicht wohl. Resigniert hat man sich inzwischen damit abgefunden, daß Teenager den ganzen Tag vor dem Fernseher lungern und sich jeden Schrott »reinziehen«, während draußen die Sonne vom strahlendblauen Himmel lacht. Das gehört nun einmal zum geheimnisvollen Prozeß der Pubertät in unserer Zeit. Aber ein Fünf- oder Sechsjähriger, der wahllos jeden banalen oder gewalttätigen Quatsch über sich ergehen läßt, ist wirklich ganz entsetzlich.

Was also ist zu tun? Besonders wenn Sie ein Vater sind. Sie werden über die Tatenlosigkeit Ihres Sprößlings immer wütender und stürzen schließlich mit den Worten »Schalt' endlich den Schwachsinn ab!« ins Zimmer, worauf sie ein vorwurfsvoll schmollender Blick trifft. Mit Recht werden Sie als verständnisloser Haustyrann bezeichnet. Zu allem Übel sahen Ihre Kinder wahrscheinlich sogar einen exzellent gemachten Dokumentarfilm über Meeresvögel, auch wenn sich zuvor fünfunddreißig Minuten lang amerikanische Superhelden mit obszönen Ausbuchtungen im Namen der intergalaktischen Bruderschaft bekriegten. Bei dieser Sendung haben Sie nicht eingegriffen, weil Sie gerade ein schwieriges Problem am Telefon erörterten und Ihnen die entfernten Raumschiffgeräusche immer noch lieber waren als ein quengelndes »mir ist langweilig, was soll ich tun?« direkt an Ihrem Ohr. Das ist keine Entschuldigung. Was Ihnen fehlte, was uns allen immer fehlte, waren klare Richtlinien.

Hier dazu ein paar Tips. Einige stammen aus Familienbesitz, einige sind geliehen. Suchen Sie sich aus, was Sie brauchen können, und halten Sie sich dran:

- Akzeptieren Sie zunächst einmal, daß Fernsehen in Grenzen gut ist für Kinder. Es gibt Fernsehfilme, Geschichten, Dokumentarfilme, gut gemachte Zeichentrickfilme und Kindernachrichtenprogramme, die sich durchaus positiv auf die Erziehung Ihrer Kinder auswirken. Teilen Sie Ihren Kindern mit, welche Sendungen Sie gut finden, schauen Sie selbst auch manchmal zu und äußern Sie sich dazu. Es hat wenig Sinn, das Fernsehen nur als Missetäter zu betrachten und es in Grund und Boden zu verdammen. Wenn Sie die guten Seiten anerkennen, haben Sie auch schon den ersten Schritt getan, die schlechten oder banalen abzulehnen.
- Machen Sie es von Anfang an zu einer unumstößlichen Grundregel, daß die Kinder den Fernseher nach Beendigung des Programms ausschalten und über die Sendung diskutieren. Selbst wenn unsere Kinder zwei aufeinanderfolgende Programme sehen dürfen, schalten sie dazwischen kurz ab. Auf diese Weise behandeln Sie das Fernsehen wie ein Buch oder eine ordentlich servierte Mahlzeit, als etwas, mit dem man bewußt umgeht, anstatt es gedankenlos und unablässig zu konsumieren.
- Wenn Sie es irgendwie schaffen, sollten Sie sich einen Videorecorder zulegen. Nehmen Sie Kinderprogramme auf und archivieren Sie sie. Es schadet den Kindern nicht, ein Programm zwei- oder dreimal zu sehen. Das schärft den kritischen Blick. Selbst ein fünfjähriges Kind wird plötzlich darüber nachdenken, wie es kommt, daß sich die Puppen bewegen, oder warum ein Lied an einer ganz bestimmten Stelle des Stücks gespielt wird. Eine neue Generation von kritischen Zuschauern heranzuziehen, ist allemal besser als die Riege der wahllosen Konsumierer zu vergrößern. Mit einem Videogerät wird es auch viel leichter, auf bestimmten Zeitregeln zu bestehen, so zum Beispiel niemals, niemals Fernsehen vor dem Mittagessen. Und Sie können das Fernsehen dann auch gelegentlich als Babysitter einsetzen – wenn Sie dringend ein wenig Ruhe brauchen und Ihre Zei-

tung lesen wollen. So wissen Sie dann wenigstens, daß Ihre Kinder etwas anschauen, was Sie ausgesucht haben.

- Will ein Kind wirklich eine Sendung sehen, die Sie für himmelschreienden Blödsinn halten (»Alle anderen in meiner Klasse dürfen das auch sehen!«), dann bietet sich als guter Kompromiß die Vereinbarung an, das Kind einen kleinen Aufsatz über die Sendung schreiben zu lassen (mindestens vierzig Wörter) und ein Bild dazu zu zeichnen. In vielen Fällen wird das Interesse dann rapide abnehmen.
- Ermutigen Sie Ihr Kind, zwischen wirklich guten und, von meinen Kindern so getauften , »hirnlosen« Programmen zu unterscheiden. Alle Familienmitglieder haben Anspruch auf ein bis zwei »Hirnlose« pro Woche, aber die Kinder müssen wissen, welche das sind.
- Setzen Sie sich mindestens einmal pro Woche mit Ihren Kindern vor den Fernseher und versuchen Sie herauszufinden, wieviel sie davon verstehen – auch von der Werbung. Erklären Sie, wofür Werbung da ist, und daß sie versucht, Wünsche zu wecken. Analysieren Sie, wie das gemacht wird (schon bei einem vierjährigen Kind können sie damit anfangen). Kinder brennen darauf, den Erwachsenen eine Nasenlänge voraus zu sein und lehnen die ständig in der Werbung angepriesenen Spielsachen ab, wenn sie erst einmal begriffen haben, daß ihnen jemand anderer etwas aufschwatzen will.
- Versuchen Sie, Ihr Kind so lange wie möglich davon abzuhalten, den Fernseher selbst einzuschalten. Mich überrascht immer wieder, wenn Drei- und Vierjährige in der Früh nach unten rennen und als erstes das Frühstücksfernsehen einschalten. Ziehen Sie den Stecker raus, plazieren Sie einen Stuhl direkt vor den Einschaltknopf, machen Sie es so schwer wie möglich. Dazu fällt mir noch ein sehr unternehmungslustiges kleines Kind ein, das morgens alleine nach unten kam, den Fernseher einschaltete, die Bilder nicht interessant fand und sie kurzerhand mit selbstgemalten Bildern überklebte. Die Eltern des Kindes fanden, es hätte eine bewunderswerte Unabhängigkeit von der Fernsehindustrie an den Tag gelegt und spendeten ihm Lob.

Eifersucht ist eine Leidenschaft: »Warum kann ich das nicht auch haben?«

Als es noch Großfamilien gab, wußten die Kinder von klein auf, daß das Leben ungerecht ist. Schon das Kleinkind wußte, daß manche Menschen größer sind als andere, immer neue Kleider bekommen, anstatt alte auftragen zu müssen und Taschenmesser haben durften. Nach den Gesetzen der Wahrscheinlichkeit fällt der Geburtstag bei vier oder mehr Geschwistern bei mindestens einem Kind nach Ansicht der anderen schöner aus als der eigene, und eine andere Schwester ist wiederum ungeheuer eifersüchtig auf den Geburtstag desjenigen Kindes, das seinen eigenen für gar nicht so gelungen hält. Die Gesetze des gesunden Menschenverstandes und der finanziellen Grenzen machen es schlicht unmöglich, daß jedes Kind genau zur gleichen Zeit das gleiche Geschenk bekommt. Ein gewisses Wettbewerbsdenken setzt ein, auf sonderbare Weise gepaart mit geschwisterlicher Zuneigung: Man hat festgestellt, daß Söhne und Töchter aus großen Familien leichter Freundschaft schließen, aber auch, daß sie schneller essen als Einzelkinder. Das liegt daran, daß sie immer versuchen, noch schnell einen Nachschlag zu bekommen, ehe der Topf leer ist.

In der modernen Zwei-bis-drei-Kinder-Familie ist das anders geworden. Eltern zweier Kinder, die altersmäßig nicht weit auseinander liegen, können die beiden Geschwister, sobald das jüngere Kind etwa drei Jahre alt ist, doch ziemlich gleich behandeln. Wenn eines ein kleines Geschenk bekommt, wird das andere ebenso bedacht. Sie können beide ins Kino, ins Schwimmbad oder zum Einkaufen mitgenommen werden. Sie können beide schon ziemlich früh Taschengeld bekommen, werden gleichzeitig eingekleidet und können sich gegenseitig schon kleine Geschenke zum Geburtstag machen. Und zu Weihnachten gibt's für beide qualitativ und quantitativ gleichwertige Geschenke.

Das ging in meiner Familie ziemlich lange gut, bis zu dem Zeitpunkt, an dem meine Tochter wütend wurde, als sie bemerkte, daß die Patin meines Sohnes nicht auch die ihre sein konnte. Quasi als Ausgleich war es meinem Sohn unverständlich, daß er nicht auch einen Gips bekommen konnte. Das Argument, sein Arm wäre eben nicht gebrochen, zählte nicht. In diesem Augenblick wurde mir klar, daß ich einem schamlosen Irrtum aufgesessen war. Ich hatte von Anfang an eine dumme, wenn auch wohlgemeinte Taktik verfolgt. Zwei verschiedene Kinder gleich behandeln zu wollen, ist zwar sehr verführerisch, führt aber zu ziemlich negativen Ergebnissen: Bei uns waren das ein riesiger Haufen von abgelegtem, kaputtem Spielzeug (nur eines der Kinder war wirklich groß genug für die verzierte Spielzeuggondel, die wir aus Venedig mitbrachten) und die Gewohnheit der beiden Kinder, die »Besitztümer« des anderen noch argwöhnischer auf Gleichwertigkeit zu überprüfen. Eine Freundin von mir erinnert sich, daß ihre ältere Tochter in der Schule begann, Blockflöte zu lernen und deshalb natürlich eine bekam. Ihre Schwester, die noch zu klein war, um Flöte zu spielen, nahm das sehr persönlich. Vergeblich versuchte ihr die Mutter klarzumachen, daß sie statt dessen einen Gymnastikanzug und Ballettschuhe für die Ballettstunden bekommen hätte, aus denen sich ihre ältere Schwester wiederum nichts machte. Nein, es mußte genau das gleiche sein, und wenn es nicht so war, dann war der Ärger vorprogrammiert. »Das ist gemeeeeiin!« Allmählich haben wir das begriffen und versuchen es jetzt mit langwierigen Vorverhandlungen: »Wenn er auf dem Nachhauseweg von der Mathestunde Pommes mit Mayo bekommt, dann kriegst du am Donnerstag welche, wenn er bei Matthew ist...« Oder: »Ich kaufe ihm die Schienen für seine Spielzeugeisenbahn, und wir beide gehen uns dafür den Film anschauen, den er nicht sehen will...«

Dieses familieneigene Konkurrenzdenken ist meiner Meinung nach einer der Gründe, warum Geschwisterkrieg und entnervendes Gequengel (»Maa-mi! Er hat mich geschlagen!«) auch durch die verminderte Familiengröße keineswegs aus der Welt geschafft sind. Bei sechs Kindern gibt es Kämpfe mit verteilten Rollen an verschiedenen Fronten. Bei zwei werden die Kämpfe nur mehr an zwei Fronten, dafür aber um so erbitterter ausgetragen. Die ewigen Streitereien sind ärgerlicher als alle anderen unangenehmen Dinge, deren Kinder fähig sind: ärgerlicher als Zerstörungswut, Unordentlichkeit, Frechheit, Trotz und Lügen. Sie bringen die Eltern näher an Gewalttätigkeiten als irgend etwas sonst. Nach all der Mühe, die man sich gegeben hat, erscheinen die Kinder plötzlich verzogen, lästig, undankbar, trotzig und gemein. Jetzt verstehe ich auch, warum in meiner Kindheit oftmals ein hysterisches »Ich schlage euch die Köpfe aneinander!« durch das Haus schallte, was natürlich niemals geschah. Ich hätte das auch schon oft liebend gern getan. Erst kürzlich wieder. Vor zehn Minuten, wenn Sie es genau wissen wollen. Und ich danke Gott für den Alkohol, ohne dessen beruhigende Wirkung ich jetzt nicht den Nerv hätte, weiterzutippen.

Wenn ich etwas milder gestimmt bin, muß ich jedoch zugeben, daß die leidige Angelegenheit auch gute Seiten hat. Früher oder später müssen alle Kinder lernen, Interessenkonflikte durchzustehen. Die Probleme mit den Eltern sind dazu nicht geeignet, haben die Eltern doch zu viele Trumpfkarten in der Hand. Außerdem sind die Kinder doch zu sehr von ihnen abhängig. Auseinandersetzungen mit Freunden sind besonders problematisch. Womöglich zieht sich der Gegner aus der Affäre, indem er einfach weggeht. In diesem Fall bleibt dann nur gegenseitige, kalte Abneigung. Streitigkeiten zwischen Geschwistern sind da viel besser: Hier haben beide etwa gleiche Ausgangsbedingungen, und keiner kann sich einfach aus dem Staub machen. Ein Bruder oder eine Schwester werden den Kampf weder bis zur totalen Niederlage des anderen führen, noch selber allzuschnell klein beigeben. Deshalb sind die Geschwisterkämpfe die beste Vorbereitung auf Auseinandersetzungen mit der großen, weiten Welt: auf Grenzstreitigkeit, auf Konkurrenz im Berufsleben, ja sogar auf die Ehe. Es muß zu einer Versöhnung kommen, weil sonst keiner der beiden Kontrahenten in Frieden und Anstand weiterexistieren kann. Da lernen die Kinder doch wirklich was fürs Leben!

Wenn Sie sich das klarmachen – was nicht ganz so einfach ist, wenn es auf den Rücksitzen im Auto schlimmer zugeht als wenn sie eine Schimpansenhorde geladen hätten –, dann werden die lautstarken Auseinandersetzungen erträglicher. Das zählt zur Rubrik Gesellschaftserziehung, sagen Sie sich, während Sie mit zusammengebissenen Zähnen versehentlich die Einbahnstraße in falscher Richtung fahren. Die Erkenntnis wertet natürlich auch gleich Ihre Aufgaben als Eltern auf. Sie müssen den allumfassenden Geist der Gerechtigkeit, der Gnade und des Friedens vertreten. Sie sind ein Kissinger, ein Terry Waite, ein Salomon. Bringen Sie Ruhe und Besonnenheit in die hitzige Auseinandersetzung. Damit legen Sie den Grundstein für zukünftige Friedensstifter und Schlichter in unserer stürmischen Zeit. Sollte allerdings nur die Gangschaltung krachen und Ihr Kotflügel den Sperrpfosten der Verkehrsinsel rammen, dann sollten Sie besser an den Straßenrand fahren und tief durchatmen. Das tue ich übrigens sehr oft, wenn die Streiterei im Auto losgeht. Ich halte nach einer sicheren Stelle Ausschau, fahre rechts ran, schalte den Motor und die Musik im Kassettenrecorder aus, verschränke meine Arme über der Brust und weigere mich strikt weiterzufahren, ehe das Gerangel und Gekeife auf den Rücksitzen nicht ein Ende gefunden hat. Vielleicht müssen Sie ein bißchen vermittelnd eingreifen, aber das ist den Aufwand wert. »Also hört mal, wenn ihr euch nicht einigen könnt, ob ihr Radio oder die Musikkassette hören wollt, dann gibt's keines von beiden. Wer heute dem anderen den Vortritt läßt, kommt dafür morgen dran.« Oder: »Okay, gut, das ist Rosis Buch. Aber wenn Nicholas jetzt darin liest, wird es dir nichts bringen, wenn du es ihm wegnimmst und es dabei in zwei Stücke zerreißt. Stimmt's?« Wenn Sie den Wagen rechts rangefahren haben, können Sie auch das machen, was jeder gute Schiedsrichter machen muß: zuhören. Terry Waite sagte mir einmal, das Wichtigste an seiner Arbeit, die jahrelang erfolgreich war, ehe er selbst gekidnappt wurde, war, stundenlang beifällig zu nicken, während ihm fanatische Terroristen ihre Lebensphilosophie darlegten. So müssen Sie es auch halten. Irgend etwas muß doch dran sein an dem Streit um den blöden Plastikdinosaurier, und das sollten Sie herausfinden.

Ich habe das Beispiel eines Gerangels im Auto genommen, weil diese Kulisse das elterliche Allheilmittel bei Geschwisterstreitigkeiten, nämlich den Ruf »AUSEINANDER! Tom nach oben, Lucy, du bleibst hier!«, ausschließt. Das hat durchaus seine Vorteile, besonders wenn die Kinder sich gegenseitig zum Spielen brauchen. Letzten Endes werden sie nämlich so lernen, daß man seinen Spiel- und Gesprächspartner nicht gegen das Schienbein treten darf, wenn man seine Gesellschaft möchte und braucht. Aber das intensive Gespräch der Eltern mit den Kindern, bei dem der Streitpunkt analysiert und eine Lösung gefunden wird, ist pädagogisch wertvoller. Wenn Sie den Nerv dazu haben. Und in einem Auto oder in einer Ferienwohnung müssen Sie ihn haben. Hier ein paar Beispiele, worüber sich Geschwister streiten:

- MEIN UND DEIN. Mit einer klaren, festen Linie in punkto Eigentum. Jedes Kind hat ein Recht auf ganz persönliche Dinge, die allen anderen heilig sein sollten. Jeder Verstoß dagegen wird unbarmherzig geahndet. Kann das Kind sich darauf verlassen, dann wird es auch nicht an die Schubladen der Geschwister rangehen.

  Nicht bei allen Gegenständen sind jedoch die Besitzverhältnisse so genau geregelt. Wem gehört beispielsweise der Stein, der wie eine Eule aussieht und den eines der Kinder – wer war es doch gleich wieder? – am Strand gefunden hat. Der Legobaukasten, der beiden gehört, der Modellbaukasten, den sie beide bekommen haben, und dessen Einzelteile inzwischen bunt gemischt sind? Ist eine eindeutige Klärung nicht möglich, ist wieder Salomon gefragt: Entfernen Sie den fraglichen Gegenstand ganz und gar, und warten Sie ab, bei welchem Kind die Empörung größer ist. Besser ist es natürlich, den Kindern ganz ruhig und ein wenig gelangweilt klarzumachen, daß keiner mit dem Gegenstand spielen kann, solange sie sich streiten, und daß sie sich deshalb lieber um einen Kompromiß bemühen sollten. Achten Sie darauf, ob ein Kind immer nachgibt oder auf seine Vorteile verzichtet. Ist das der Fall, dann sollten Sie in einem Gespräch unter vier Augen mit diesem Kind nicht an Lob sparen und es wissen lassen, daß Ihnen bewußt sei, wie schwierig das ist. Sagen Sie ihm, daß Sie stolz auf seine vernünftige Handlungsweise sind.

Haben Sie Ihrem Kind erst einmal erfolgreich die Erkenntnis vermittelt, es falle ihm kein Zacken aus der Krone, wenn es einmal nachgibt, dann müssen Sie selbst natürlich auch zu diesem Prinzip stehen. Demonstrieren Sie also gelegentlich, daß auch Eltern vernünftigen Argumenten zugänglich sind. Nehmen Sie zum Beispiel die Schlafenszeit. Muß sie auch an Feiertagen oder in den Ferien strikt eingehalten werden? Warum sollte dann ein Kind nicht genauso streng sein und sich weigern, seine Schwester mit der Eisenbahn spielen zu lassen?

– WÜRDE. Kinder haben ein beträchtliches Maß an persönlicher Würde. So mancher Streit entsteht, weil ein Kind nichts Besseres zu tun wußte, als seine Schwester als »Walze«, »Furzgesicht« oder »Heulsuse« zu bezeichnen. Ist die Lautstärke bei einem Pegel angelangt, der Sie notgedrungen auf den Plan ruft, sind auch dem anderen Kind inzwischen einige Kraftausdrücke eingefallen, und alle beide behaupten lauthals: »Er/Sie hat angefangen!« Rutscht dabei einem der beiden Streithähne die vielsagende Bemerkung »Nun, sie hat angefangen, das Furzgesicht« raus, dann haben Sie wenigstens gleich Klarheit. Erwähnen Sie beiläufig, Sie wüßten schon, wer der Schuldige sei, und lassen Sie es bei dieser Bemerkung bewenden. Ist der Fall nicht eindeutig, dann gibt es zwei Möglichkeiten. Entweder Sie »bringen die ›message‹ rüber«, daß Frieden und Eintracht mehr Spaß machen als Kampf und Hader, verkünden streng, daß jede weitere Gewalttätigkeit mit der Bestrafung des Verursachers geahndet werde und ziehen sich damit zurück. Oder, wenn es wirklich ganz schlimm ist, trennen Sie die beiden. Geschwister können sich genauso wie Ehepartner schrecklich auf die Nerven gehen, wenn sie zu nahe aufeinander hocken.

- DIE MUTTER. Eine schwierige Sache. Manchmal können Sie sich nicht uneingeschränkt Ihren Kindern widmen. Sie haben andere gesellschaftliche Verpflichtungen, dringende Arbeiten im Büro, die Überstunden erfordern, oder Sie fühlen sich nicht wohl und sind einfach deprimiert. (Alle Mütter sind hin und wieder deprimiert. Das ist absolut keine Schande!) Natürlich machen die Kinder in solchen Situationen alles noch schlimmer. Kaum tun Sie irgend etwas für ein Kind, heult das andere jammervoll auf und beklagt sich über die schlechte Behandlung. Dann lassen beide nicht locker und bestehen auf einer verbindlichen Aussage Ihrerseits, welches der Kinder Ihnen denn nun lieber sei. Als Antwort schlage ich eine Gegenfrage vor: »Welches deiner Augen hast du lieber? Welches deiner Ohren? Welchen deiner Füße?« Ganz wichtig an dieser Stelle ist, meine säuerliche Kritik an der versuchten Gleichbehandlung von Geschwistern am Anfang dieses Kapitels erst einmal wieder wegzustecken und in materiellen Dingen sehr fair zu sein. Aber eigentlich, das wissen Sie selbst am allerbesten, liegt die Ursache des Konfliktes tiefer: Versuchen Sie, die Überstunden abzubauen, sagen Sie gesellschaftliche Verpflichtungen ab, lassen Sie sich von niemandem dreinreden und verwöhnen Sie Ihr geschundenes Ego. Nur so werden Sie am Ende des Tages auch noch etwas an Ihre Kinder weiterzugeben haben.

Bei Ihren Schlichtungsbemühungen sind folgende Grundsätze zu beachten und weiterzuvermitteln:

- Streitereien sind unproduktiv. Wortgefechte bringen nur etwas, wenn beide Seiten zuhören.
- Wenn der Streit an sich wichtiger geworden ist als das ursprüngliche Streitobjekt, dann ist es an der Zeit, ihn zu beenden. Wirkliche Grundsatzdiskussionen sind selten.
- Sehr wenige Gegenstände sind es wert, eine glückliche Beziehung dafür aufs Spiel zu setzen.
- Ein ehrenvoller Frieden ist immer möglich.

Trainerstunden: Früh übt sich…

Sarah Ferguson, die Herzogin von York, wurde bereits im zarten Alter von zwei Jahren auf ein Pferd gesetzt. Mit drei konnte sie schwimmen, mit vier stand sie auf Skiern. Manche Kinder spielen mit drei Jahren schon Geige nach der Suzuki-Methode, andere manövrieren mit fünf Jahren ein kleines Segelboot. Wer es im Tennis oder beim Motorradfahren zu etwas bringen will, sollte schon mit vier anfangen und sich ein Beispiel nehmen an den kräftigen, kleinen Vorschulkindern in weißen Leinenpyjamas, die ihren Gegner gekonnt auf die Judomatte schleudern.

So, und nun alle miteinander im Chor: *Na und? Was soll's?* Wenn Sie sich an diesem Aufschrei mit Inbrunst beteiligt haben, dann können Sie getrost zum nächsten Kapitel weiterblättern. Ihr kerniges Selbstbewußtsein als Eltern ist durch nichts zu erschüttern. Sind sie hingegen – wie die meisten von uns – beim ersten Abschnitt dieses Kapitels nervös auf Ihrem Stuhl hin- und hergerutscht und haben dabei Ihren Kindern draußen zugesehen, wie sie sich mit Plastikschwertern bekämpfen und unkontrolliert Steine gegen die Mauer werfen, dann müssen Sie sich mit diesem Thema eingehend befassen. Viele Eltern lassen sich von gesellschaftlichen Zwängen unter Druck setzen und melden Ihre Kinder bei zahllosen Kursen und Trainerstunden an, genauso wie Besitzer von alten Rostlauben verbissen weiter weiße Ralleystreifen aufkleben und chromblitzende, schnittige Spoiler kaufen.

»Ach«, heißt es dann im Gespräch zwischen zwei Müttern, »Nicky ist ganz verrückt nach den Tennisstunden, aber natürlich bringt Taekwondo viel mehr als Training für die Skisaison, und ich glaube, es ist auch eine ausgezeichnete Konzentrationsübung für sein Cellospiel.« Prompt schlägt die andere Mutter zurück. »Nun, Samantha nimmt es mit dem Schwimmen sehr genau. Und mit den Suzukistunden am Mittwoch und Gymnastikunterricht am Donnerstag befürchte ich fast, daß das Reiten ein wenig zu kurz kommt. Sie will schließlich im Winter an einer Jagd teilnehmen.« Nicky und Samantha sind vier beziehungsweise fünf Jahre alt, und ihre Eltern sollten sich schämen. In einigen Jahren werden diese beiden überforderten Knirpse Opfer eines Syndroms sein, das Lehrer in guten Wohngegenden immer häufiger beobachten. Ein Lehrer erzählte mir einmal: »Ich habe Kinder in meiner Klasse, die vor Müdigkeit kaum noch die Augen offenhalten können, und das sind keineswegs die, die besonders viel zu Hause helfen müssen, sondern die, die jeden Nachmittag etwas anderes vorhaben. Mittelstandsopfer!«

Ehrgeizige Eltern, die ihre Kinder auf Leistungssport trimmen, sind kein Sonderfall. Sportmediziner stellen mit Besorgnis fest, daß schon zehnjährige Eiskunstläufer oder Turner körperliche Wracks sind. Ich sehe durchaus eine, wenn auch weniger sichtbare, Parallele bei Kindern, die von den vielen außerschulischen Aktivitäten völlig überlastet sind, im Grunde genommen ganz normale Kinder, aber einfach übermüdet und aus der Bahn geworfen. Kinder, die es verlernt haben, sich mit sich selbst zu beschäftigen, die es verlernt haben, herumzualbern, sich zu verkleiden und sich zusammen mit anderen phantasievollen Kindern Spiele auszudenken. Kinder, die in Gruppen besondere Kunstfertigkeit beigebracht bekommen, werden konkurrenzbewußt und entwickeln mit erschreckender Schnelligkeit Gefallen an Hackordnungen. Der oder die »Beste« wird auch entsprechend eingeordnet und behandelt. Kinder, die einfach nur miteinander spielen, haben ein anderes System. In einer freien, ungezwungenen Atmosphäre trägt jedes Kind sein besonderes Talent bei. »Matthew kann toll Maschinen zeichnen, und ich denke mir immer aus, was man mit diesen Maschinen machen kann. Rose kann affenflink ein Seil hinaufklettern, aber nur, weil Sally die besten Knoten machen kann.« Welche Kindergruppe wird nun mehr in der Gemeinschaft lernen und wahrscheinlich glücklicher sein?

Also atmen Sie tief durch, und sprechen Sie mir das erste Gebot nach: Mit sechs Jahren anzufangen, ist immer noch früh genug. Bei vielem können Sie auch noch ein oder zwei Jahre zuwarten, und alle besonderen Fertigkeiten – selbst

Sportarten, die nach besonderen Regeln gespielt werden – haben ohnehin noch Zeit.

Natürlich gibt es Ausnahmen zu der Sechs-Jahre-Regel, ganz natürliche Ausnahmen. Kinder, die in der Schweiz oder in Skandinavien aufwachsen, werden auf Skier gestellt, sobald sie laufen können. Pferdenarren setzen ihre Kinder auf Ponies, sobald sie aufrecht sitzen können. Seglerfamilien drücken ihren Sprößlingen ganz selbstverständlich die Ruderpinne in die Hand, und Kinder von Familien, die glückliche Besitzer eines Swimmingpools sind, können meist schon sehr früh wie die Fische schwimmen. Aber diese Eltern tun das nicht, weil dies besonders wünschenswert oder pädagogisch wertvoll wäre. Der Schnee und das dicke, alte Pony und das Boot sind eben nun mal da. Und die Kinder machen es einfach den Eltern nach, so wie sie sich Autos aus Schachteln basteln. Verdächtig wird es erst, wenn das Erlernen dieser besonderen Fähigkeiten Teil eines sozialen Ehrgeizes wird oder des ach so modernen Drucks auf den Eltern, ihr Kind unaufhörlich und mit Gewalt »weiterentwickeln« zu müssen. Es ist, als stünden sie permanent unter dem Zwang, den Wert ihres Kindes zu erhöhen, indem sie ihm »erwachsene Fertigkeiten« eindrillen. Nach einer jahrelangen Gewissenserforschung habe ich einige unbequeme Fragen zusammengestellt, die ich Ihnen hiermit besonders ans Herz lege:

- *Will* mein Kind das wirklich? Hat es jemals auch nur die leiseste Neigung oder auch nur das geringste Interesse gezeigt – ein Pferd gestreichelt, ein Spielzeugboot gebaut, verzückt klassischer Musik zugehört, getanzt, seit es gehen konnte?
- Ist es möglich, daß ich insgeheim wieder vier Jahre alt bin und mir einen Kinderwunsch erfüllen möchte?
- Habe ich die entsprechende Sportart vielleicht gar ausgewählt, weil sie gerade »in« ist, vielleicht bei den oberen Zehntausend?
- Habe ich mich dazu entschlossen, weil unser Nachbarssohn das auch macht und angeblich letzten Monat eine Bronzemedaille gewonnen hat?
- Oder möchte ich einfach einmal jeden Mittwoch eine

Stunde meine Ruhe haben und habe deshalb meinen eigenen Wunsch als »pädagogisch besonders wertvoll« getarnt?

Haben Sie ehrlich geantwortet? Dann können Sie auch richtig entscheiden. Dazu noch Erfahrungen von verschiedenen Müttern:

SCHWIMMUNTERRICHT: Eindeutig eine gute Sache. Kann das Kind jedoch erst einmal gut über und unter Wasser schwimmen, verliert es unter Umständen das Interesse am offiziellen Unterricht und blödelt lieber mit seinen Geschwistern herum. Vervollständigen Sie Ihre Hausapotheke mit Mitteln gegen Warzen und Fußpilz.

REITSTUNDEN: Wenn das Kind nicht unbedingt ganz wild darauf ist, dann brechen Sie den Versuch sofort ab. Für unwillige Amateure ist die Sache zu teuer und zu gefährlich. Keine Sorge: Das in die Ausrüstung investierte Geld können Sie wieder reinholen, wenn Sie die Sachen verkaufen.

SKIKURS: Funktioniert genauso. Manche Kinder sind begeistert, andere finden es schrecklich. Es bricht dem Kind kein Zacken aus der Krone, wenn es zum Schlitten zurückkehrt.

SEGELKURS: Siehe oben. Kaufen Sie dem Kind einen wasserdichten Overall, ehe es losgeht. Ein nasses, frierendes Kind kann sich nicht konzentrieren. Ich persönlich würde niemals einen Segelkurs für ein Kind vorschlagen, wenn es nicht selber ausdrücklich danach verlangt. Warum? Ich segle selbst, bin neununddreißig und finde es manchmal *immer noch* schrecklich.

EISLAUFEN, MOTOCROSS, TENNIS und andere Sportarten: Wenn es in dem entsprechenden Club keine kostenlosen Probestunden gibt, vergessen Sie es.

MUSIKUNTERRICHT: Hier läuft's anders. Anfangs weitermachen, auch wenn das Kind einmal nicht will. Oft gibt es nach mehreren Monaten einen Durchbruch. Ist das nicht der Fall, dann drängen Sie nicht weiter, sondern nehmen Sie das Kind statt dessen in ein paar gute Konzerte mit. Braucht die Welt nicht ebenso wie Musiker auch die Konzertbesucher?

THEATERGRUPPEN: Gehen Sie mindestesns zweimal

als Zuschauer hin, ehe Sie Ihr Kind anmelden. Es gibt einige hochnäsige Geldmacher, die Theaterunterricht für Vierjährige anbieten – absolute Zeitverschwendung. Andererseits gibt es einige ausgezeichnete, wirklich traumhafte Theatergruppen.

BALLETTSTUNDEN: Sehr gut für die Disziplin, als Koordinationstraining und als Übung, um »bei der Stange zu bleiben«. Aus irgendeinem unerklärlichen Grund haben Kinder, die aus der Ballettstunde kommen, immer schlechte Laune und stoßen nach ihren Müttern. Wahrscheinlich hat das damit zu tun, daß die Anspannung des disziplinierten Verhaltens endlich nachläßt. Wenn Sie blaue Schienbeine nicht mögen, sollten Sie darauf bestehen, daß Ihr Kind die Ballettschuhe anbehält, bis sich die Anspannung löst.

Der Kreis wird größer: Babysitter und andere Leute

Die ersten drei Jahre des Elterndaseins sind teuflisch harte Arbeit, haben aber auch etwas Beruhigendes, Abgeschirmtes. Zumindest retrospektiv betrachtet. Die große, weite Welt tritt ein wenig in den Hintergrund. Hin und wieder gibt es ein paar Klagen über Türen, die zu schmal sind für Kinderwagen, und über Restaurants, in denen Kinder unerwünscht sind, aber im großen und ganzen leben wir in unserer kleinen Welt aus Buggys und Feuchttüchern, aus Teddys und Tränen und feuchten, klebrigen, rundlichen Kinderärmchen, die sich um unseren Hals schlingen. Wenn ich heute Freunde mit Kindern betrachte, die unter vier sind, dann beneide ich sie um diese private Welt. Gehetzt, aber glücklich lächeln sie durch Talkumpuderwolken hindurch, wischen Tränen weg und wissen einem plötzlichen Wutausbruch mit einer Umarmung und einem kleinen Spaß zu begegnen. Ihre Kinder stellen einfache, wenn auch nervtötende Fragen wie »Was ist das?« und schlafen plötzlich ein wie Katzen.

Und Sie, Sie sind immer im Dienst, und wenn Sie noch so müde sind, Sie haben eine Welt für Ihre Kinder geschaffen, ein Ambiente, einen moralischen Rahmen, in dem die Kinder mehr oder weniger zufrieden leben. Aber es kommt die Zeit, wenn das Kind vier oder fünf Jahre alt ist und anfängt, sich allmählich für die Welt außerhalb der Familie zu interessieren. Es hat im Kindergarten oder in der Schule Freunde, die Sie nicht kennen. Nie werde ich den Schrecken vergessen, der mich durchfuhr, als mein fünfjähriger Sohn, der mit mir durchs Dorf ging, plötzlich einer Frau auf der anderen Straßenseite zuwinkte und fröhlich »Guten Morgen, Mrs. Saxby!» rief. Mrs. Saxby war Schulangestellte, und ich kannte sie damals nicht. Aber es war teilweise ein angenehmer Schrecken für mich. Wenn das Kind sich allmählich der großen, weiten Welt zuwendet, dann ist das für die Mutter eine bittersüße Freude, aber nichtsdestotrotz eine Freude. Schließlich sind Eltern nicht für immer und ewig da. Sollten sie auch nicht. Eine Art emotionales Entwöhnen vollzieht sich. Das ist der Augenblick, auf den das Baby hingearbeitet hat, als es sich in einem überfüllten Eisenbahnabteil plötzlich von der Mutterbrust abwandte und die anderen Reisenden mit einem breiten Lächeln anstrahlte (Sie selbst waren in diesem Augenblick völlig bloßgestellt – im wahrsten Sinne des Wortes. Babys haben eben noch kein Feingefühl). Eine aufregende Zeit, die aber gut vorbereitet sein muß.

Wer sind also diese Erwachsenen, die jetzt ins Blickfeld Ihres Kindes gelangen?

BABYSITTER. Wahrscheinlich hatten Sie, solange die Kinder sehr klein waren, einen kleinen, aber erlauchten Kreis von Ihnen wohlbekannten Babysittern. Großmütter, Tanten, vertrauenswürdige Nachbarn, eine Tagesmutter oder ein Kindermädchen. Diese Menschen sind so kostbar wie Goldstaub. Als frischgebackene Mutter entwickeln Sie plötzlich ein ungeahntes Interesse an gewissen Bevölkerungsschichten. Begehrlich beäugen Sie mütterliche Witwen im Supermarkt und mustern weibliche Teenager ebenso taxierend wie die jungen Männer das tun – wenn auch aus anderen Gründen. Gute Babysitter sollten Sie am besten mit Gold aufwiegen. Schlechte Babysitter sind im besten Fall eine Katastrophe, im schlimmsten Fall eine Tragödie. Das Wichtigste an einem Babysitter ist sein oder ihr gesunder Menschenverstand. Vergessen Sie die Punkfrisur, den Minirock oder den Kaugummi. Achten Sie auf Intelligenz. Schließlich würde nur ein sehr böser Mensch einem Kind bewußt Schaden zufügen, aber Leute, die es gut meinen, aber unsinnig handeln, sind genauso gefährlich und viel weiter verbreitet. Wenn die Tochter Ihrer Freundin oder die Tante Ihrer Putzfrau oder wer auch immer Ihnen ernsthaft doof erscheint, dann nehmen Sie sie nicht als Babysitter – *nicht einmal für eine halbe Stunde*, auch nicht, wenn Sie nur nebenan sind. Ein wichtiges Erkennungsmerkmal echter Dummheit ist, wenn jemand nicht weiß, wann es angebracht ist, Hilfe zu holen. Ein weiteres ist die Neigung zur kopflosen Panik, etwa wenn die Person Wasser auf die brennende Friteuse schüttet, viel Zeit darauf verschwendet, ein Kind, das etwas Giftiges gegessen oder getrunken hat, zum Erbrechen zubringen oder die Eltern aus dem Kino rausholen läßt, anstatt erst einmal den Notarzt anzurufen. Ein guter Babysitter ist nicht nur freundlich und lustig, sondern hat auch eine ausreichend morbide Phantasie, um ein Kind daran zu hindern, ein Stück Seil mit ins Bett zu nehmen und die Plastiktüte vom Kinderzimmerboden zu entfernen. Auch wird er oder sie der noch so treuherzig geäußerten Versicherung Ihres Kindes, es dürfe immer ein Bonbon mit ins Bett nehmen, keinerlei Glauben schenken.

Wenn die Kinder groß genug sind, um an einer Unterhaltung Spaß zu haben, ist der Besuch eines Babysitters eine willkommene Abwechslung. Teenager sind für kleine Kinder hochinteressante Paradiesvögel, und Erwachsene aller Altersgruppen sind immer eine erfrischende Herausforderung. »Hallo, Suzy! Bist du ein Teenager? Gehst du in Discos? Wirst du uns eine Geschichte erzählen? Möchtest du die Kunststücke sehen, die ich kann? Möchtest du sehen, was Rose macht, wenn du ihr zur Limonade einen Strohhalm gibst?« Bei einer netten, freundlichen, gemütlichen Dame mittleren Alters sind es vor allem die Jungen, die die Grenzen ihrer Duldsamkeit testen, etwa so wie Pferde auf der neuen Koppel sich erst einmal gegen die Zäune auf allen Seiten lehnen, um zu prüfen, ob sie elektrisch geladen sind. Eine Freundin von mir ließ einmal einen Babysitter probeweise nachmittags eine Stunde mit den beiden durchaus wohlerzogenen, kleinen Jungs alleine. Als sie zurückkam, war das ganze Haus auf den Kopf gestellt, die Schubladen ausgeleert, alle Spielsachen auf dem Boden verteilt, die Möbel umgeworfen, unanständige Worte auf Papier gekritzelt, und mitten in dem Chaos der unsicher und verstört dreinblickende Babysitter. Meine Freundin war wütend auf die Kinder, aber auch auf den Babysitter. Ein Babysitter muß wissen, wann er die Bremse ziehen und durchgreifen muß. Jemand, der einmal wunderbar mit Ihrem Baby zurechtkam, kann drei Jahre später eine Katastrophe sein.

Andererseits kommen Kinder mit Babysittern, die sehr

streng sind, gar nicht zurecht und streiken dann massiv. Es ist nicht leicht, den Unterschied zwischen Dichtung und Wahrheit herauszufinden, besonders wenn Ihr Kind leicht zu Übertreibungen neigt. »Mami«, jammert das kleine Mädchen, »Katy ist schrecklich grausam zu uns.« Mami kriegt einen Mordsschreck, sieht Kindesmißhandlungen und andere Grausamkeiten vor ihrem entsetzten, geistigen Auge. »Liebling, was tut sie denn?« fragt sie so ruhig wie möglich.

Das Kind fährt fort: »Ich kann sie *apslut* nicht leiden. Sie tut schreckliche Dinge mit mir.« Mami schluckt zwei Valium. »Was denn, Liebling?«

»Nun«, sagt das Kind, erfreut über die Aufmerksamkeit, »ich habe mich zum Baden ausgezogen, und sie sagte, ich müßte mein Unterhemd in den Schmutzwäschekorb geben. Sie sagte, ich müßte es selbst vom Boden aufheben. Und dann sagte sie, sie würde mir meine Gummiente nicht geben, wenn ich das Unterhemd nicht aufhebe.«

Trotz einer halbstündigen, weiteren Befragung können keine Beweismittel für unnatürliche Grausamkeit erbracht werden. Mami entschließt sich, Katy nicht von der Babysitterliste zu streichen.

Das Schreckgespenst schlechthin aller Eltern ist das Babysitterpärchen. Die Eltern haben keine ruhige Minute, weil sie ständig das Bild von ihren verzweifelt um Hilfe schreienden Kindern vor sich haben, während Katy und Jason leidenschaftlich auf der Couch knutschen. Eine Freundin, die in einer Gegend wohnt, wo es unmöglich ist, ein Mädchen als Babysitter zu bekommen, wenn sie nicht ihren Freund mitbringen darf (aus Sicherheitsgründen), hat dazu folgende Faustregel aufgestellt: »Erkundigen Sie sich bei den Eltern. Wenn Ihr Haus das einzige ist, in dem Katy und Jason alleine sind, lassen Sie die Finger davon. Wenn sie genügend andere Gelegenheiten haben, sich anzuknabbern, dann können Sie es riskieren. Ein nettes Mädchen, das ein guter Babysitter ist, wird nicht gleich zum Ungeheuer werden, wenn ihr jemand Gesellschaft leistet. Aber hören Sie auch gut zu, was Ihre Kinder am nächsten Tag über die beiden erzählen.«

Babysitter kommen in Ihr Haus und werden ehrenhalber

Familienmitglieder auf Zeit. Die nächste Stufe der Außenwelt, auf die Ihr Kind trifft, sind:

ELTERN VON FREUNDEN. Das ist leicht. Schon als Babys sind die meisten Kinder daran gewöhnt, für ein paar Stunden oder auch mal über Nacht bei Freunden zu bleiben. Beim ersten Mal ist das ein riesiges Abenteuer mit riesigen Taschen voller Stofftiere, speziellen Schlafdecken, Zweifel in letzter Minute und speziellen Toilettengewohnheiten, die der anderen Mami ins Ohr geflüstert werden. Die zu Hause gebliebene Mami sitzt bangen Herzens den ganzen Abend am Telefon. Manche Kinder finden es schon mit zwei oder drei Jahren toll, bei ihren Freunden schlafen zu dürfen, andere finden erst mit sieben Jahren Gefallen daran. Aber es ist ein wahres Gottesgeschenk, ein Kind für eine Nacht in die Obhut von Freunden geben zu können – das löst nicht nur an Abenden, an denen es spät wird, das Babysitterproblem, sondern es gibt Ihnen auch ein gutes Gefühl für einen etwaigen Notfall in der Familie, der eventuell eine Nacht im Krankenhaus erfordert. Es ist auch gut für das Selbstbewußtsein des Kindes. Nach einer Nacht im gemütlichen Haus von Freunden trottet Ihr Kind mit stolzgeschwellter Brust daher – das können Sie schon von weitem sehen. Ein paar Tips für den reibungslosen Abend von Übernachtungen bei Freunden:

- Machen Sie es nur mit Eltern, die Sie und Ihr Kind ziemlich gut kennen. Achten Sie genau auf irgendwelche Hinweise, daß Ihr Kind einen bestimmten Papi oder eine bestimmte Mami nicht mag oder sich sogar fürchtet, auch wenn Sie wissen, daß es dafür keinen berechtigten Grund gibt. Jeder hat ein Recht auf Abneigungen und Vorlieben.
- Erzählen Sie der anderen Mutter von allen Eigenheiten Ihres Kindes: Lammfell zum Draufliegen, Teddybär unterm Kopf, Licht auf dem Flur, Pyjamajacke hinten geknöpft, trockene Cornflakes zum Frühstück – oder was immer. Aber machen Sie sich nichts draus, wenn Ihr Kind keines dieser Eigenheiten zur Schau trägt.
- Erzählen Sie auch von etwaigen Ängsten oder Alpträumen. Für ein Kind ist es sehr beruhigend, wenn ein verhältnis-

mäßig fremder Erwachsener mit seinen Ängsten vor Rottweilern, sich plötzlich öffnenden Falltüren oder Atomexplosionen vertraut ist.

- Wenn Sie versprochen haben, gleich nach dem Frühstück oder sogar schon vorher da zu sein, dann halten Sie sich auch daran. Nach einer schlechten Erfahrung kann es ein ganzes Jahr dauern, bis das Kind es wieder wagt.

Wenn Sie selbst die Gastgeberin sind, denken Sie daran:

- Lassen Sie alle Lichter auf dem Weg zur Toilette an.
- Selbst der härteste kleine Macho möchte einen Gutenachtkuß, zumindest das Angebot. Selbst wenn er ihn dann mit einem angewiderten »Igitt! Nein, wirklich nicht!« ablehnen kann und sein Freund im anderen Bett dazu kichert.
- Wenn die beiden Kinder in einem Bett schlafen möchten, die Matratzen auf den Boden legen oder ein Zelt aufschlagen wollen, dann machen Sie gute Miene zum bösen Spiel. Schließlich fällt das unter die Rubrik Unabhängigkeitstraining. Bleiben Sie ruhig.
- Wenn möglich, sollte das Ganze nicht vor einem Schultag stattfinden.

Der nächste Schritt. Nach Zuhause, Schule und anderen Mamis geht's nun wirklich in die große Welt. Je weiter und exzentrischer meiner Meinung nach der Bekanntenkreis eines Kindes ist, um so besser. Ich sehe absolut keinen Vorteil darin, daß ein Kind in dem Glauben aufwächst, daß alle Leute verheiratet sind, Kinder in seinem Alter haben und der gleichen Gesellschaftsschicht angehören. Es ist nicht besonders schwierig, einem Kind eine nicht endenwollende Schlange von alten Damen, Neugeborenen und anderen Kindern samt Eltern vorzuführen, aber es gibt auch noch andere Menschen. Mit einem wachsamen, elterlichen Auge in gebührender Entfernung können Kinder sich mit freundlichen alten Herren, Teenagern, Exzentrikern, Singles, geistig Behinderten, Nonnen und Mönchen, rastlosen Reisenden und (ja!) mit Schwulen und Lesbierinnen anfreunden. Innerhalb der Familie kommt es zu sehr schönen Beziehungen zwischen Kindern und ihren unverheirateten Onkeln und Tanten, die keinerlei Konzessionen an die kleine Welt des Kindes machen und die

Kinder statt dessen mit Chaos, Unordnung und Spaß bekannt machen. (»Tante Susie«, schrieb ein Kind, »bringt uns immer Lippenbalsam, der nach Kaugummi schmeckt und Marmelade aus dem Flugzeug. Einmal gingen wir im Covent Garden essen und konnten keinen Parkplatz finden. Also stellte Tante Susie ihr Auto auf einem doppelten gelben Streifen ab. Alle fünf Minuten mußten Susanna oder ich rausrennen und nachschauen, ob ein Verkehrspolizist in der Nähe war. Dafür bekamen wir immer fünf Pence. Sie ist eine Supertante!«) In einer gut funktionierenden, wohlgeordneten, liebevollen, verantwortungsbewußten Familie gibt es nichts Schöneres, als einen unverheirateten Onkel oder Freund, den man mit einem Mordskater unerwartet auf dem Wohnzimmersofa vorfindet und der dem Neffen trotz Brummschädel willig erklärt, wie man aus einer Banane ein überzeugendes Modell eines kranken Schweines macht. Es ist auffällig, daß in Autobiographien die glücklichsten Kindheitserinnerungen von Landstreichern oder exzentrischen Verwandten handeln. Jetzt, da es keine Großfamilien mehr gibt, besteht die Gefahr, daß wir unsere Kinder unter Glasglocken aufwachsen lassen – langweilig, zu sicher, zu sehr nach Versandhausmanier. Seele und Körper brauchen Ballaststoffe. Viele dieser Freundschaften, ich möchte es noch einmal betonen, kommen nicht ohne die elterliche Oberaufsicht aus einiger Entfernung aus. Es gibt pädophile und perverse Menschen. Und selbst die Moralbegriffe gewisser unverheirater Onkel bedürfen oftmals einer kleinen Korrektur. (»Mein Onkel Neddy«, erzählte jüngst ein Kind aus meinem Bekanntenkreis den entsetzten Umstehenden, »sagte, das Wichtigste im Leben ist, klaue nie etwas, das du nicht wieder verscheuern kannst. Ich glaube nicht, daß der liebe Gott damit ein-pferstanden wäre, oder?«) Aber diese Bekanntschaften sind wichtig. Diese netten, unmöglichen Leute helfen uns zumindest über die heutzutage so deprimierende Notwendigkeit hinweg, Kinder eindringlich zu warnen vor:

FREMDEN. Es ist selbstverständlich, daß man Kinder, wenn sie größer und unabhängiger werden, davor warnt, mit

Fremden zu sprechen. Aber gleichzeitig ist das auch sehr traurig. Früher einmal konnten einsame alte Leute im Park ganz ungezwungen mit Kindern reden, ihnen ihre Lebensgeschichte erzählen und Spaß haben an der gemeinsamen Unterhaltung. Manche Eltern sind der Ansicht, es genüge, den Kindern einfach einzubleuen, niemals mit Fremden mitzugehen, und ganz besonders nie in ein Auto einzusteigen. Experten meinen, das genüge nicht. Ein freundliches Kind, das in ein harmloses Gespräch verwickelt wurde, vielleicht nicht nur einmal, vergißt, daß diese Person eigentlich immer noch ein »Fremder« ist. Auf Nummer Sicher können Sie nur mit einem generellen »Sprechverbot« gehen, es sei denn, es sind Vater oder Mutter oder ein anderer Erwachsener dabei. Die Warnung vor dem »bösen Fremden« ist eine schreckliche Sache, kommt sie doch just in dem Augenblick, in dem sich Ihr Kind für sein weiteres Umfeld zu interessieren beginnt. Aber Sie können sich nicht davor drücken, und es wäre der schiere Wahnsinn, die Gefahr herunterspielen zu wollen. Und darauf sollten Sie Ihr Kind vorbereiten.

- »Erinnerst du dich an den Wolf, der die Kleider der Großmutter anzog? Nun, leider gibt es manchmal Menschen, die so sind. Sie erscheinen freundlich und sehen nett aus, aber in ihrem Innern sind sie so böse wie Wölfe. Also sprich' niemals mit Fremden, für den Fall, daß ...«
- »Die meisten Menschen sind freundlich zu Kindern und würden ihnen niemals wehtun. Aber einige – die genauso aussehen wie die anderen – haben eine böse Krankheit. Sie wollen Kinder ihren Eltern wegnehmen und ihnen weh tun. Also sprich' niemals mit Fremden, für den Fall, daß ...« Sie müssen Ihrem Kind nicht in allen Einzelheiten erzählen, was anderen Kindern an schrecklichen Dingen widerfahren ist. Die Drohung, den Eltern »weggenommen« zu werden, genügt vollauf.

  Weitere Punkte, die Sie betonen sollten:
- Die meisten Menschen sind gut und freundlich, ABER ...
- »Nach dem Aussehen kannst du nicht gehen.«
- Mami und Papi würden dich nie von jemand anderem abholen lassen, ohne den Lehrern oder dir Bescheid zu sagen,

und ohne dir zu beweisen, daß du Vertrauen zu dieser Person haben kannst. (Das mag übertrieben klingen, aber das macht nichts. Als ich acht Jahre alt war, weigerte ich mich strikt, mit einem Arbeitskollegen meines Vaters mitzugehen, obwohl die Mutter Oberin und drei andere Schwestern wußten, daß alles seine Ordnung hatte und mich mit allen Tricks dazu zu überreden versuchten. Ich stellte mich schützend vor meine kleineren Brüder und blieb standhaft – wie die Jungfrau von Orleans. Sehr peinlich für den armen Mann!)

- Manchmal tun böse Menschen so, als wären sie deine Eltern oder Lehrer, wenn sie versuchen, dich mitzunehmen. Niemand wird dir einen Vorwurf daraus machen, wenn du wegrennst und laut schreist »Das ist nicht mein Papi!« oder ihn sogar beißen würdest. Sieh' dich nach »guten Fremden« um – Polizisten, weiblichen Verkäuferinnen oder Schülerlotsen.
- Manchmal kommt es vor, daß Menschen, die du gut kennst und die normalerweise sehr nett sind, von dir etwas verlangen, das du nicht für richtig hältst. Tu es nicht. Du gehörst nur dir, niemandem sonst. Nicht einmal deinen Eltern.
- Popos sind Intimsache. Alles ganz normal, aber eben intim. Nur der Arzt oder Mami und Papi dürfen deinen Popo oder deinen Pimmel sehen. Und kümmere dich nicht darum, wenn dir einer seinen zeigen möchte.

Zugegeben, es ist eine Gratwanderung zwischen der Ermutigung zu freundlicher Aufgeschlossenheit und den nötigen Schutzmaßnahmen, die man für ein Kind treffen muß. Meist sind wir ja übervorsichtig, aber es besteht dabei auch die Gefahr, die ganze Welt außerhalb des Familienumfeldes als ein einziges Nest von Mördern, Perversen und Kindstötern zu schildern. Damit ziehen Sie sich womöglich ein überängstliches, mißtrauisches, fremdenfeindliches Kind heran. Selbst wenn Ihnen das nichts ausmacht, bleibt die Gefahr bestehen, daß Ihr Kind eines Tages *einen* Fremden kennenlernt, der ausgesprochen freundlich ist, Ihnen nichts davon sagt, aber stillschweigend davon ausgeht, daß Sie einfach unrecht hatten.

Geld regiert die Welt

Kinder finden schon erstaunlich früh heraus, daß es mit dem Geld eine besondere Bewandtnis hat. Zweijährige werfen Münzen in Schlitze und krähen dabei: »Geldgeldgeld!« Sie wissen, daß es etwas besonderes damit auf sich hat, anders als bei den Kieselsteinen im Eimerchen. Diese klingenden Münzen werden an bestimmten Stellen verwahrt, immer beiseite geräumt, mit Reißverschlüssen und Druckknöpfen geschützt. Im Geschäft sucht man eifrig danach, sie werden sorgfältig betrachtet und in klingenden Kassen weggesperrt. Geld ist umgeben von einer Aura der Macht, Geheimnis und Sorgfalt. Geld ist das Stammestotem. Später hören die Kinder, wie die Eltern das Wort »Geld« ängstlich, fröhlich oder traurig aussprechen. »Das ist viel Geld... gut, wenn du das Geld hast... hast du das Geld mitgebracht? Geld ist die allgegenwärtige Entschuldigung für Entbehrungen, Mängel, Enttäuschungen: »Zuviel Geld... können wir uns nicht leisten... Papi muß zur Arbeit, um Geld zu verdienen... Mami geht arbeiten, wenn du in der Spielgruppe bist, damit wir uns schöne Dinge kaufen können...«

Psychologen haben untersucht, wie Kinder Geld kennenlernen. Zuerst ist da das Prinzip des Austausches. Süßigkeiten gegen Münzen über den Ladentisch. Allmählich entwickelt das Kind eine Wertvorstellung (für 40 Pfennig gibt es keinen Ferrari), dann das Prinzip der Teilbarkeit (Ein kleines Mädchen konnte noch nicht begreifen, daß man auch dann einen Zehnpfenniglutscher haben kann, wenn man ein Fünfzigpfennigstück hat). Als nächste Stufe kommt dann das Geldverdienen (Geld gegen Leistung), der Umlauf (Papi bekommt Geld von seinem Chef, um den Kohlenmann bezahlen zu können) und schließlich das Prinzip des Gewinns (Ladenbesitzer verlangen mehr für die Ware als sie bezahlt haben), und das des Wertzuwachses (Kauf ein Stück Holz und ein Stück Stoff, mach eine Puppe daraus, verkauf sie mit Gewinn). Als letztes kommt dann noch das Verständnis für Zinsen und Sparen. Damit ist das Kind auf dem besten Weg zu Kreditkarten, Steuerhinterziehung, Eurobondhandel und einem Nummernkonto in der Schweiz. Das wären die Grundbegriffe. Unser Interesse jedoch gilt eher den gefühlsmäßigen und moralischen Begriffen von Geld.

Irgendwo muß ein Kind Antwort auf die folgenden Fragen bekommen, die ihn sein Leben lang begleiten werden. Woher weiß ich, wieviel verschiedene Dinge wert sind? Wer bekommt wieviel für seine Arbeit? Ist bezahlte Arbeit mehr wert? Wieviel Gewinn darf man machen? Wann darf man Schulden machen? Sind reiche Leute bessere Menschen als arme? Oder schlechtere? Oder keines von beiden? Warum haben manche Menschen gar kein Geld und hungern, während andere es mit vollen Händen ausgeben? Was ist der Unterschied zwischen sparsam und geizig? Die Antwort auf alle diese Fragen wird Ihr Kind aus dem heraushören, was Sie und andere Menschen tun und sagen.

Dabei ist die Höhe Ihres Einkommens irrelevant. Arme, aber ehrliche Familien können allerdings ebenso einen negativen Eindruck vermitteln wie reiche, gedankenlose Familien. Ich ganz persönlich gebe eher der Philosophie der Kargheit den Vorzug und schwärme immer noch von der romantischen Vorstellung, in einer armen Familie aufzuwachsen, bilde den Charakter. Einerseits möchte ich das gerne glauben, andererseits werde ich nie George Orwells niederschmetternde Beschreibung der Comstock-Familie in *Keep the Aspidistra Flying* vergessen. Sie waren arm und mußten jeden Pfennig umdrehen:

»Das Erste, was für ihn daraus folgte, war seine schleichende Ehrfurcht vor Geld. Damals haßte er seine notleidenden Verwandten, seinen Vater und seine Mutter, Julia, alle. Er haßte sie wegen ihrer schäbigen Wohnungen, ihrer Schlampigkeit, ihrer freudlosen Lebenshaltung, den ständig quälenden Sorgen wegen ein paar Pfennigen. Der Satz, der am häufigsten bei den Comstocks fiel, hieß: ›Das können wir uns nicht leisten‹.«

Das Schlüsselwort hier ist das Wort »freudlos«. Tausende von Autobiographen beschreiben ein ganz anderes Bild von armen Familien. Da wird gelacht, man ist fröhlich und freut sich an Sonne, Mond, frischer Luft und öffentlichen Parks. Die Kinder lesen alles, was sie in der öffentlichen Bücherei kriegen können, und basteln sich geniale Gocarts aus alten Kinderwagen. Kinder wie diese, die in der Familie gelernt haben, sich nicht von der Armut unterkriegen zu lassen, sind bei weitem die besten und glücklichsten Finanzverwalter, wenn sie im späteren Leben zu Geld kommen. Diejenigen, die prassen und protzen oder hinterhältig und niederträchtig werden, hatten Eltern, die im Geld eine zwanghafte, quälende Last sahen. Wir wissen alle, daß Geld eine zwanghafte, quälende Last *ist*. Nur sollten wir die Kinder Kinder sein lassen und sie nicht damit belasten.

Ganz anders ist es in der Familie, in der Geld keine Rolle spielt. Wie verhindern Sie, daß Ihr Kind sich unbeabsichtigt verletzend oder herablassend benimmt, wenn es seine stinkvornehmen Weihnachtsgeschenke vorführt? Wie bringen Sie Ihre Tochter davon ab, auf verletzende Weise mit ihrem neuen Fahrrad anzugeben? Es mag seltsam klingen, aber im Grunde genommen brauchen Sie nichts anderes zu tun, als den Mund zu halten, um die Angelegenheit nicht noch schlimmer zu machen. Bis zum Alter von etwa zehn Jahren haben Kinder, sofern sie nicht von einer besonders materialistisch orientierten Familie oder Schule verdorben worden sind, sehr ungenaue Vorstellungen vom Wert des Geldes. Sie werden mir ihren »Besitztümern« nicht herumprahlen, wenn Sie sie nicht dazu ermutigen. Es gibt sehr wenige Kinder, die nicht mit irgend etwas angeben könnten. Bleiben Sie neutral. »Lisa hat also kein Pony-Wunderland-Schloß? Wie gut, daß du eines hast. Wenn ihr beide dasselbe hättet, wäre es ja langweilig. Glaubst du, daß du sie wieder einmal besuchen und dir die Züge ansehen darfst, die direkt an ihrem Fenster vorbeirattern?« Vermeiden Sie das Reizwort »arm«, wenn Sie von einer Ihnen bekannten Familie sprechen. Es beschwört Vorstellungen von kleinen Mädchen mit Schwefelhölzern und einer Familienschlafstatt im offenen Viehstall um das einzige Schwein herum herauf. Das kann in einer demokratischen Gesellschaft zu sehr peinlichen Situationen führen. Ich habe von Kindern gehört, die mit ernsthaftem Gesicht den Eltern ihrer Freunde, die irgend jemand gedankenlos als »arm« bezeichnet hatte, ihr Taschengeld angeboten haben. Zumindest haben die Kinder dadurch mitbekommen, wie empfindlich die Erwachsenen reagieren, wenn es um dieses komische Geld geht.

Andererseits kann man auch schon kleinen Kindern klarmachen, daß es auf der Welt sehr viel Armut gibt. Nach Aufrufen im Fernsehen zeigen sich gerade die jungen Zuschauer von einer überwältigenden Großzügigkeit. Da wird Spielzeug hergegeben, Geld für Kinder in der Dritten Welt gesammelt, und es werden Briefe geschrieben – alles Zeichen von echter Anteilnahme und tiefem Verständnis.

Wirklich problematisch wird es erst, wenn die Kinder direkt oder indirekt fragen, warum manche Leute reich und andere arm sind. Warum ist das Leben so unfair? Die Versuchung, eine banale Antwort zu geben ist riesengroß. Schließlich geht es hier um eines der größten und traurigsten Probleme der Welt: der reiche Mann in seinem Schloß, der arme Mann am Tor davor. War es wirklich der liebe Gott, der das Schicksal der beiden scheinbar so ungerecht fügte? Sie können Hungesnöte, Dürrekatastrophen und Erdbeben erklären. Sie können einfach von »Glück« reden, sich an irgendeiner Finanzwirtschaftstheorie versuchen (meinethalben auch Marx bemühen, wenn er Ihnen liegt). Sie könnten auch, wenn Sie unbedingt wollen, die sehr beruhigende, aber gewiß unhaltbare Theorie aufstellen, daß gute, hart arbeitende Menschen niemals am Hungertuch nagen werden.

Aber es ist schwierig, ehrlich über die Ungerechtigkeit zu sprechen und dabei gleichzeitig zu betonen, daß das Geld weder ein Gott noch ein Dämon, sondern einfach etwas Neutrales ist. Manche Menschen hätten Anspruch darauf, aber bekommen es nicht, andere werden mit dem Silberlöffel im Mund geboren. Manche genießen es, manche zerstören ihr Leben damit. Sie können sagen, daß es nicht das Wichtigste im Leben ist und nicht glücklich macht. Auch Liebe kann man sich nicht mit Geld erkaufen. Aber andererseits sollten Sie Ihre Kinder durchaus dazu anhalten, Geld zu achten und für schlechte Zeiten etwas auf die hohe Kante zu legen. Schütten Sie am besten alle diese Gedanken in einen großen Topf und rühren sie kräftig um, aber vergessen Sie keine der Zutaten.

TASCHENGELD. Damit sind wir schon mitten in der Praxis. In England hat man in Untersuchungen herausgefunden, daß die Kinder der wohlhabendsten Familien eigenartigerweise am wenigsten Taschengeld bekommen. Eine Fernsehmoderatorin gibt ihrem Achtjährigen lediglich einen Penny pro Tag. Die Kinder in den Arbeiterfamilien bekommen bis zu zwei Pfund die Woche. Natürlich muß man das mit Vorbehalt sehen. In gutsituierten Familien kaufen die Eltern sehr viele Sachen ohnehin. Aber trotzdem erscheint es mir unsinnig, einem Kind sieben Pennys oder auch zehn Pennys (20 bis 30 Pfennige) pro Woche zu geben. Dadurch hat ein Kind bei unseren heutigen Preisen keinerlei Chance, den Umgang mit Geld zu lernen. Es ist schlichtweg unfair, ein Kind zwei Monate auf einen Eislolli oder ein Comic-Heft sparen zu lassen. Mit derart lächerlichen Summen nähren Sie in Ihrem Kind den Glauben, Ihr Geld sei etwas anderes als seines. Sie spielen Ihre Machtstellung aus. Wenn Sie ein mäßig teures Spielzeug um sieben Pfund kaufen, dann unterstreichen Sie damit, daß ein Erwachsener hundert Mal mehr Geld zum Ausgeben hat wie ein Kind. Das Kind fühlt sich machtlos und gekränkt.
Mit einem Pfund (ca. 3,50 DM) Taschengeld hingegen vermitteln Sie Ihrem Kind auch ein gewisses Verantwortungsgefühl. Wenn es ein Jahr lang spart, kann es sich das langersehnte Modellauto kaufen. Es trifft Entscheidungen, es teilt sein Geld ein. Einmal wirft es fünfzig Pennys für ein scheußliches außerirdisches Monster raus und bereut seine Tat kurz darauf zutiefst. Es zahlt sein Geld auf ein Sparkonto ein und sieht, wie es mehr wird. Oder es spendet fünfundzwanzig Pennys für eine Familie in Äthiopien, die davon Reis für zwei Tage kaufen kann. So bekommt das Kind einen kleinen Vorgeschmack auf die Verantwortung und die Macht, die mit Geld verbunden ist. Ja, im allgemeinen bin ich dafür, ein großes Taschengeld zu geben, wenn Sie es sich leisten können.

GELDVERDIENEN ist ebenfalls ein wichtiger Lernprozeß. Für ein Kind von sieben Jahren gibt es wenige legale Möglichkeiten, aber im Kreis der Familie kann das Taschengeld durch verschiedene Taten aufgebessert werden oder gekürzt werden. Ich ziehe ein paar Pennys ab fürs Fluchen, Spucken, Raufereien und so weiter. Und ich zahle extra für Extra-Leistungen im Haushalt (Vorsicht: sechsjährige Kinder können plötzlich sehr berechnend werden und versuchen, sich alles bezahlen zu lassen – vom Tischabräumen bis zum Zimmeraufräumen. Lassen Sie sich nicht für dumm verkaufen). Das erste selbstverdiente Geld ist eine ernste, feierliche Angelegenheit. Zerstören Sie nicht die Stimmung, indem Sie Ihrem Kind großzügig das Doppelte der vereinbarten Summe geben. Das Gefühl, wirklich ehrlich fünf Pennys verdient zu haben, ist besser, als gönnerhaft zwanzig Pennys ausgehändigt zu bekommen.

GELDAUSGEBEN. Über das erste eigene Geld sollte ein Kind frei verfügen dürfen. In manchen Familien wird das viel zu diktatorisch gehandhabt. Natürlich sollten Sie ein Wörtchen mitreden, wenn das Kind sich nur ungesunde Süßigkeiten oder Kriegsspielzeug kauft, aber ansonsten sollte es keine Vorschriften geben, wofür das Kind sein Geld zum Fenster rausschmeißt. Das schale Gefühl, mit einem aufwendig verpackten, schäbigen Spielzeug übervorteilt worden zu sein, würden wir unserem Kind gerne ersparen, aber wir haben kein Recht dazu. In der britischen Politik gibt es einen Slogan, wenn ein hoher Würdenträger zurücktritt: »Berater beraten und Minister entscheiden.« Eltern sind nur Berater, und das ist ein verdammt schwerer Job. Eine der anstrengensten Aufgaben einer Mutter ist es, stundenlang in Spielzeugläden herumzustehen, während ihr aufgeregtes Kind sehnsüchtig, aber doch preisbewußt alle Preisschilder prüft und versucht, zu einem Entschluß zu kommen. Beißen Sie die Zähne zusammen. Nehmen Sie ein gutes Buch mit. Tun Sie alles, nur mischen Sie sich nicht ein.

TAUSCHEN. Das sehe ich locker. Ich bin der Ansicht, Eltern haben kein Recht, sich in die eigenartigen Tauschgeschäfte ihrer Kinder einzumischen. Wenn Ihr Kind das allerneuste Superspielzeug um 50 Pfund gerne gegen zwei Murmeln und ein Stück Schokolade eintauscht, dann lassen Sie es gewähren. (Es sei denn, man hat es dazu gezwungen. Sprechen Sie, wenn nötig, mit beiden Kindern.) Wenn es die wertlosen Gegenstände vorzieht, dann bleibt Ihnen nichts anderes übrig, als Ihr Geld abzuschreiben und diese Lehre daraus zu ziehen: Es ist nicht richtig, kleinen Kindern die Wertsysteme Erwachsener aufzuzwingen. Sie können nicht tatenlos zusehen, daß ganze Modellbaukästen aus dem Haus getragen werden? Dann erklären Sie Ihrem Kind, es dürfe nur Sachen eintauschen, die es selbst gekauft hat, nicht Geschenke.

GELD BORGEN. Hier wird's schon schwieriger. Generell und um des lieben Friedens willen sollten Kinder wissen, daß sie nie ohne Kenntnis der Eltern von irgend jemandem Geld annehmen und auch keines herborgen sollten. Die Angelegenheit gerät zu schnell außer Kontrolle und wird für beide Seiten zum Ärgernis.

Vielleicht haben Sie bisher alles richtig gemacht. Aber eine Schwierigkeit steht Ihnen auf jeden Fall noch bevor. Sie haben Ihrem Kind beigebracht, mit Geld einigermaßen vernünftig umzugehen, aber Sie haben immer noch das Problem, Ihrem Kind zu erklären, daß Menschen, denen es schlecht geht, nicht weniger wert oder dumm sind. Ein mir bekanntes Kind aus wohlhabender Familie blieb vor einem Penner in der Nähe von Charing Cross stehen und fragte laut seine Mutter: »Warum hat dieser Mann nicht schon als Kind ein Sparbuch angelegt?« Ein trüber Blick aus glasigen Augen, ein schuldbewußter Fünfpfundschein von der Mutter, der auch nichts mehr retten konnte, und eilends verschwand die Mutter mit ihrem Kleinen im Gewühl der Menge. Die hastig herausgestotterten Erklärungen verhallten ungehört in der kühlen Abendluft.

Eine harte Nuß: Die Kleiderordnung

Irgendwann zwischen Babystrampler und Hochzeitskleidung entwickeln Kinder ein Gefühl für Kleidung. Je später das passiert, um so glücklicher können Sie sich schätzen. Bei einem Kind, das von vier Jahren bis zur Volljährigkeit immer nur einen ausgebeulten Trainigsanzug in ansteigenden Größen tragen will, haben Sie lediglich das Problem, es gelegentlich für besondere Gelegenheiten ein wenig herauszuputzen. Das geht mitunter nicht ohne Schwierigkeiten ab (Nur allzugut erinnere ich mich an meine eigene Taktik, das ganze Haus zusammenzubrüllen, als man versuchte, mir ein rotes Samtkleid mit Spitzenkragen anzuziehen). Aber es spart Geld und schützt vor ganz anderen Problemen. Kinder sehen in schönen Kleidern zauberhaft aus, aber ein allzu modebewustes Kind ist eine Qual für Ihre Seele und Ihren Geldbeutel. Was immer ein solches Kind anziehen möchte, ist entweder in der Wäsche, zu klein oder kostet siebzig Pfund. Außerdem gibt es nichts Schlimmeres als ein kleines Kind, das ständig in den Spiegel schaut. Mit einem gesunden, aktiven, unbefangenen Racker lebt sich's leichter. Die meisten Kinder sind irgendwo zwischen diesen Extremen anzusiedeln, kümmern sich um wenig, außer um Bequemlichkeit, aber haben natürlich Phasen, in denen sie für bestimmte Sweatshirts oder Pullover mit eingestrickten Motiven schwärmen.

Zu welcher Gruppe Ihr Kind auch gehören mag, es ist augenfällig, daß im Alter zwischen drei und sieben die Kleidung plötzlich einen anderen Stellenwert bekommt. Windeln gehören der Vergangenheit an, Milchspucken wird seltener, und – das Wichtigste – das Kind lernt sich selbst anzuziehen. Diese kostbare Errungenschaft (kostbar für Sie, weil Sie in der Früh wieder in Ruhe eine Tasse Kaffee trinken können) sollten Sie mit leicht anzuziehender Kleidung, großen Halsausschnitten und Taillengummizug fördern. Kleine Jungs sehen wunderschön aus in echten Hemden mit Manschetten, aber die Nachteile liegen auf der Hand. Kinder im Schmutzfinkenalter brauchen viele Kleider, oft muß alles, einschließlich des Pullovers, täglich gewechselt werden. Da bleibt gerade noch Raum für eine bis höchstens zwei »gute« Kleidungsstücke für besondere Gelegenheiten. Wofür in dieser Zeit des Wachstums sicher kein Platz ist, ist Mode. Wenn Sie klug sind, werden Sie nie, niemals einem so kleinen Kind etwas einreden wollen, weil es »modisch« oder »im Trend« ist. Das Zitat einer geplagten Mutter mit einem schlauen, mürrischen Mädchen im Schlepptau: »Sie ist aus allem herausgewachsen, sagt sie, oder es ist aus der Mode – oder umgekehrt.« Ihre Tochter ist sechs Jahre alt. Natürlich wird die Mode beeinflussen, was Kinder tragen, weil nur das in den Kaufhäusern zu haben ist. Aber das noch willentlich zu unterstützen, ist der schiere Wahnsinn. Nach meiner, zugegebenermaßen leicht exzentrischen, Ansicht ist es ebenso unsinnig, kleine Mädchen dazu anzuhalten, sich besonders weiblich zu kleiden. Dafür ist später noch Zeit genug. Jetz sollten Sie sie unbeschwert und unbefangen in Jungenkleidung herumtoben lassen. Schließlich ist das eine Freiheit, die ihnen Frauen erkämpft haben.

Wenn sie bislang gut mit abgelegten Babysachen zurechtkamen, sollten Sie jetzt wissen, daß der lukrative Kinderbekleidungsmarkt sehr gut durchstrukturiert ist. Achten Sie also darauf, in welchen Laden Sie hineinstolpern. Hier die Ratschläge einer Zynikerin:

Die oberen Zehntausend: Dank der Fruchtbarkeit der noch bestehenden europäischen Königs- und Fürstenhäuser, gab es eine Renaissance von sehr vornehmen Kinderkleidern. In jeder größeren Stadt bekommt man heute die cremefarbenen Wollmäntel mit Samtkragen, bestickte Baumwollbatisthemden, Pullover, die nur gereinigt werden dürfen, und rohseidene Ballkleider für vierzehnjährige Mädchen. Die kurzen Hosen für Jungen haben Bermudalänge und Aufschläge, die Schuhe sind aus weichem Leder. Alles muß natürlich sorgfältig mit dem Dampfbügeleisen gebügelt werden. Es wird Ihnen das Herz brechen. Diese Kleider werden für Eltern mit Kindermädchen gemacht, deren Lebensaufgabe darin besteht, die Kleider viermal täglich zu waschen, zu stärken und zu bügeln. Natürlich kosten diese Kleider auch sehr viel, und ihr einziger Vorteil besteht darin, daß sie 50 Jahre in der Familie weitervererbt werden können (sofern sie fleckenlos geblieben sind). Es darf auch nicht untersagt bleiben, daß diese wunderschönen Stoffmäntel, die ganz nach Erwachsenen-Schnittmustern gearbeitet werden, für Fünfjährige an den Armen verteufelt unbequem sind. Ich muß es wissen, ich hatte einen solchen.

Très, très trendy: Während sich die oben genannten Läden vor allem von Königshäusern, Pseudokönigshäusern, Neureichen und hoffnungslos altmodischen Schwärmern ernähren, wenden sich andere mehr an die neue Oberschicht: an Popstars, deren Kinder ständig in irgendwelchen Zeitschriften zu sehen sind, an Schauspielerinnen mit Schuldkomplexen, weil sie wochenlang auf Tournee sind, an Partygänger, die glauben, sie würden sich besser fühlen, wenn sie auch ihre Kinder entsprechend ausstaffieren. Diese Läden verkaufen ausgeflippte Röcke, Stufenpetticoats wie sie in den fünfziger Jahren modern waren, Röhrenjeans für Jungen, die kaum über die armen, kleinen Knöchel zu ziehen sind, vielfarbige Patchworkjacken aus Bali, goldbetreßte Jacken für kleine Jungen und jede Menge geschmacklose Ballettanzüge für kleine Mädchen. Diese Kleider sind auch sehr teuer, aber keiner der Designer hat natürlich an Kleinkinderbäuchlein, Waschmaschinen oder die Notwendigkeit, schnell mal aufs Klo gehen zu müssen, gedacht. Innerhalb einer Woche werden sie denn auch entweder aufgeribbelt, eingelaufen oder verblichen sein. Aber das macht nichts, denn inzwischen sind sie aus der Mode, und wenn Sie sie gekauft haben, hatten Sie ohnehin zu viel Geld.

Teuer, aber gut: Die Kleidung in diesen Läden kommt meistens aus Italien oder aus Amerika, ist wunderschön in Design und Ausfertigung und entsprechend teuer. Der Stil ist klassisch mit modernem Pfiff (pinkfarbene Latzhosen), die Sachen lassen sich wunderbar weitervererben. Kaufen Sie etwas zu groß, denn Ihr Herz wird brechen, wenn Ihr Kind zu schnell rauswächst. Die einzige Art und Weise, Kinderkleidung von guter Qualität wirklich sorgenfrei zu genießen, ist, wenn man eine nette, gutsituierte Nachbarin hat, deren Geschmack unübertrefflich und deren einziges Kind ein Jahr älter ist als das eigene. Mehrere Jahre war meine Tochter so mit wunderbarer Kleidung versorgt: Sie war bequem, schön und pflegeleicht. Dann wuchs sie plötzlich um fünfzehn Zentimeter und war größer als das ältere Nachbarskind. Das war nicht gerade im Sinne des Erfinders.

Während eine normale Mutter in den ersten beiden Ladenkategorien nur ihr Geld läßt, wenn sie der Teufel reitet, sind diese Läden doch gelegentlich in Betracht zu ziehen, besonders wenn man eine größere Familie oder eine Reihe von Neffen und Nichten hat, die man beerben kann. Viele dieser Kleider sind so gut, daß Sie sie auch verkaufen können, wenn in der Haushaltskasse mal Ebbe herrscht.

Kettenläden: Wahrscheinlich die Haupteinkaufsquelle für die meisten von uns. Jogginganzüge, T-Shirts, Sweatshirts (vorzugsweise ohne aufgedruckte Werbung für irgendwelches Spielzeug), Hosen mit Gummizug in der Taille, damit faule kleine Jungs nicht Reißverschluß und Knopf zumachen müssen, T-Shirtkleider für kleine Mädchen, die sich leicht über den Kopf ziehen lassen, Unterhosen und Socken im Sechserpack. Das ist das A und O der Kindergarderobe. Und Kinder muß man hauptsächlich wie körperliche Arbeiter sehen. Ihre Kleidung muß robußt, fröhlich und getrost zu vergessen sein. Wie sind in unseren Breiten bestens mit Kettenläden ausgestattet. Ärgerlich sind die allgegenwärtigen Werbesprüche auf den Kleidern (Warum sollte ein unschuldiger Fünfjähriger Werbung für eine Firma machen oder mit der unsinnigen Aufschrift Surf City oder Cool Dude herumlaufen?) und das mangelnde Verständnis dafür, wie schnell und unvorhersehbar Kinder wachsen. Sie gehen immer noch davon aus, daß man sich im September mit warmer Kleidung eindeckt, so daß man im Januar (wenn es wirklich kalt ist) nur Frühlingskleider und Hawaiihemden in den Regalen findet.

Versandhäuser: Für Landbewohner und berufstätige Mütter sind sie ein wahrer Segen. Zugegeben, es kommt vor, daß jedes zweite Kind im Dorf den gleichen buntbedruckten Rock und den Pullover mit dem eingestrickten Känguruh hat, aber das ist für gute Kleidung zu vernünftigen Preisen wohl zu verschmerzen. Außerden sparen Sie sich die Parkplatzsuche und das ewige Herumziehen in verschiedenen Läden. Die meisten Kinder gehen ohnehin nicht gerne Kleidung einkaufen. Warum also nicht gleich mit einer Postkarte bestellen? Allerdings sind die Bestellkarten so abgefaßt, daß Sie verführt werden, mehr zu kaufen, als Sie ursprünglich wollten.

Kaufhäuser: Die meisten Kaufhäuser haben eine Kinderkleiderabteilung. Mit der Qualität hapert es jedoch häufig. Billige Stoffe werden schlampig verarbeitet. Nach ein- oder zweimaligem Waschen hat man die Bescherung. Die meisten von uns können sich jedoch nichts anderes leisten, vor allem, wenn die Kinder sehr schnell wachsen. Betrachten Sie besonders billige Kleidung besonders kritisch. Prüfen Sie noch im Laden, ob der Ärmel einem festen Ruck standhält. Oft sind Sie besser dran in:

Secondhandläden: In guten Geschäftslagen großer Städte tauchen oft die erstaunlichsten Kinderkleider (zum Teil auch aus den Läden der oberen Zehntausend – siehe oben) in den Secondhandläden als »Sonderposten« auf. Da sollten Sie schamlos zugreifen. Roses heißgeliebtes Partykleid, das sie drei Jahre trug, kostete mich ein Pfund. Außerdem schnappte ich mir bei der Gelegenheit für 50 Pennys pro Stück wunderbare Shorts und T-Shirts für den Sommer – reine Baumwolle und sehr hübsch geschnitten.

Selbstgenäht:« Natürlich immer noch das Beste. Aber auch dazu ein Wort der Warnung: Eine mir bekannte junge Frau kaufte für acht Pfund einen flauschigen Stoff für einen Jogginganzug, nähte drei Stunden daran und sah dann in einem Sonderangebot einen fast identischen um sechs Pfund. Tugend zahlt sich nicht immer aus.

Die lieben Tierchen

Zweifelsohne gibt es eine ganz besondere Beziehung zwischen Tieren und Kindern. Sehen Sie zu, wie ein Kind ein Pferd streichelt oder eine freundliche Katze hochnimmt, und Sie wissen, wovon ich spreche. Beobachten Sie ein noch kleineres Kind, das versucht, die weißen Flecken im Fell des Familienhundes zu kolorieren, oder ein Krabbelkind, das, mit dem Labradorhund als Stütze, die ersten Gehversuche wagt. Erwachsene Männer werden sentimental, wenn sie von der Katze in ihrer Kindheit erzählen, und ich selbst trug in einem Medaillon ein Büschel Bulldoggenhaare durch die Seelenpein meiner Jungendjahre hindurch herum. (Immer wieder mußte ich das Medaillon öffnen und die roten, schwarzen oder brauen Locken der Verehrer, die nicht den Erwartungen entsprachen, rausschmeißen. Aber das sandfarbene Hundehaarbüschel blieb unbehelligt immer an seinem Platz.) Als ich einmal für einen Wohltätigkeitszweck über eine mir heilige, frühe Kindheitserinnerung schreiben sollte, kamen aus der Schreibmaschine Dinge heraus, an die ich schon jahrelang nicht mehr gedacht hatte: die Geschichte von Birdie, dem Käfigvogel, dessen bemerkenswert langes Leben meine Kindheit begleitete. Oh ja, Tiere sind sehr wichtig für Kinder. Philosophisch betrachtet könnte man sagen, daß kleine Kreaturen dem Kind das Gefühl vermitteln, selbst nicht die kleinste Kreatur zu sein, während größere Tiere die wohlwollende Stärke der Natur versinnbildlichen. Oder Sie könnten einfach nur tief und resigniert aufseufzen und zugeben, daß Sie endlich die Zustimmung für ein Haustier gegeben haben.

Jedoch muß die Sache nüchtern und unsentimental angegangen werden, ansonsten ist Ihr Kind entweder gelangweilt oder gebissen worden. Im besten Fall stehen Sie mit einer neurotischen Katze, einem zerbissenen Teppich und einem Aquarium voller toter Fische da.

Wenn Sie ohnehin schon immer für Haustiere waren, dann brauchen Sie diese Kapitel nicht. Außer einer ernsthaften

Warnung, die sich alle hinter die Ohren schreiben sollen. Ein Hautier, das immer lieb war, kann über ein Kind ganz schön böse werden. Besonders Hunde sind sehr eifersüchtig. Lassen Sie nie, nie, ein kleines Kind mit einem Hund allein, wenn Sie seiner Gutmütigkeit nicht absolut sicher sind. Denken Sie auch daran, daß ein Hund, der nichts gegen das Baby oder ein vergleichsweise langsames Krabbelkind hatte, sich plötzlich anders verhalten kann, wenn das Kind größer wird. Das kommt selten vor – meistens ist es umgekehrt –, aber es passiert. Das gilt auch, wenn Sie Leute mit Hund besuchen. Das Gesicht eines kleinen Kindes ist einfach auf zu gefährlicher Höhe, als daß man auch nur einen einzigen übelgelaunten Schnapper riskieren könnte. Und denken Sie an Katzenkrallen. Die meisten Katzen gehen jeder Form von Konfrontation aus dem Weg, aber wenn sie am Schwanz gezogen werden, können sie durchaus in Panik geraten. Bringen Sie Ihren Kindern bei, Katzen mit gebotener Ehrerbietung zu behandeln. Bleuen Sie den Kindern ein, daß auch Katzen sich nicht von jedermann umarmen und abknutschen lassen, wenn sie nicht wollen, genauso wie sie selbst (alleroberster Grundsatz gegen Kindesmißbrauch, der heutzutage in allen guten Schulen gelehrt werden sollte). Wenn Sie selbst noch nie etwas mit Haustieren zu tun gehabt haben, aber glauben, daß Ihr Kind von einem profitieren würde, dann lesen Sie nachfolgende Grundregeln. Ich habe sie so negativ wie möglich gestaltet, um gegen das streichelweiche, pelzige treuherzige Etwas anzukämpfen, das sich in Ihr Herz schleichen will. Während ich diese Zeilen schreibe, sitzt ein Kätzchen auf meiner Schulter, ein anderes knabbert an meinem linken Schuh, draußen vor dem Fenster grunzt ein Schwein, und vor dem Küchenherd kämpft ein untergewichtiger kleiner Igel ums Überleben.

HUNDE. Jeder kennt ihre positiven Seiten. Man kann ihnen nicht böse sein, denn sie sind so hingebungsvoll treu und nehmen nichts übel. Aber das Kind muß mindestens zehn Jahre alt und in der Lage (je nach Wohngebiet) sein, den Hund selbst spazierenzuführen. Alles andere ist purer Wahnsinn, es sei denn, Sie wollen selbst für sich einen Hund. Hunde brauchen viel und teures Futter, müssen täglich Gassi geführt und regelmäßig entwurmt werden, besonders wenn Kinder im Haus sind. Der *Toxicara canis* Wurm ist eine ernstzunehmende Gefahr, die zu Blindheit führen kann. Auch wird man in vielen Städten zu recht von Ihnen erwarten, daß Sie die Hinterlassenschaft des Hundes beseitigen. Bei jedem Spaziergang ein kleines Schäufelchen und einen Platikbeutel mitzutragen, ist nicht jedermanns Vorstellung eines spontanen Naturerlebnisses.

Wenn Sie sich zu einem Hund entschließen, achten Sie auf die Rasse. Große Rassen sind seltsamerweise oft viel gutmütiger als die kleinen, überzüchteten »Toy«-Rassen, und Mischlinge sind eigentlich immer viel unproblematischer als Rassehunde. Viele sehr schöne Rassen werden ausschließlich nach Aussehen gezüchtet, nicht nach Temperament. Folglich wird eine vom Charakter her hinterhältige, unberechenbare Hündin durchaus zur Zucht verwendet, wenn sie nur schön genug ist. Mischlinge hingegen entstehen durch Zufall oder weil man sich einen netten Hausgenossen wünscht. Diese Hunde sind viel friedlicher und unerschütterlich treu.

Fragen Sie mehrere Leute, wenn Sie noch keinen Hund hatten. Und geben Sie ihn in eine Hundeschule. Vielleicht kommt Ihnen die gestrenge Dame in der Hundeschule und auch die gesamte Gehorsamkeitserziehung komisch vor, aber Hunde, die nie gelernt haben zu folgen, sind eine durchaus ernstzunehmende Gefahr. Dazu noch ein wirklich gutgemeinter, eventuell lebensrettender Rat: Lassen Sie sich unter keinen Umständen dazu verleiten, ein süßes, tollpatschiges Hundebaby einer »Angriffsrasse« zu kaufen. Rottweiler, Dobermänner und Schäferhunde haben einen traurigen Rekord im Angreifen von Kindern ohne Vorwarnung aufgestellt. Manchmal töten sie sie auch. In Sekunden.

KATZEN. Katzen sind eigenwillige, freiheitsliebende Tiere. Das kann für Kinder sehr enttäuschend sein, weil Katzen sich ihren Menschen, auf dessen Schoß sie zu sitzen geruhen, immer selbst aussuchen. Und sie ziehen Menschen vor, die nicht ständig in Bewegung sind. Wenn Sie sich ein Kätzchen aussuchen, nehmen Sie die aufgeweckteste und frechste des Wurfes. Zwei sind lustiger als eine, weil sie gerne miteinander herumtollen und sich gegenseitig Mut machen vor den für sie riesig erscheinenden Kindern. Hauskatzen müssen nicht spazierengeführt werden, aber eine Öffnung in der Haustür erspart viel Ärger. Soll das Tier nur in der Wohnung bleiben, müssen Sie sich ernsthaft mit dem Problem Katzenklo auseinandersetzen. Und das ist vor allem bei erwachsenen Katzen NICHTS SCHÖNES. Besonders NICHT, wenn Sie ein Krabbelkind haben oder selber schwanger sind (Katzenklos sind ein Gesundheitsrisiko für Schwangere). Katzenstreu kostet viel Geld. Katzenfutter ebenso. Andererseits können Kinder wirklich eine schöne Beziehung zu Katzen aufbauen. Nicholas und Rose sangen unserer inzwischen verstorbenen Katze im Advent Weihnachtslieder vor und sagten dann zu ihr: »Wenn du Plätzchen oder etwas Geld hättest, würdest du es uns geben, nicht wahr, Nellie?«

KANINCHEN UND MEERSCHWEINCHEN. Diese Nager sind klein, wuschelig weich, man kann sie herumtragen, und sie sind Vegetarier (das heißt, ihre Hinterlassenschaft ist nicht so unappetitlich). Man kann sie draußen in Käfigen halten. Folglich haben Sie den Geruch nicht in der Küche. Also alles ideal? Ganz ideal wäre es, wenn da nicht ständig das Schuldgefühl wäre. Diese Tiere langweilen sich ganz offensichtlich in ihren Verschlägen. Sie wollen auf dem Gras herumhüpfen. Sie lassen sie raus, der Nachbarhund macht einen Satz und bringt sie um. Oder sie buddeln sich unter der Hecke durch, und Sie verbringen ein paar Stunden damit, in der Hecke herumzukriechen, weil sie umkommen könnten, wenn sie die Nacht ungeschützt im Freien verbringen.

Außerdem muß man sich – und hier wird es wirklich kritisch – täglich mit ihnen beschäftigen, um sie handzahm zu machen. Sowohl Kaninchen als auch Meerschweinchen »strampeln« ganz wild, wenn man sie auf den Arm nimmt, wodurch ängstliche Kinder schnell in Panik geraten und das Tier fallen lassen (und es möglicherweise dabei schwer verletzen). Hat sich die erste Begeisterung erst einmal gelegt, verlieren die Kinder oft das Interesse, und dann müssen Sie sich mit den Tieren befassen. Um ein wenig Fachlektüre werden Sie nicht rumkommen, denn es gibt alle möglichen Dinge zu bedenken, die man nicht unbedingt ohnehin weiß: Wußten Sie beispielsweise, daß Meerschweinchen täglich eine Ration Vitamin C brauchen? Oder daß Zwergkaninchen nicht zu viel Salat bekommen sollten? Sind Sie wirklich gewillt, sich mit diesen Dingen zu befassen?

Nachdem alles gesagt ist, soll jedoch nicht unerwähnt bleiben, daß es durchaus für eine Familie mit Garten möglich ist, ein Kaninchen von klein auf in der Küche herumhoppeln zu lassen, es ganz handzahm zu bekommen und es dann in den Garten zu lassen. Ich kenne eine Familie, bei der das funktioniert hat. Das Kaninchen hat nacheinander andere wilde Kaninchen in den Garten gelockt, die ebenfalls zahm geworden sind. Die Familie spielt und gartelt, umgeben von freundlichen Häschen, die sich streicheln lassen – ein Idyll. Sheridan hat es meisterhaft geschafft. Mir ist es nicht gelungen. Und nur Sie können entscheiden, ob Sie das Wagnis eingehen wollen.

Meerschweinchen können nicht längere Zeit im Freien leben und sind ehrlich gesagt die langweiligsten Tiere, die ich je gesehen habe.

RENNMÄUSE UND HAMSTER. Jetzt wird's noch kleiner. Auch diese Tiere kann man herumtragen, und man hat ein weniger schlechtes Gewissen, weil sie zumindest ein Rad haben, mit dem sie sich die Zeit vertreiben können. Aber besonders Rennmäuse müssen immer im Haus untergebracht sein. Haben Sie eine Ecke frei, wo der Käfig nicht umgeworfen wird und wo keiner drauftritt? Werden Ihre Kinder ihn sauberhalten und das Wasser regelmäßig wechseln?

Für die Kinder sind diese Nager eine bessere Winterunterhaltung als Kaninchen, weil sie im Haus und deshalb ständig sichtbar sind. Sie sind jedoch sehr heikel und sterben schnell, was für Kinder sehr schmerzlich ist.

Kinder haben gewiß Spaß an diesen kleinen Geschöpfen,

aber sie lassen sie auch gerne laufen, und dann können sie das ganze Haus auf der Suche nach Hamster Fridolin auseinandernehmen. Das gleiche gilt für weiße Mäuse, obwohl die meiner Erfahrung nach oft auch wegbleiben. Manchmal paaren sie sich mit ihren Brüdern oder Schwestern aus der freien Wildbahn, und sie haben jahrelang scheckige Gesellen in der Speisekammer. Vergiften? Ausgeschlossen! Irgendwie fühlen Sie sich immer noch als ihre Ziehgroßmutter.

RATTEN. Vielen Müttern stellen sich die Haare auf bei dem Gedanken an Ratten. Aber sie haben all die guten Eigenschaften der oben erwähnten Tiergruppe und sind dabei noch viel intelligenter. Zumindest kann man einer Ratte Kunststücke beibringen. Trotzdem würde ich sie nicht mit gutem Gewissen für Kinder unter zehn empfehlen.

FISCHE. Kaufen Sie Goldfische oder tropische Fische erst, auch wenn Ihr Kind noch so bettelt, wenn Sie sich mit dem Gedanken eines großen, schönen Aquariums im Haus abgefunden haben. Ein einsamer, trauriger Goldfisch in einer Kugelvase ohne Sauerstoffzufuhr ist wahrlich ein trister Anblick, außerdem ein schlechtes Beispiel für ein Kind, wie man mit einem lebenden Geschöpf umgeht. Deshalb müssen Sie also zuerst ein großes Aquarium mit allem Drum und Dran samt einigen Wasserpflanzen kaufen. Das Problem ist, daß ein kleines Kind inzwischen vielleicht schon wieder das Interesse daran verloren hat.

Wir kauften Fische, weil die Kinder es unbedingt wollten, und stießen dabei auf eine sehr seltsame Sache. Alle Fische starben, außer Albert. Jedes Mal, wenn wir neue Fische kauften und zu Albert ins Aquarium ließen, starben sie auch. Albert hingegen gedieh prächtig. Wir kamen zu dem Schluß, Albert müsse entweder so etwas wie AIDS haben oder aber ein Mörder sein. Also verbrachten wir ein ganzes Jahr mit einem einzigen Killerfisch in einem riesigen Aquarium und verschwendeten viel Elektrizität. Schließlich setzen wir ihn kurzentschlossen in den Gartenteich. Dort lebte er bis zur großen Dürre 1989. Da muß er umgekommen sein. Die Kinder hatten ihn inzwischen vergessen, also haben wir zumindest die Schreinerarbeit für eine Albert-Gedenkstätte gespart.

VÖGEL. Hier meldet sich wieder das schlechte Gewissen. Niemand hat je die Behauptung aufgestellt, daß es Vögeln nichts ausmacht, in Käfigen zu leben. Ich meine, es macht ihnen sehr wohl etwas aus. Wenn der Käfig groß genug ist und im Fenster hängt, der Vogel genug Hirse, ein Glöckchen und Musik im Radio hat, so daß er mitsingen kann, dann ist es vielleicht kein gar so schlechtes Leben. Achten Sie darauf, keinen Vogel zu kaufen, der unter die Artenschutzbestimmungen fällt. Vögel machen Kindern Spaß, zumindest auf halbherzige Weise.

PONYS. Wenn Sie nicht selbst ein ausgesprochener Pferdenarr sind, sollten Sie sich das sehr genau überlegen. In England sind verwahrloste Hinterhofponys schon zu einem Problem geworden. Ein Pony bedeutet viel Futter, Stall, Sattelzeug, Hufeisen (teurer als das Schuhwerk für ein Kind) und nicht vorhersehbare Tierarztrechnungen. Nur ein Kind, das ein begeisterter Reiter ist, sollte ein Pony bekommen. Hat das Tier keine ausreichend große Koppel, dann muß es jeden Tag bewegt werden. Selbst wenn es sich im Lauf der Zeit nur mehr als Bürde erweist, wird das Kind es so sehr ins Herz geschlossen haben, daß es ein schreckliches Theater geben wird, wenn Sie es verkaufen oder hergeben.

BAUERNHOFTIERE. Penelope Leach hat darauf hingewiesen, das einem Kind die sechsmonatige Aufzucht eines Kälbchens oder Lämmchens eher ein Leben lang im Gedächtnis bleibt als die jahrelange Reinigung des Kaninchenstalls. Diese Möglichkeit haben Sie natürlich nicht in einer Stadtwohnung im dritten Stock. Als Erwachsener muß man auch wirklich sehr gut informiert und einsatzfreudig sein, wenn man sich auf Bauernhoftiere einläßt, besonders wenn sich ein halberwachsenes Schaf unbedingt auf Ihren Schoß setzen möchte. Vielleicht ist da ein gelegentlicher Besuch auf einem Bauernhof eine bessere Idee. Aber wer im Glashaus sitzt, sollte nicht mit Steinen werfen. Die Ferkel können jetzt jeden Tag kommen.

Alles in allem, 1 : 0 für Haustiere. Sie lehren Kindern Respekt vor lebenden Kreaturen und Vorsicht im Umgang mit ihnen. Haustiere sind angenehme, unkomplizierte Lebensgenossen in einer Welt voller Obrigkeit. Durch ihre kurze Lebensspanne lernen Kinder auch, mit dem Tod umzugehen. Nur allzu oft erlebt das Kind den Tod im Fernsehen und in Spielen als eine Folge von Gewalt. Ein Kind, das sein Kaninchen begräbt und ihm ein hölzernes Kreuz aufstellt oder ein letztes Mal die tote Katze streichelt und spürt, wie leblos sie unter dem Fell ist, sieht den Tod klarer und ruhiger. An einem Tag im Januar saßen wir alle um ein krankes, verwaistes Lämmchen, das friedlich seinen letzten Atemzug tat. Es war traurig, aber es war ein Teil einer Wirklichkeit, die wir mit unseren Kindern teilten.

Obgleich – dachten Sie sich's schon? – kaum eine Woche später das nächste bei uns auftauchte.

Spielzeug: Freud und Leid

Ich habe absichtlich mit diesem Kapitel gewartet bis zu unserem Umzug. Ich wollte wissen, wovon ich spreche, das heißt, ich wollte warten, bis ich knietief in zerbrochenen Plastikbeinen, funktionsuntüchtigen Raumschiffen, zerquetschten Farbstiften, Puppenkühlschränken mit herunterhängenden Türen, halbfertigen Modellwindmühlen, beinlosen Legomännern und losen Puzzleteilen watete.

Und das tue ich jetzt. Mir wird dabei, wie den meisten Eltern ziemlich übel. Schauen Sie sich einmal die Spielzeugkiste eines Hauhalts mit mittlerem Einkommen an: all die längst vergessenen Belohnungen, die aufregenden Geschenke, die Wiedergutmachungsangebote, die Überraschungen vom Weihnachtsmann und die vom Taschengeld abgesparten Schätze liegen vor uns – ein Meer von unerwünschtem Plastik. Wir fühlen uns des Umweltvandalismusses schuldig. Wir fürchten, unsere Kinder verzogen zu haben und als klassisches Opfer der Werbung gebrandmarkt zu sein. In diesem Augenblick bin ich von Müllsäcken, Teekisten und Kartons umgeben, während meine beiden Kinder verzückt mit einem Kaufladen spielen, den ich in einem seltenen Kreativitätsanfall vor drei Jahren aus Streichholzschachteln zusammengestöpselt habe. In solchen Augenblicken ist die Versuchung groß zu sagen, daß alles andere sinnlos war. Aber das stimmt nicht. Die Wahrheit ist komplizierter, und alle Ressentiments trüben nur den Blick auf die wahren Dinge. Das Thema Spielzeug ist sehr schwer von anderen, ebenfalls gefühlsbeladenen Aspekten der Elternschaft zu trennen. Zum einen fürchten wir, unsere Kinder mit Spielsachen zu verziehen, zum anderen spielen da unsere geheimsten Wünsche und unsere Bildungskomplexe eine große Rolle. Wir alle wollen, daß unsere Kinder einen gewissen intellektuellen und persönlichen Standard erreichen. Sehen Sie sich die Abscheu auf dem Gesicht eines intellektuellen Vaters an, dessen Sohn aus einem Ghostbuster-Gewehr

Plastikgeschosse abschießt. Oder das unglückliche Gesicht einer feministischen Mutter, deren kleines Mädchen einem orangefarbenen Gummipony mit Lurexmähne liebevoll ein berüschtes Hochzeitskleid aus Nylon anzieht. Sie können sich köstlich amüsieren, wenn Sie einmal ein geschmackvolles Weihnachtsfest in einer Familie der oberen Mittelschicht miterleben. Der Weihnachtsbaum ist wunderbar geschmückt mit schwedischem Holzspielzeug von Liberty. Und unter dem Baum schreit den entsetzten Eltern eben jenes orangefarbene Gummipony mit Lurexmähne entgegen, dem wir gerade schon begegnet sind. Daneben steht eine Sindy-Puppe in brutaler Lederbekleidung und die schauerliche Reproduktion einer Kalaschnikow. Die armen Eltern. Hin- und hergerissen zwischen Geschmack und dem lobenswerten Wunsch, die Kinder selbst auswählen zu lassen, haben sie resigniert. Kein Wunder, daß sie sich mit Wein volllaufen lassen, um den Anblick zu vegessen.

Die Spielzeugindustrie ist, offen gesagt, eine Zumutung, zumindest auf internationaler Ebene, wenn es um Spielzeug für Kinder ab vier geht. Die Spielsachen für kleinere Kinder sind nicht so schlecht. Das Gesetz schreibt vor, daß sie stabil und sicher sein müssen, und viele sind auch vom Design her ausgezeichnet. Sie überdauern die Kleinkinderzeit mühelos und lassen sich nach einer kräftigen Abreibung mit dem Schwamm noch sehr gut auf dem Flohmarkt weiterverkaufen. Auch macht es Kleinkindern ganz und gar nichts aus, aus welchem Jahr das Modell ihres Spielzeugs stammt.

In der Spielzeugwelt der größeren Kinder jedoch herrscht das Gesetz des Dschungels. Besuchen Sie einmal eine Spielzeugmesse, und Sie werden begreifen, worauf es den Herstellern wirklich ankommt. Da hören Sie von 98%iger Marktsättigung und »aggressivem Marketing«. Achten Sie darauf, wie die Hälse länger und die Ohren größer werden, wenn es darum geht, sich an einem Fernsehcomic mit den entsprechenden Produkten zu beteiligen. Oder wie sich alle um eine berühmte Persönlichkeit reißen, die gegen gutes Geld ein paar nichtssagende Büchlein zu einer Spielzeugfigur aus der Retorte schreiben soll.

Spielzeughersteller haben ein starkes kommerzielles Interesse daran, unseren Kindern einzuimpfen, sie müßten *alle* Ghostbusters und *alle* Kleider und sonstiges Zubehör für Barbie-Puppen haben. Die Spielzeuggeschäfte, auch die berühmten, machen ebenfalls mit, weil es natürlich bequemer ist, bekannte, gut verkaufbare Produkte auf den Regalen zu haben, als alle Kataloge durchsehen zu müssen, mit schrulligen Herstellern zu verhandeln und ein originelles Sortiment anzubieten. Und so kommt es, daß es möglich ist, in einigen der größten Spielzeugläden der westlichen Hemisphäre nicht eine einzige Kindertrommel oder simple Holzbauklötze zu finden. Ein Sprecher der Firma Hamley in London sagte mir einmal: »Wir müssen uns danach richten, was die Leute wollen. Und ich denke, sie wollen vor allem das, was sie in den Fernsehserien oder in der Werbung sehen. Manchmal sind das ganz schauerliche Sachen, aber sie verkaufen sich gut. Wir versuchen handgemachtes Spielzeug zu führen, aber Sie wissen ja...« Ja, ja, ich weiß. Aber ich persönlich gebe lieber mehr Geld in ganz individuell geführten Läden aus oder bestelle per Katalog bei Firmen, die sich zum Grundsatz gemacht haben: »Wenn alle es führen, brauchen wir es nicht zu haben.« Sie haben eine riesige Auswahl von Spielzeug aus aller Welt, ohne jedoch auf der snobistisch angehauchten Antiplastikwelle anderer alternativer Spielzeugläden mitzuschwimmen. Eines der lustigsten batteriebetriebenen Spielzeuge, die wir je hatten, ist das raketenabfeuernde, intergalaktische Huhn, das eigentlich ein lebensgroßer Plastikgockel ist, der über den Teppich stolziert, mit den Flügeln schlägt und Plastikgeschosse in alle Richtungen abfeuert. »Wir fanden es auf einer Spielwarenmesse im Ausland, und es schien uns die einzig mögliche Antwort auf das aggressive Kriegsspielzeug zu sein.« Wie wahr! Ein fettes, gelbes Huhn, das das gesamte Mini-Nato-Arsenal übertrifft und dabei auch noch auf die Schippe nimmt. Köstlich! Alle Eltern, die die graugrünen Plastikpanzer und die Raketenabschußbasen im Kinderzimmer leid sind, brauchen zur Aufmunterung ein raketenabfeuerndes Huhn. Das kommt auf jeden Fall mit in das neue Haus.

Hier ist aber Schluß mit der Predigt. Unter dem billigen Schund können sicher Schätze verborgen sein, deren Wert nur der kleine Besitzer kennt. Einige Bestandteile der so massenhaft verkauften Spielsachen sind sogar recht gut gemacht. Und Kinder haben so ihre eigenen Vorstellungen. Sie haben von Natur aus die Fähigkeit, die Spielsachen ganz entgegen den Vorstellungen der Hersteller miteinander zu vermischen und sich ihre eigenen Spiele auszudenken. Als ich einmal nach Hause kam, fand ich einige jener häßlichen, muskelbepackten Plastikfiguren neben einem Teddybär und einer Stoffpuppe in einem rüschenverziehrten Puppenwagen liegen. »Es geht ihnen schlecht«, wurde ich aufgeklärt. »Dagegen müssen wir etwas tun. Und dann fahren alle an den Strand in den Urlaub.« Nachdem die Patienten immer noch ihre Patronengurte und ihren finsteren Blick zur Schau trugen, hatte ich die Idee eines Sprungs in eine andere Welt, wie sie sich die Hersteller sicher nicht hätten träumen lassen. (Nein, es war kein Mädchen, das so sprach. Auch die Jungen spielen mit Puppen. Warum hätte man wohl sonst den Zinnsoldaten erfunden?) Nach dieser Erfahrung gab ich mein ohnehin vergebliches Bemühen, Waffen und Kriegsspielzeug aus dem Kinderzimmer zu verbannen, ganz auf und wurde prompt belohnt durch einen zum Traktor umfunktionierten Panzer, der einen Spielzeugpflug zog, und durch ein generell nachlassendes Interesse an Waffen, mit der Ausnahme von kurzen, bösen Zwischenspielen, wenn besonders kampfesfreudige Besucher zu Gast bei uns waren.

Es gibt drei nützliche Prinzipien in punkto Spielsachen. *Nehmen* Sie, immer wieder mal, Spielsachen einfach *weg*. Jedes Spielzeug wird irgendwann einmal langweilig. Anstatt ein neues zu kaufen, holen Sie das alte wieder hervor. Kurz vor Geburtstagen und vor Weihnachten sortieren Sie, der Geschäftsführer des Haushalts, alle Einzelteile in verschiedene Kisten oder Schachteln – eine mit Baukastenteilen, eine mit Puppenhauszubehör, eine mit Soldaten und Burgbefestigungsanlagen. Das kreative Wechselspiel kann sehr nützlich sein, aber aus dem hoffnungslosen Chaos kann nur sehr schwer ein sinnvolles Spiel entstehen. Mit etwa sieben Jahren können die Kinder diese Aufgabe selber übernehmen, vorher ist es zu entmutigend. Haben Ihre Kinder, so wie unsere, eindeutig zu viele Spielsachen, dann ist dabei eine gute Gelegenheit, Dinge verschwinden zu lassen oder – noch besser – herzuschenken.

Der zweite Grundsatz heißt: *Versuchen Sie, Spielsachen nicht zu früh zu kaufen.* Nur weil Sie sich immer eine elektrische Eisenbahn gewünscht haben, ist das noch lange kein Grund, einem tolpatschigen Fünfjährigen eine zu schenken, der noch nicht einmal die Waggons ordentlich auf die Schienen setzen kann. Nur weil Sie so viel Spaß mit einem Druckereikasten hatten, sollten Sie nicht ein Kind, das noch nicht einmal HAUS buchstabieren kann, nicht mit fummelig kleinen Gummistempeln plagen. Bekommt Ihr Kind ein Geschenk, für das es noch nicht reif ist, dann nehmen Sie es so schnell wie möglich aus seiner Reich- und Sichtweite. Ansonsten werden die Einzelteile in alle Winde zerstreut, ehe das Kind wirklich etwas damit anfangen kann. Überschütten Sie Ihr Kind nicht mit besonders kostbaren Geschenken. Das verwirrt das Kind nur. Die Versuchung ist groß, vor allem wenn es Ihnen finanziell gut geht und Sie ein schlechtes Gewissen haben, weil Sie den ganzen Tag nicht zu Hause sind. Die großen, staunenden Kinderaugen sind für uns Erwachsene etwas so Wundervolles, daß wir selbstsüchtigerweise versuchen, das noch zu unserem eigenen Vergnügen zu steigern. Wenn dieser Fünfjährige so entzückt über ein mit Tautropfen verzaubertes Spinnennetz ist, überlegen wir, was wird er dann zu einem maßgetreuen Lamborghini-Modell mit einem Briggs & Stratton Viertaktbenzinmotor und einem eigenen funktionstüchtigen Getriebe sagen? Wenn er seinen Teddybären so heiß und innig liebt, wie wird er reagieren, wenn eine zweieinhalb Meter große Giraffe mit Leuchtaugen in sein Schlafzimmer lugt. Lassen Sie sich nicht auf solchen Wahnsinn ein. Gott sei Dank fehlen den meisten von uns für diese Art von Kindesmißhandlung die finanziellen Mittel.

Der letzte und wichtigste Punkt, den Sie bedenken sollten, besonders wenn Sie auf jeden Fall vermeiden wollen, das Kind zu verziehen, ist, daß es zwei Arten von Spielzeug gibt (unabhängig von Qualität oder Langlebigkeit). Einige Spielzeuge sind »Werkzeuge«, andere sind Luxusgüter. Zu den Werkzeugen gehören die Babyrassel und später die Bauklötze des Kleinkindes. Kein Mensch käme je auf die Idee, darauf zu verzichten. Bekäme man sie nicht zu kaufen, würde man sie irgendwie selbst herstellen. Auch größere Kinder brauchen gewisse Spielsachen einfach für ihre geistige und handwerkliche Entwicklung. Ein wirklich guter Baukasten ist immer seinen Preis wert, auch wenn er anfangs nicht so oft benutzt wird. Ebenso ein Puzzle, ein paar Platikfiguren oder Mal- und Zeichenutensilien. Denken Sie auch daran, daß Kinder auf jeden Fall Spielzeug auf Rädern, Spielzeug, das schwimmt, Spielzeug, das man mosaikartig zusammensetzen kann, braucht. Das muß nichts besonders Aufwendiges oder Teures sein. Aber es sollte ihnen klar sein, daß Sie für Ihr Kind nichts anderes als das grundlegende Handwerkszeug kaufen, mit dem das Kind in seiner geistigen und körperlichen Entwicklung arbeitet. Mit anderen Worten: eine ganz andere Sache, als ein Kind mit allen verfügbaren Ghostbusters zu überladen oder sentimentalen Erinnerungen an die eigene Kindheit mit einem handgearbeiteten Schachtelteufel nachzuhängen – diese Dinge sind Luxus.

Den besten Rat in punkto Spielsachen, den ich geben kann, biete ich Ihnen in Form von zwei Listen an. Die Dinge auf der ersten Liste werden Sie nie bereuen, gekauft zu haben, auch wenn Sie sie natürlich nicht alle brauchen. Auf der zweiten Liste finden Sie Dinge, die Sie sehr wohl bereuen, bitter bereuen, vor allem, wenn Sie sie zur Unzeit für Ihr Kind kaufen.

NIEMALS WERDEN SIE BEREUEN:

- Reichlich Mal- und Zeichenutensilien. Dazu ein paar Malbücher.
- Einen guten Baukasten. Lego oder Märklin zum Beispiel oder Fischer-Technik oder was sonst noch auf dem Markt ist und immer wieder ergänzt werden kann. Vergleichen Sie die Produkte gut, ehe Sie kaufen und vermeiden Sie, von

allen Produkten auf dem Markt wahllos erst einmal eine Grundaustattung zu kaufen.

- Einige wirklich brauchbare Spielfiguren mit etwas Zubehör, wie beispielweise von Playmobil angeboten. Wichtig daran ist, daß sie gerade anspruchsvoll genug sind, um einem aufgeweckten Sechsjährigen zu gefallen, aber nicht so »fertig«, daß kein Raum mehr für Phantasie bleibt. Diese Serien gibt es in kleinen Einheiten auf dem Markt, ohne daß man deshalb alle kaufen müßte – jede Schachtel kann als eigenständiges Spielzeug verwendet werden.
- Bälle. Erstaunlich, daß manche Familien alle Arten von Freiluftsportartikeln besitzen, aber weit und breit kein Fußball in Sicht ist. Vielleicht würde ein Ball aber nur die Tatsache unterstreichen, daß die Eltern ihrem Kind nicht genügend Spielkameraden – Erwachsene oder Kinder – bieten.
- Drachen. Einfache Drachen, vorzugsweise aus Stoff. Die komplizierteren kommen erst später.
- Gute Brettspiele, die Eltern und Kinder gleichermaßen spielen können.
- Gute Kinderwerkzeuge: sorgfältig gearbeitete Sägen, Hämmer, Hobel etc. Wenn sie von den anderen Spielsachen gesondert aufbewahrt werden und nur unter diskreter Oberaufsicht verwendet werden dürfen, dann sind sie eine bessere Garantie für Sicherheit als ein hysterisches Nein zu jedem Werkzeug mit scharfem Blatt oder scharfer Klinge.
- Puzzles, der Altersstufe entsprechend. Ein Thema mit ungeheuer vielen Variationsmöglichkeiten.
- Ein Puppenhaus, zu dem Möbel und andere Einrichtungsgegenstände nach und nach zugekauft werden können.
- Eine Burg mit Rittern. Nennen Sie es Geschichte, wenn Sie sich so leichter tun.
- Ein Marionettentheater. Aber lassen Sie sich um Gottes willen nicht zu furchtbar komplizierten Marionetten hinreißen. Am besten ist das einfachste System mit je einem Faden zu jedem Arm. Aufwendiger sollte es für ein Kind unter zehn keinesfalls sein. Glauben Sie mir.
- Fingerpuppen.

- Puppen die Ihr Kind wirklich haben möchte, die es liebt und auch selbst ausgesucht hat (natürlich für Jungen und Mädchen gleichermaßen).
- Sehr gute Experimentier-»Kästen«, wie Sie sie selber nicht zusammenstellen könnten: einen sicheren Chemieexperimentierkasten, einen Druckereikasten, ein Handarbeitsset, einen Foto-Experimentierkasten.
- Eigenartige, außergewöhnliche, naturwissenschaftliche Baukästen, die wenig kosten: ein Baukasten, der die Wirkung von Solarzellen zeigt, die Uhr, die ihren Strom aus der Kartoffel bezieht und so weiter. Aber die meisten naturwissenschaftlichen Wunder lassen sich – leider – immer noch am besten durch ein geduldiges Elternhaus und ein gutes, altersgemäßes Buch erklären. Ärgerlich sind aufwendige Kartons mit der vielversprechenden Aufschrift: »So bastelt du dir deine eigene Wetterstation«, in deren Anleitungen das Kind aufgefordert wird, aus einem Marmeladenglas, einem Ballon und einem Strohhalm ein Barometer zu machen, was jeder Pfadfinder ohnehin schon längst weiß.
- Sehr billige, ziemlich alberne, wahrscheinlich kurzlebige aber lustige und effektvolle Kleinigkeiten für viele Gelegenheiten: Zaubertricks aus China, kleine Holzpüppchen oder -figuren, Wunderkerzen, alles Dinge, die sich für Geburtstagsfeste und zur Weihnachtszeit als willkommen erweisen.
- Stoff- und Plüschtiere mit hübschen Gesichtern.

  Gerade noch geschafft in diese Liste hat es:
- Ein brauchbarer Computer (ab sieben Jahren, würde ich sagen, aber ich bin da altmodisch). Er sollte mit dem Programm, das in der Schule verwendet wird, laufen, sollte textverarbeitungsfähig und auch für doofe Spiele geeignet sein (testen Sie die Spiele. Erscheinen Sie Ihnen zu brutal, nehmen Sie Ihren ganzen Mut zusammen und verbieten Sie sie). In jüngster Zeit kursierten erschreckende Geschichten über Kinder, die zu kommunikationsunfähigen Computersüchtigen wurden. Worauf der Kern des Problems jedoch hinausläuft, sind die Eltern, die in ihrem Urteilsver-

mögen so unsicher und ängstlich sind, daß sie einem siebenjährigen Kind erlauben, viele, manchmal vierzig Stunden pro Woche, alleine vor dem Bildschirm in seinem Zimmer zu hocken und erst nach Monaten protestieren. Würde ein Kind so viele Stunden *lesen* und hätte es keine Freunde, hätten sie schon längst etwas unternommen

BITTER BEREUEN WERDEN SIE.

- Doofe, kleine Malkästen mit Pinseln, deren Haare schon bald ausfallen. Filzstifte (nur selten stecken Kinder die Kappen wieder auf die Stifte, und so trocknen die Dinger ständig aus). Sehr teure, wunderschöne Ölstifte, die das Kind zerdrückt, zerbricht, zerbröselt und verliert. Es gibt auch qualitativ gute Wachsmalstifte, zwar nicht in den schreienden Farben, aber um so haltbarer.
- Alles aus dünnem Plastik, das leicht bricht und dabei gefährlich scharfe Kanten bekommt.
- Alle Spielsachen, deren einziger Verdienst eine aggressive Fernsehwerbung ist. Können Sie auch beim besten Willen keine weiteren Vorteile entdecken (ist es vielleicht stabil? Dann sieht die Sache schon ein wenig anders aus), ist es besser, Sie lassen die Finger davon.
- Kurzlebige Freizeitsportartikel. Wenn Ihr Kind Skateboard fahren will, dann borgen Sie sich von Freunden eines für ein paar Wochen oder kaufen Sie ein gebrauchtes, bis Sie wirklich wissen, ob der Spaß auch anhält. Das gleiche gilt für Rollschuhe, alles was mit viel Werbeaufwand als der sensationelle neue Freizeitsport angepriesen wird, und sogar für Fahrräder.
- Komplizierte Drachen, die nur Daddy versteht, und bei denen selbst er schlechte Laune bekommt.
- Brettspiele, deren Regeln nur Mami versteht, dito. Auch Spiele mit »nachgewiesen hohem pädagogischen Wert«, die keiner jemals anrühren wird.
- Alles, was Sie gekauft haben, weil die Kinder nicht gut genug in Mathematik, Orthographie oder Lesen sind und der Beipackzettel verspricht, daß sich das umgehend bessern wird. Wird es sicher nicht.

- Sehr komplizierte Puzzles. Aber die können Sie immer noch selbst machen.
- Puppenhäuser, die mit allem ausgestattet sind, was das Herz begehrt, und keinen Platz für Phantasie lassen. Es macht Sie wahnsinnig, wenn ein Einzelteil verlorengeht, das immerhin zehn Pfund gekostet hat.
- Riesige Eisenbahnanlagen, die ebenfalls keinen Platz für den Erfindergeist, die Phantasie oder die Wünsche Ihres Kindes lassen.
- Aufwendige Puppen, die Ihr Kind nicht mag. Auch ganz einfache Puppen – aber in diesem Fall haben Sie wenigstens nicht so viel Geld ausgegeben.
- Baukästen, deren Inhalt nicht auf dem Karton angegeben ist und die im Laden nicht geöffnet werden dürfen. Meist bestehen diese Mogelpackungen aus langen schriftlichen Anleitungen und viel Plastik. Ehrgeizige, aber im Grunde genommen faule Eltern fallen auf so etwas besonders gerne herein, weil sie nur daran denken, daß der Kasten für den »jungen Elektriker« ihrem Sohn endlich den richtigen Weg weisen wird. Suchen Sie sich lieber einen Laden, in dem Sie sich gut beraten fühlen und einen guten Bastelersatz für ein Viertel des Preises bekommen.
- Computerisierte Spielsachen, die nur eines können – buchstabieren, zusammenzählen oder nur mit einer unverständlich kratzenden Stimme zurückmaulen.
- Ferngesteuerte Flugzeuge. Sie fliegen weg und kommen nicht zurück, weil Ihr Kind noch viel zu klein dafür ist. Ferngesteuerte Autos kommen wenigstens nicht so weit, fallen jedoch meist schon nach einer Woche aus der Favoritenrolle.
- Stoff- oder Plüschtiere mit höhnischem Grinsen auf dem Gesicht.

Die erste Liste mag ihnen teuer erscheinen, aber einige Dinge können Sie selber machen, für andere lohnt es sich zu sparen. Und tatsächlich sind die Dinge auf der zweiten Liste fast genauso teuer. Ein paar wenige, klug ausgesuchte Spielsachen sind, ergänzt durch farbige Kieselsteine, eine bessere Grundlage als ein steriles Kinderzimmer voller luxuriöser

Nichtigkeiten. Es lohnt sich, sich intensiv mit dem Thema Spielsachen auseinanderzusetzen. Sind sie gut, bringen sie Freude, Faszination und geistige Bereicherung. Sind sie schlecht, bringen sie nur Enttäuschung, zum Fenster hinausgeworfenes Geld und Müll. Ein wichtiges Thema.

Großmütter – ein Kapitel für sich

Was verbinden Sie mit dem Wort »Großmutter«? Eine nette, grauhaarige, alte Dame, die lächelnd im Schaukelstuhl sitzt, oder eine aufreizende Blonde von 42 mit einem Wuschelkopf und der Energie einer Fünfzehnjährigen, die bewirkt, daß sich eine erschöpfte, frischgebackene Mutter wie hundert Jahre alt vorkommt? Und was tut eine Großmutter? Singt sie Ihrem Kind alte Volksweisen vor und vermittelt ihm die Weisheit und Gelassenheit der Älteren, Erfahreneren, oder sitzt sie auf dem Sofa mit dem Ginglas in der Hand und erzählt Ihnen, was Sie gerade wieder falsch machen? Strickt sie? Rümpft sie die Nase über Ihren schlampigen Haushalt?

Großeltern – das ganze Thema wird immer verwirrender. Vor hundert Jahren, als die Menschen mit fünfzig unvorstellbar alt waren, waren auch die Generationen deutlicher getrennt. Die Familien lebten enger zusammen, und die Rolle der Großeltern war klar festgelegt. Heutzutage leben drei Generationen kaum einmal für längere Zeit unter einem Dach, und durch die höhere Lebenserwartung und den besseren Gesundheitszustand verschiebt sich ohnehin alles. Wenn Mutter und Tochter als Teenager oder Anfang zwanzig ihre Babys bekommen, beziehungsweise bekommen haben, dann Vorhang auf für eine jener aufregenden Großmütter Anfang vierzig, die gerade in ihrer aktivsten Lebensphase steht, während ihre Tochter sich durch die Wochenbettdepressionen kämpft. »Ich muß los, Liebes – zuerst eine Gerichtssitzung, dann zurück in die Boutique und dann schnell nach Hause – umziehen für das Theater heute abend. Hoffentlich findest du einen Babysitter – ja, wo isser denn, unser kleiner Liebling – ciao, ihr beiden!« Wenn andererseits beide Frauengenerationen spät heiraten und erst mit über dreißig oder über vierzig Kinder bekommen, haben wir den gegenteiligen Fall: eine Frau, die um die siebzig ist, wenn sie ihr erstes Enkelkind in den Armen hält, und die unter Umständen noch sehr viel strammes Gedankengut aus ihren vierziger Jahren einbringen möchte. »Du solltest ihn nicht jedesmal auf den Arm nehmen, wenn er schreit. Du schnitzt dir selber die Rute, meine Liebe. Ein strikter Vierstundenrhythmus beim Füttern ist am gesündesten. Du überreizt das Kind mit dem ständigen Herumtragen. Warum hast du dir nicht einen ordentlichen Kinderwagen gekauft anstelle dieses schrecklichen wackeligen Gefährts hier? Halte ihn nicht so, das ist schlecht für seinen Rücken.«

Natürlich gibt es da auch wieder Ausnahmen. Es gibt flotte Großmamas, die Kinder auch gerne mal für vierzehn Tage nehmen. Dann gibt es gemütliche, alte Großmamas, die nie kritisieren, aber für Mutter und Kind wie ein Fels in der Brandung wirken. Und es gibt Großväter, die die Kleinen stundenlang und mit Engelsgeduld an der Werkbank oder mit der Ruderpinne spielen lassen. Ein harmonisches Familienleben ist eine immer wiederkehrende Idylle, Glück und Geborgenheit werden von Generation zu Generation weitergegeben. Vergessen Sie ein unharmonisches Familienleben. Optimismus ist angesagt. Im Interesse der familiären Harmonie und eines sanften Dampfablassens folgt nun der offizielle, ultimative Leitfaden für den Umgang mit Großmüttern:

Die arme alte Großmama: Sie ist vielleicht nicht älter als 62, aber hat sich entschlossen, der anstrengenden Seite des Lebens den Rücken zu kehren. Zwar ist sie von ihrem neuen Enkelkind begeistert, aber Windelwechseln kommt für sie nicht in Frage. Das gleiche gilt für Baden, Herumtollen auf dem Boden, Hochheben oder Lernen, wie man mit den neuen Verschlüssen an den Oshkosh-Latzhosen zurechtkommt.

Wahrscheinlich hat sie Sie während der ersten drei hektischen Jahre, als es nur um solche praktischen Verrichtungen ging, schier zur Verzweiflung gebracht. Aber fassen Sie Mut. Mit ihrem fast unheimlichen Talent, absolut ruhig dazusitzen und darauf zu warten, daß man ihr Dinge zuträgt, ist sie der ideale Ansprechpartner für aktive Kinder. Vor allem wird sie ein langmütiges Publikum für unverständliche Theaterspiele sein, sich zum hundertsten Mal geduldig den Feentanz vortanzen lassen, eine einstündige Purzelbaumvorstellung über sich ergehen lassen und sich in langwierige Diskussionen über die Entscheidungen des Lehrers in der Schule einlassen.

Die Retro-Großmama: Sie will helfen. Nein, eigentlich will sie nur jeden Augenblick ihrer eigenen Mutterschaft vor vielen Jahren noch einmal erleben. Sie hat wieder ein Baby, Ihr Baby, und jede Miene des kleinen Pummelchens erinnert sie schmerzhaft und euphorisch zugleich auch an ihre eigenen kleinen Lieblinge. Daraus ergibt sich, daß Sie eine Schmach für die ganze Familie sind, wenn Sie nicht die gleiche Zinksalbe, das gleiche Öl und den gleichen riesigen Kinderwagen nehmen, die Windeln nicht nach der gleichen Methode falten und dem Baby die gesunden Wollhöschen vorenthalten. Mit schrillen Entsetzensschreien wird sie Schultertücher, Tragetücher und Schuhe mit Klettverschluß quittieren.

Dagegen kommen Sie nur mit einem ständigen Lächeln auf den Lippen an und indem Sie weiter unbeirrt das tun, was Sie für richtig halten. Denken Sie daran, daß Sie vielleicht in dreißig Jahren Ihre Tochter verrückt machen mit Ihrer Kritik an ihrem solarbetriebenen Kinder-Sportwagen und den sich selbst beseitigenden Nuklearwindeln. Aber es wäre auch eine nette Geste, Retro-Großmama mit einem Paar langer, grauer Shorts für Jungen und einem gesmokten Kleid für Mädchen entgegenzukommen.

Die Flippie-Großmama: Sie weiß noch nicht so recht, was sie davon halten soll, plötzlich Großmama geworden zu sein. Niemand in ihrem Singles-Club wollte es glauben, als sie es erzählte. Sie kann sich an gar nichts mehr erinnern, weil sie doch selbst noch ein Kind war, als Sie sich ankündigten. Und so kichert sie ständig über alles. Eigentlich erfüllt sie mehr die Funktion eines unverheirateten Onkels oder einer unverheirateten Tante als die einer Großmutter. Finden Sie sich mit ihr ab, atmen Sie tief durch, und erinnern Sie sich daran, daß Kinder unkonventionelle Erwachsene mögen. Und seien Sie auf ein gelindes Entsetzen vorbereitet, wenn Großmama bemerkt, daß ihre Enkelin zu groß geworden ist, um sich noch von ihr die Tränen trocknen zu lassen.

Die dusselige Großmama: Einige wenige Frauen mittleren Alters haben die Jahre ihrer eigenen Mutterschaft so sehr in den Hintergrund gedrängt, daß Babys in ihrer Obhut offen gestanden nicht sicher sind. Sie lassen Zigarettenasche in die Babytragetasche fallen, verabreichen die Flasche mit kochend heißer Milch, wollen einfach nicht wahrhaben, daß Hundekot im Garten, in dem Kinder spielen, nichts zu suchen hat, und sie sehen in die Glotze, anstatt das Kleinkind im Auge zu behalten. Leider müssen Sie in den frühen Jahren des Kindes realistisch und klug sein, ohne gleich aus der Haut zu fahren. Aber besser eine verletzte Oma als ein verletztes Kind. Wenn die Kinder größer sind, kann sie jedoch eine gute Freundin werden. Es ist durchaus möglich, einem sechsjährigen Kind taktvoll beizubringen, daß Großmama es mit der Vorsicht nicht so genau nimmt, also Hilfe braucht. In einem wirklichen Notfall scheidet sie jedoch als Ansprechpartnerin aus.

Die feindselige Schwieger-Großmama: Sie waren schon vor Ihrer Hochzeit nicht gut genug, ihren Sohn (oder ihre Tochter) zu bekommen. Das hören Sie heute noch ganz deutlich, wenn sie Ihr Kind mit »armes kleines Würmchen« anspricht. Versuchen Sie keinesfalls, ihr beweisen zu wollen, daß Sie eine gute Mutter oder ein guter Vater sind. Das wäre grundverkehrt, denn nichts fällt ihr schwerer als solche Zugeständnisse. Verärgern Sie sie nicht, denn in ihr haben Sie einen perfekten Babysitter. Sie wird ganz wild darauf sein zu beweisen, daß sie besser ist als Sie. Und lassen Sie sich ruhig Zeit! Je mehr Verspätung Sie haben, desto mehr werden Sie ihre Meinung bestätigen.

Die gestrenge Großmama: Eine von dieser Sorte kommentierte die vierte Schwangerschaft ihrer eigenen Tochter mit den Worten: »Ich weiß nicht, meine Liebe, warum du noch eines bekommen möchtest, wo du jetzt schon mit den anderen nicht zurechtkommst.« Überprüfen Sie einmal genauer. Gab es in ihrem Haushalt vielleicht Kindermädchen und Hauspersonal, das 24 Stunden am Tag zur Verfügung stand? Wurden die Kinder mit sieben Jahren in ein Internat gesteckt?

Wenn dem so ist, dann können Sie es ihr getrost entgegenhalten. Aber wenn sie ein echter Zuchtmeister ist, der kleinen Kindern den Nachtisch entzieht, weil sie das unentschuldbare Verbrechen begangen haben, die Ellenbogen auf dem Tisch aufzustützen, dann sollten Sie das positiv sehen. Entweder werden die Kinder sie anbeten und im Laufe der Zeit auch ein paar wirklich gute Manieren lernen, oder, wenn das nicht klappt, wird die Erwähnung ihres Namens als gelegentliche Drohung sicher auch nicht ihre Wirkung verfehlen.

Die Verwöhn-Großmama: »Ach Herzchen, ist Mami wieder sooo streng mit dir? Ohohoh, wie schlimm! Sind doch schließlich nur Kinder. Komm, Kleines, Großmama kauft dir Gutties. Ach, sind das nicht die richtigen? Nein, nicht auf den Boden, Herzchen! Ups! Ach, macht nichts. Großmama bezahlt die zerbrochene Flasche, die von dem dummen, wakkeligen Regal gefallen ist, schon. Jetzt wollen wir aber erst einmal etwas Süßes für dich suchen...«

Die Verwöhn-Großmama ist erträglich, solange sie selber für die Folgen aufkommt. Der kritische Moment kommt, wenn ein wildes Kind in ihrem Haus wirklich frech, undankbar, einfach unerzogen wird. Dann bringt sie es mit beleidigt gespitzten Lippen und hochgezogenen Augenbrauen zurück und murmelt etwas von »bösem Blut, das in die Familie gekommen ist«. Ich kenne kein Heilmittel.

Die perfekte Großmama: Sie kocht wunderbar, ist nie böse, schneidert stundenlang Puppenkleider, erzählt herrliche Geschichten aus früheren Zeiten, liest den Enkeln zum Einschlafen vor und kann alles besser als Sie. Babys schlafen in ihren Armen sofort ein, größere Kinder machen ihr keinerlei Probleme. Mit etwas Glück wird sie auch daran denken, Ihnen zu versichern, was für eine Supermutter Sie sind und wie wohlerzogen Ihre Kinder sind. Sollte sie diese Nebensächlichkeit vergessen, können Sie sich am besten gleich von der nächsten Brücke stürzen.

Alles in allem gesehen sind Großmütter eine feine Sache. Gott schütze sie alle. Und auch die Großväter, die sich merkwürdigerweise nicht so einfach in oben genannte Kategorien pressen lassen. Das muß wohl an einem gerüttelt Maß an männlichem Egoismus und Laissez-faire liegen. Eines Tages wird, so Gott will, unser eigenes Baby ein Baby haben, und wir werden ehrfürchtig den Fortbestand der Schöpfung aus unserem eigenen vergänglichen Fleisch miterleben. Die Freude darüber kann sehr wohl bewirken, daß wir ein wenig wunderlich werden. Aber inzwischen sind wir mit kleinen Freuden zufrieden. Nein ehrlich, sind wir wirklich. Echt dankbar. »Du mußt Stunden dran gesessen haben. Was für eine wunderschöne Farbe! Was ist es eigentlich? Eine Ballettjacke? Wunderschön... ja, sie ist wirklich ein rechter Wildfang. Wie schön für sie, eine pfirsichfarbene Jacke...«

Kinderglaube – Kinderängste

Eine der unerwarteten Freuden der Elternschaft ist das Gespräch. Zugegeben, manchmal kommt es höchst ungelegen, beispielsweise wenn morgens um halb sechs nackte Füßchen in Ihr Schlafzimmer tapsen und wissen wollen, wie alt der Himmel ist. Aber im allgemeinen macht es Spaß, mit kleinen Kindern zu reden. Haben Sie beim Anblick des kleinen verschrumpelten Bündels im Kreißsaal daran gedacht, daß Ihnen gerade noch vier Jahre bleiben, um für jedes Geheimnis der Welt eine einleuchtende Erklärung parat zu haben? Warum ist es nachts dunkel, was tun die Hunde dort, woher kommen die Babys, was ist ein Bundeskanzler und warum müssen wir das tun, was er sagt, kommen Meerschweinchen in den Himmel? Was dabei wirklich eindrucksvoll und auch irgendwie erschreckend ist, ist, daß Kinder zunächst einmal alles glauben, was man ihnen erzählt. Auch wenn sie später erfahren, daß der Sachverhalt ein anderer ist, sie werden immer an diese erste unauslöschliche Lektion zurückdenken. Erzählt eine vertrauenswürdige Person einem kleinem Kind, daß Polizisten Rabauken sind, die Menschen einsperren und sie treten, dann wird der Teenager zehn Jahre später automatisch bei einer Demonstration vor der Polizei wegrennen. Wenn Sie ihm erzählen, daß Gott gütig ist, dann wird er irgendwann zu ihm beten. Wenn Sie dem Kind sagen (oder zeigen), daß Ladendiebstahl in Ordnung ist, vorausgesetzt, man läßt sich nicht erwischen, dann wird dieses Kind immer Schwierigkeiten mit dem Begriff der Ehrlichkeit haben.

Theoretisch kann es nichts Erstaunlicheres geben, als einem Kind die Weisheit weiterzugeben, die Sie sich in fünfundzwanzig Jahren angeeignet haben. Und in vielen Bereichen geht das auch ganz leicht. »Ja, Schätzchen, dein Kaninchen ist tot, und sein kleiner Körper wird wieder zu Erde werden und Blumen zum Blühen bringen.« »Hefe ist das Mittel, das das Brot groß macht« oder der typische Rückzieher: »Wenn Daddy nach Hause kommt, wird er dir erklären, wie

Elektrizität funktioniert, großes Ehrenwort. Vielleicht kauft er dir ein Strommeßgerät.« Wird das Kind älter und schlauer, werden ebenso unschuldige Fragen zu tickenden Zeitbomben. Davon später mehr.

Und was wird aus dem Weihnachtsmann oder dem Christkind, den Feen und den Heinzelmännchen? Bringen Sie sich selbst in die Bredouille, indem Sie Ihren Kindern diese Geschichten erzählen, obwohl eines Tages die Wahrheit herauskommt? Wird eine jener Wahrheiten das ganze Vertrauensgefüge zusammenbrechen lassen? Die wenigsten von uns machen sich darüber allzugroße Gedanken, werden diese Themen doch meist von der düsteren Realität überlagert, aber eine Überlegung sind sie allemal wert.

Mit Kindern zu sprechen, ist natürlich und eine ganz persönliche Sache. Aber es gibt einige allgemeingültige Strategien, die die Dinge leichter machen. Beginnen wollen wir mit dem leichtesten der schwierigen Themen:

POLITIK. Es ist nicht allzu schwer, sich eine allgemeine Lebensphilosophie zuzulegen, die freundlich, rücksichtsvoll und gesellschaftlich verantwortungsbewußt ist. Heutzutage kommen wir auch nicht darum herum, alle diese Dinge mit unseren Kindern zu diskutieren. Ein Vierjähriger, der im Fernsehen sieht, wie in Nordirland eine Autobombe hochgeht, läßt nicht eher locker, bis Sie ihm dreihundert Jahre Geschichte plausibel erklärt haben.

Das eigentliche Problem liegt in unserer polarisierten Gesellschaft. Es gibt immer ganz verschiedene Antworten auf ein und dieselbe Frage. Sie mögen wissen, was Sie von einer Sache zu halten haben, aber haben Sie auch das Recht, Ihrem Kind Ihre Meinung aufzuzwingen? Oder müßten Sie nicht zumindest so fair sein, auch die gegenteilige Meinung anzubieten? Versuchen Sie es mit unseren Fallbeispielen:

»Warum sie eine Straße durch das Feuchtgebiet bauen? Nun, damit die Leute schneller zu dem neuen Elektrizitätswerk kommen. Weißt du, der Gemeinderat entscheidet, ob eine Straße, ein Haus oder eine Fabrik gebaut werden darf. Und dabei müssen sie darauf achten, daß nicht das Haus eines

Nachbarn Schaden leidet. Und sie haben beschlossen, diese Straße zu bauen. Ja, für unser Haus ist es nicht ganz so gut, und die Wildenten werden sich auch einen anderen Platz suchen müssen, aber es ist sehr wichtig, Elektrizität zu haben. Nun, die Regierung glaubt, daß es sehr wichtig ist, hier ein Elektrizitätswerk zu haben. Ja, ich weiß, daß Daddy da anderer Meinung ist und daß er gesagt hat, die Regierung sei ein Haufen Schwachköpfe, die man am besten auf den Mond schießen sollte... ja, stimmt schon, wir haben sie gewählt, nein, wir nicht, aber die meisten Leute... nein, eigentlich auch nicht die meisten Leute, aber –« (Es folgt ein Diskurs in Kommunal- und Bundestagswahlen und den damit verbundenen Problemen. Das Kind gähnt.) – »Nun, wie auch immer, sie bauen die Straße, weil das Gesetz es ihnen erlaubt. Ja, es ist schon eigenartig, daß uns das Gesetz verbietet, die Wildenten zu stören oder abzuschießen, aber die Bauarbeiter... nun, so ist das eben...«

»Nein, momentan ist kein Krieg. Der Luftstützpunkt ist nur für den Fall da, daß es einen Krieg geben sollte... ja, die Russen müssen auch Luftstützpunkte haben, weil wir welche haben, und wir haben sie, weil die welche haben, und –«

»Ja, Nelson Mandela ist jetzt frei. Ja, es gibt dort immer noch Kämpfe, weil –«

»Ja, siehst du, manche Leute haben keine Arbeit. Sie möchten gerne arbeiten, aber es gibt keine Jobs. Deshalb bekommen sie Arbeitslosenunterstützung, damit sie nicht verhungern. Ja, es wäre schon besser, wenn sie Arbeit hätten, aber es gibt eben keine Jobs...«

Auf Liberalismus bedachte Eltern machen die wildesten Verrenkungen, um fair zu sein und ihrem Kind die Komplexität des Problems klarzumachen. Als verbissener Linksradikaler spart man sich diese Mühe, nimmt sein Kind zu Demonstrationen mit und wirft dem Hund demonstrativ eine quietschende Gummipuppe in Form des Bundeskanzlers vor. Wiederholt fällt der Satz, daß die Politik ein schmutziges Geschäft sei und unsere Regierung absichtlich den Menschen die Arbeitsplätze wegnehme. Der stramme Rechtskonservative hingegen läßt sein proper aufgeputztes Kleinkind wissen, daß die Regierung gut daran tut, dem industriellen Fortschritt gegenüber ein paar Wildgänsen den Vorrang zu geben, sich für militärische Stärke einzusetzen, und daß – wie ich es selbst einmal meinen Kindern sagte (aber zu einem späteren Zeitpunkt auch meinen Kindern gegenüber revidierte), »Gewerkschaftsmitglieder einfach immer querschießen« und daß Menschen ohne Arbeit »für gewöhnlich ziemlich faul sind«.

Wir müssen aber zumindest versuchen, all diese Menschen der verschiedensten politischen Richtungen zu erklären und einen Anstoß zum selbständigen Nachdenken geben. Ich selbst habe schon an der Küchenspüle gestanden und habe mit den Händen im Schmutzwasser nach Erklärungen gerungen, warum Kinder in der Dritten Welt Hungers sterben, während wir hier einen leicht angeschimmelten Kuchen wegwerfen. *Ich* habe ganz bestimmt nicht die Sprache darauf gebracht, die Kinder kamen damit daher, nachdem sie einen Spendenaufruf im Fernsehen gesehen hatten. Ich konnte ihnen etwas von Bob Geldof erzählen und gab ihnen offen und ehrlich politische Erklärungen, die nicht immer ein gutes Licht auf unsere westliche Welt warfen.

Solange Sie sich Ihre eigenen Gedanken zu Weltproblemen machen, müssen Sie nicht ständig davor Angst haben, Ihre Kinder einseitig zu beeinflussen. Es ist ganz selbstverständlich, daß sie Ihre politische Meinung bis zu einem gewissen Grad übernehmen. Schauen Sie sich nur einmal die Herkunft unserer Politiker an.

Aber die wirklich besorgniserregenden Augenblicke sind die, in denen wir – müde, zornig oder einfach gedankenlos – unseren Kindern anstatt der wohlüberlegten, ehrlichen Meinung erschreckende unausgegorene Vorurteile präsentieren. Das kommt bei jedem von uns vor. Die Kinder, die in der Schule türkische oder dunkelhäutige Kinder verspotten, tun das nicht instinktiv. Irgend jemand hat ihnen dazu den Anstoß gegeben. Das kommt bei Ihnen nicht vor? Können Sie wirklich guten Gewissens behaupten, in Ihrer Familie wäre noch nie – und Kinder haben große Ohren – gesagt worden, daß alle Iren Trunkenbolde sind? Daß man den Franzosen einfach nicht über den Weg trauen darf? Haben Sie Ihr Kind nicht mit dem Mädchen (als Babysitter ist sie brauchbar – es gibt ja sowieso keine) spazierengehen lassen, das ernsthaft glaubt, man würde Leukämie bekommen, wenn man Eis an einem italienischen Stand kauft, weil Italiener dunkle Hände haben? Oder gehört zu Ihrer Familie vielleicht jene liebenswerte Großmama, die davon überzeugt ist, die Kinder würden Läuse und Flöhe mit heimbringen, wenn sie mit Kindern aus Sozialwohnungen spielten?

RELIGION. Es sollte nicht allzu schwer sein, den Kindern Ihre Religiosität (oder deren Fehlen) zu vermitteln (obgleich es erstaunlich ist, wie viele im Trend der Zeit agnostische Eltern, die Angst haben, mit ihren Kindern über den Tod zu sprechen, ihnen doch ganz verschämt etwas vom Himmel erzählen). Wenn Sie einen starken Glauben haben, brauchen Sie von mir keine Hilfe. Wenn jedoch Ihr Christentum sich auf eine Hochzeit in Weiß beschränkt, dann müssen Sie sich schon ein paar Gedanken machen, ehe Sie Fragen von kleinen Leuten beantworten, die Ihnen voll und ganz vertrauen.

Um es auf den Punkt zu bringen: Kulturell ist es enorm wichtig, daß Kinder die wichtigsten Geschichten aus der Bibel kennen, die Schöpfungsgeschichte, die Geschichte von Christi Geburt, die der Kreuzigung und der Auferstehung sowie die zehn Gebote. Kindern, die das nicht kennen, fehlt es an Grundbegriffen der westlichen Kultur. Die meisten Dramen, Romane, Gedichte und Gemälde werden ihnen ohne dieses Grundwissen sehr wenig sagen. Es liegt jedoch an Ihnen, ob Sie ihnen gleichzeitig und gleichberechtigt auch von Hinduismus, Buddhismus und Islam oder sogar von altrömischen, altgriechischen und altägyptischen Religionen erzählen. Auch wenn Sie selbst nichts davon halten, wäre es sinnvoll, der Geschichte des Christentums einen gebührenden Platz einzuräumen. Schließlich sind all die Kirchen, Priester und Bischöfe ein wichtigerer Teil des Lebens Ihres Kindes als Isis und Anubis. In einer multikulturellen Gesellschaft sollten die Kinder auch die wichtigsten Feste anderer Religionen kennen. In den siebziger Jahren interviewte ich einige etwa achtjährige Schulkinder in einer als sehr fortschrittlich geltenden Gegend in Oxfordshire. Keines der Kinder hatte eine Ahnung, wer die Personen waren, die in der Krippenszene dargestellt waren. Ein Negativbeispiel, das ich nicht unerwähnt lassen wollte.

Sehr wichtig ist auch, daß die Kinder sehr früh den Gedanken der religiösen Toleranz mitbekommen. Mein Sohn wurde in der ersten Klasse Grundschule von einem sechsjährigen Mitschüler, der als Zeuge Jehovas erzogen wurde, belehrt, daß Gott eigentlich die böse Schlange war, die Eva in Versuchung führte, und daß wir alle Teufelsanbeter wären. Glücklicherweise erzählte er mir davon, ehe die Geschichte in ihm zu nagen begann, und ich holte beherzt zu einer Lektion in vergleichender Religionswissenschaft für Sechsjährige aus. Mein Hauptaugenmerk lag auf der Betonung, daß verschiedene Menschen immer schon verschiedene Vorstellungen von Gott hatten, ihm verschiedene Namen gegeben haben (von Jehova bis Manitu), und daß nur eine Tatsache (Ich halte es für eine Tatsache!) wichtig sei, nämlich die, daß Gott es nicht duldet, wenn sich Menschen seinetwegen bekämpfen. Mit einem Schlußsatz über Salman Rushdie, der sich vor der islamischen *fatwa* verborgen halten muß, entließ ich mein Kind zu seinen Legobausteinen.

LEGENDEN. In unserer Familie ist ein sehr nützlicher Satz Tradition geworden, der in dem Sommer entstand, in dem wir um die britischen Inseln segelten und versuchten, die Kinder in Regen- und Sturmzeiten mit allen möglichen Folkloregeschichten bei Laune zu halten: Wir erzählten von riesigen Kabeljaufischen, die von hohen Wellen in die Kamine von Häusern gespült wurden, vom Ungeheuer von Orkney, dessen Leber Feuer fing, woraus die isländischen Vulkane entstanden (seine Zähne sind die Färörer-, die Shetland- und die Orkneyinseln), von dem Riesen, der unter St. Michael's Mount in Cornwall begraben ist, und so weiter. Der Satz lautet folgendermaßen:

»Es ist eine Legende. Eine Legende ist eine Geschichte, die so alt ist, daß niemand weiß, ob sie wahr ist oder nicht.«

Damit eröffnen sich gar köstliche Möglichkeiten für alle

Arten von Riesen, Zauberern und Feen, ohne daß es dabei auf historische Authentizität ankommt.

Es gibt jedoch auch Familienlegenden. Nehmen wir einmal die Zahnfee. Wir hatten eigentlich in unserer Familie mit der Zahnfee nie etwas am Hut, aber wenn Ihr Kind mit glänzenden Augen und einem kleinen, blutigen Stück Elfenbein zu Ihnen kommt, weil es in der Spielgruppe gehört hat, daß man durch diese Fee zu kleineren Reichtümern kommen kann, dann ist es sehr schwierig zu widerstehen. Also machten wir mit: Der Zahn wurde in Folie eingepackt und unter das Kissen gelegt. Am nächsten Tag lag Geld statt des Zahns unter dem Kissen. Dann begann unser Sohn, der Fee kleine Briefchen zu schreiben, adressiert an Z. F., und natürlich mußte die Z. F. antworten (in reich verzierter Schrift). Als unser Sohn und seine Freunde schon ein wenig skeptischer wurden (dachten wir!), streuten sie Talkumpuder auf das Fensterbrett, um nach Fußabdrücken zu fahnden. Natürlich hinterließ Z. F. kleine Fußabdrücke (Daumen- und Fingerballen – versuchen Sie es!). Natürlich schlugen auch wir Vorteile aus der Legende, konnten wir doch glaubhaft machen, daß Z. F. nur saubere Zähne mag und es merkt, wenn sie erst geputzt wurden, nachdem sie herausgefallen waren – das zählt nicht. So fiel Zahn für Zahn aus einem Kind, und immer lag das Geld unter dem Kissen. Ich mag Z. F., genauso wie den Weihnachtsmann. Es ist etwas Beruhigendes für Kinder in der Vorstellung, daß nicht alle Geschenke von den Eltern kommen, weil das Universum mit wohlwollenden Kreaturen bevölkert ist. Es ist eine einfache »Religion«, und alle einfachen menschlichen Wesen – wie Kinder – brauchen eine Art von »Volksreligion«.

Aber wann hört das Ganze auf? Ich hörte damit auf und rückte mit der Wahrheit heraus, als ich dachte, mein Sohn wüßte ohnehin Bescheid. Er war damals sieben. Ich sagte ihm, es sei eine Legende, aber eine, die heutzutage nicht mehr funktioniere, und deshalb seien sein Vater und ich so zum Spaß eingesprungen. Ich dachte wirklich, er wüßte es, aber o Schreck – die Unterlippe zitterte. Er wollte es nicht wissen. Dann lachte er ein wenig verlegen, und ich hatte das Gefühl eines verblassenden Zaubers, grelles Tageslicht, vorzeitiges Erwachsensein. Er verkraftete es schneller als ich, aber die Geschichte war mir eine Lehre. Nach acht Jahren ist bei uns immer noch der Weihnachtsmann der Größte. Er kommt durch den Kamin, und wir legen Karotten für die Rentiere bereit. Und wißt ihr, was sie tun? Sie fressen die Karotten und spucken das Kraut den Rauchfang hinunter auf den Kaminvorleger, diese Ferkel. Und der Weihnachtsmann selbst? Er ißt ein Stück Weihnachtskuchen und läßt geheimnisvolle, fremdländische Geschenke aus Holz da, die man nicht in jedem Laden findet. Ich weiß nicht, wie lange bei uns noch der Weihnachtsmann kommen wird, aber ich halte mich an die Strategie, die Christina Hardyment entwickelt hat. Sie muß es wissen, denn sie hat vier Töchter aufgezogen:

»So, die Kinder in der Schule erzählen also, es gäbe keinen Weihnachtsmann? Wie schade! Siehst du, wenn die Kinder nicht mehr an den Weihnachtsmann glauben, dann kann er ihnen auch nichts mehr bringen. Normalerweise übernehmen das dann die Eltern, damit die Kinder nicht gar so enttäuscht sind. Aber natürlich ist das lange nicht so schön.«

Außerordentlich klug! Sie überläßt es dem Kind, halb oder ganz an den Weihnachtsmann zu glauben, oder aber den Glauben ganz aufzugeben und sich dabei doch nicht so betrogen zu fühlen, wenn es ein Stück Geschenkpapier findet, das es vom Gabentisch her kennt, oder wenn bei den Geschenken etwas dabei ist, das schon vorher unter der Treppe hervorlugte. Das Geheimnis bleibt erhalten und rutscht ganz allmählich ohne jähen Bruch in den Bereich der liebevollen, elterlichen Geborgenheit.

ÄNGSTE. Ängste sind eng verbunden mit all den oben behandelten Themen. Sie oder irgend jemand anderer kann sie auslösen. Ich habe aus verschiedenen Familien Kinderängste »gesammelt«:

Ich habe Angst,

- daß ein Bullterrier sich unter meinem Bett verstecken und mir die Kehle durchbeißen wird, während ich schlafe (Herkunft: Fernsehnachrichten).

- daß der Todesengel kommt, um den Erstgeborenen zu holen (Herkunft: Schulbibel).
- daß die Zahnfee mich erdrosselt (Herkunft offensichtlich. Gegenmaßnahme: Zahn unten in einem versperrten Raum aufbewahren).
- daß der Weihnachtsmann nicht kommt.
- daß er kommt und ein haariger, wilder Geselle ist (Herkunft: furchterregende Kaufhaus-Weihnachtsmänner mit Mundgeruch. Gegenmaßnahme: Strümpfe unten aufhängen).
- daß Wünsche wahr werden. Das klingt seltsam, aber einmal brach ein Kind in Tränen aus und fragte: »Werden Wünsche wirklich wahr?« Nach einiger Zeit kam folgendes heraus: »Ich habe mir gerade gewünscht, ich wäre ein Elefant. Aber ich will doch keiner werden!«
- daß das Ozonloch uns ertränkt oder verbrutzelt (Erzählen Sie, daß Wissenschaftler an dem Problem arbeiten, daß die ganze Welt Bescheid weiß und etwas dagegen unternehmen will).
- daß es wieder Krieg gibt (Sprechen Sie von den politischen Bemühungen, von dem guten Willen aller Menschen, von Gipfelkonferenzen und dem allgemeinen Wunsch nach Frieden).
- daß Mami und Papi sterben (Gegenmaßnahme: feste Umarmungen und die Erlaubnis, im elterlichen Bett zu schlafen, bis die Angst vorbei ist).
- daß ich sterbe (Gegenmaßnahme siehe oben).
- daß meine Geschwister sterben (dito; dabei kann man auf die durchaus robuste Gesundheit des Geschwisterchens hinweisen und auch nebenbei erklären, daß es niemals funktioniert, wenn man jemandem den Tod wünscht. Die Angst entsteht wahrscheinlich aus diesem Wunsch).
- daß Einbrecher ins Haus einsteigen. (Zeigen Sie Schlösser, Riegel etc. mit großer Sorgfalt.)
- daß Hexen, Kobolde, Geister und Teufel durch die Wand kommen. (Nicht ganz einfach; nur zu sagen, es gäbe sie nicht, funktioniert nicht. Ich hatte einmal ein Kind als Übernachtungsgast, das mein Kind mit Geschichten von

Hexen, die kleine Kinder rauben, zu Tode erschreckte. Nachdem es mir nicht gelang, die beiden zu beruhigen, erinnerte ich mich in meinem Bedürfnis, selbst eine Mütze Schlaf zu bekommen, an meine katholische Kindheit und zeigte den Kindern ein Kruzifix, das an der Wand hing, und ein Bild des Heiligen Christophorus. Dazu erklärte ich, daß nichts Schlimmes in einem Haus passieren könne, in dem ein Heiligenbild hängt. Es funktionierte sofort. Das einzige Problem war, daß unser kleiner Besucher nach Hause ging und seiner Mami – und der ganzen Nachbarschaft – erzählte, wir würden jeden Tag mit einem Kruzifix ins Bett gehen, um die Vampire abzuschrecken.)

Ich könnte noch lange so fortfahren. Wie jede andere Mutter auch. Einige wenige Kinder kennen solche Ängste nicht oder nur sehr selten. Andere wiederum kämpfen jede Nacht gegen eine andere an. Wichtig ist es, die Kommunikationsleitung offen zu halten. Hören Sie immer zu, wenn Ihr Kind von seinen Ängsten spricht, auch wenn sie Ihnen noch so dumm erscheinen. Sind es traurige, allgemeingültige Ängste (wie obdachlos, ungeliebt, verwaist oder im Krieg verschollen zu sein), so hilft es seltsamerweise häufig, dem Kind zu sagen, daß wir alle gelegentlich diese Ängste haben, auch wir Erwachsene, und daß man sich daran gewöhnt, sie zu vertreiben. Das schafft eine Atmosphäre der Verbundenheit und ein sehr gesundes Empfinden dafür, daß nicht das Unglück selbst der wahre Feind ist, sondern das *Gefühl* des drohenden Unglücks.

Sind es ganz unvorstellbare Ängste, dann lachen Sie nicht. Bemühen Sie auch nicht gleich Freud, indem Sie alles auf die Geburt des Geschwisterchens schieben. Auch ist nicht immer der Umzug in ein anderes Haus schuld, oder was es sonst noch alles für olle Kamellen gibt. All das mag zwar auch eine Rolle spielen, aber die Ängste selbst sind wichtiger. Gibt es vielleicht einen ganz profanen, aber konkreten Grund? Ein kleiner Junge war einmal tagelang deprimiert, weil sein Vater eine sechswöchige Dienstreise anzutreten hatte. Wie sich herausstellte, hatte der arme kleine Knirps sechs Jahre verstanden. Meine Tochter hatte plötzlich Angst, in ihrem Zimmer zu schlafen. Nachdem weder schmeicheln noch schimpfen half, war sie wie ein Schloßgeist mit weißem Teddy und Federbett von einem Zimmer zum anderen gezogen. Eines Nachts ging ich selbst in ihr Zimmer. Unten saß mein Mann vor dem Fernseher, in dem eine Vorschau auf einen knallharten Thriller lief. »Ich werde dich töten, das schwöre ich dir!« zischte eine haßerfüllte Stimme von unten herauf. Wie schrecklich mußte mein armes, kleines Kind Nacht für Nacht an der sensationslüsternen Fernsehkultur gelitten haben. Kein Wunder, daß die Angst bei meinem Kind lange vorhielt.

Unter der Gürtellinie: Von Winden und vier Buchstaben

Eine Warnung vorab: In diesem Kapitel kommen Worte und Sprüche vor, die über acht Jahre alte Leser verwirren, ja sogar schockieren können. Nehmen Sie also all Ihren Mut zusammen. Es kommen Popos vor. Und Töpfchen. Es wird von Pimmel gesprochen, und Winde werden abgelassen. Schon jetzt kann ich Ihnen versprechen, daß Sie wirklich erleichtert sein werden, wenn es wieder auf das sichere Erwachsenenterrain von Sex und Fortpflanzung zugeht. Zuvor aber wird es erst mal richtig anstößig. Nicht, weil ich das möchte, sondern weil das Thema eben auch angesprochen werden muß. Denn hier gibt es ein Phänomen zu beobachten: Vor Jahren hatte das Gesangsduo Flanders and Sann einen großen Erfolg mit einem Song, der mit imitierten Kinderstimmen folgendermaßen begann: »Vater und Mutter sind aus dem Haus, jetzt lassen wir die Sau mal raus.« Der Chor stimmte dann ein mit: »Pinkel, Po, Hintern, Furz, da wird uns leicht die Zeit zu kurz!«

Sie trafen den Nagel auf den Kopf. Nichts ist so verführerisch für kleine Kinder wie Gespräche über stinkende Furze, Pinkeln, Fäkalien – wie immer Sie es nennen wollen. Das Thema war immer faszinierend und wird es wohl immer sein. Ganz offensichtlich war auch den aufgeklärten, ernsthaft bemühten Eltern der sechziger Jahre, die dachten, eine offene, ungezwungene Atmosphäre würde dem albernen Kichern den Wind aus den Segeln nehmen, kein Erfolg beschieden. Die ungezwungene Familie, die ich kannte, hielt es folgendermaßen: Die Eltern liefen nackt in der Wohnung herum, sprachen offen von den Vorgängen in ihren Gedärmen und ihren Ausscheidungen und beschrieben ihren Kindern den Geburtsvorgang in allen Einzelheiten. Eines Tages, als ich zu Besuch war, tanzte die kleine Nellie in der Küche herum und sang: »Pipi dampft im Topf, Pipi dampft im Topf!« Ihre Mutter versuchte verzweifelt, ihr Entsetzen zu verbergen. »Ich weiß nicht, warum sie das tut«, sagte sie mit kläglichem Ton in der Stimme. »Wir haben das Urinieren immer als etwas ganz Natürliches betrachtet, und ich habe nicht die leiseste Ahnung, wer ihr das Wort« – sie spuckte es förmlich aus – »*Pipi* beigebracht hat. Also wirklich, das ist so dumm und so vulgär.«

Höflich stimmte ich ihr zu, während Nellie weiter fröhlich ihren Spruch krähte. Aber tief in meinem Innern vermutete ich, daß Nellies Mutter den Kampf verloren hatte. Jetzt, da ich eigene Kinder habe, weiß ich es. In jedem Kind steckt etwas unabänderlich Albernes und Unanständiges. Wir Erwachsene tun schließlich unanständige Witze als »kindisch« oder »infantil« ab, und wenn Kinder nicht kindisch sein dürfen, wer dann? Ich bin ganz und gar nicht sicher, daß wir versuchen sollten, das unseren Kindern abzugewöhnen. Irgendwo und irgendwie kommt das »Unanständige« doch wieder ans Tageslicht. Wenn die Kinder zu Hause nicht darüber reden dürfen, dann heißt das noch lange nicht, daß wir es aus der Welt geschafft haben. Wir haben sie nur gelehrt, es nicht auszusprechen. Aber dann sollten Sie mal Ihre Kinder auf dem Spielplatz oder im Schulhof hören, wenn sie lauthals »Pup dir 'nen Furz, pup ihn ab, pup ihn ab!« grölen. Oder Sie hören bei den Freunden den fröhlichen Chor: »Mami, ich hab' die Hose voll, das finde ich nun gar nicht toll.«

Wir persönlich haben diese »Fäkaliensprüche« immer auf die leichte Schulter genommen. So kam es, daß unser Haus schon bald als das »Pupszentrum« in ganz East Suffolk bekannt wurde. Die in strengen Elternhäusern aufgezogenen Kinder kommen nur allzugern bei uns vorbei, ziehen unsere Kinder in eine Ecke, stecken die Köpfe zusammen und flüstern: »Erwin macht sich in sein Hemd. Der Geruch bald keine Grenzen kennt.« Dann kichern alle los und können sich überhaupt nicht mehr beruhigen. Wenn Sie darüber hinweggehen, hören sie irgendwann damit auf, aber das kann sehr lange dauern.

Einige Sprüche sind sogar ganz interessant:

»Fatty und Skinny gingen in den Zoo
Fatty fiel in den Elefantenkot
Skinny lachte sich darüber halbtot
Dafür bekam er einen Klaps auf den Po.«

Das ist zwar nicht besonders erbaulich und hat auch wenig erzieherischen Wert, aber es reimt sich irgendwie und läßt sich skandieren. Die freche Kombination von Groteskem, Blödsinn und Anarchie bringt es in die Nähe der Rabelaisschen Tradition. Es ist eine Art Satire, also eigentlich eine ziemlich respektable literarische Form. Zumindest rede ich mir das ein und unterdrücke ein Kichern mit dem Küchenhandtuch. Beim Spazierengehen erzählte mir mein Sohn neulich:

»Mein Freund Peter hat 'nen Pimmel von 'nem Meter,
den zeigte er der Nachbarin.
Sie hielt ihn für 'ne Schlange,
Und schlug ihn mit 'ner Stange,
Jetzt ist es mit der Länge hin.«

Warum Kinder das so fasziniert, ist eigentlich klar. Psychologen erzählen uns mit ernstem Blick, daß Kinder die Macht ihrer Körperfunktion erschreckt und mit Ehrfurcht erfüllt. Seit Freud wird den Themen Sauberkeitserziehung und so weiter sehr große Bedeutung beigemessen. Vielleicht sind diese Witze einfach nur ein Weg, wie die Kinder selbst mit Ihrer Haß-Liebe-Beziehung zu der Toilette umgehen. Sehen Sie es so, wenn Ihnen das hilft. Oder es könnte ja auch sein, daß – Gott behüte! – alle diese Dinge tatsächlich lustig sind. So wie es mit dem Sex ist. Schließlich erinnern sie uns inmitten unserer menschlichen Aufgeblasenheit und Wichtigtuerei, daß wir unsere animalische Natur doch nicht verleugnen können. Wer kann Kindern einen Vorwurf daraus machen, daß sie kichern, wenn sie sich vorstellen, daß auch die Königin einen fahren läßt?

Deshalb sollte man die Sache locker sehen. Es gibt jedoch Grenzen. Kaum etwas ist lächerlicher als eine freisinnige, weltoffene Familie, die ihren Kindern immer eingebleut hat, der nackte Körper wäre etwas ganz Natürliches, aber dann plötzlich eine Erklärung dafür finden muß, warum es nicht richtig war, den Pimmel aus der Hose zu holen und Großtante Florence damit zuzuwinken. Die beste Methode ist die, die auch gegen Kindesmißbrauch hilft:

»Popo, Penis und Scheide sind nicht für die Öffentlichkeit bestimmt.«

Bei dieser Gelegenheit sollten Sie sich dann auch gleich überlegen, welche Worte Sie Ihre Kinder lehren. Sind die Kinder sieben oder acht Jahre alt, sollten sie die richtigen Begriffe kennen: Penis, Vagina, After usw. Aber vorher – was ist vorher? Ist es nicht besser, aus rein gesellschaftlichen Gründen die kindlichen Begriffe, die meist nur innerhalb der Familie von Generation zu Generation »weitergereicht« werden, zu verwenden? Hier komme ich sicher mit den meisten Kindererziehungsgurus über Kreuz, aber da kleine Kinder diesen Wortschatz ohnehin nur für Beleidigungen anwenden, wäre es Ihnen nicht lieber, »Popogesicht« genannt zu werden statt »Sch...kopf«? Und wird Großmama nicht eher den Aufschrei »Ich hasse deinen stinkenden Po« verkraften als »Ich hasse deine vertrocknete, alte Vagina!«? (Das Beispiel ist aus dem Leben gegriffen. Das Kind wollte lediglich etwas unter der Gürtellinie als Schimpfwort hernehmen. Aber die Schwiegertochter brauchte zwei Jahre, um das wiedergutzumachen.) Denken Sie darüber nach. Ein weiteres nützliches Motto ist:

»Unanständige Witze sind nur im Familienkreis erlaubt.« Das kann natürlich zu Haarspaltereien bezüglich Großmüttern und Tanten mit unterschiedlicher Feinfühligkeit führen. Und ist es in Ordnung, einem angeheirateten Onkel etwas von »Pipimachen« zu erzählen?

Und jetzt kommen wir zum Sex. Früher hat man an dem Thema tunlichst bis zur Pubertät nicht gerührt und später etwas von den Blumen und den Bienen und einigen unreinen Gedanken gemurmelt. Das funktioniert schon lange nicht mehr, aus dem einfachen Grund, weil, wenn *Sie* eine Frage übergehen, dann wird sie der Lehrer beantworten, oder das Fernsehen wird die verwirrende Vorstellung vermitteln, Babys entstünden, wenn man jemanden küßt. Oder eine Schulfreundin wird Ihrer kleinen Tochter eine so verworrene Darstellung der Fortpflanzung bieten, daß sie schwört (so wie ich es mit acht Jahren getan habe), für immer und ewig Jungfrau zu bleiben.

Im Gegensatz dazu hat man seit den sechziger Jahren die Kinder schon von klein auf mit technischen Einzelheiten, medizinischen Fachbegriffen und spaßigen kleinen Büchern bombardiert, in denen der Orgasmus »wie ein ganz starkes Niesen« beschrieben wird (was sagen Sie dazu?). Diese Methode hat den Nachteil, daß das Kind sich sehr schnell langweilt und nicht mehr zuhört oder aber ziemlich peinliche Situationen heraufbeschwört, indem es mit ungeeigneten Erwachsenen über »starkes sexuelles Niesen« diskutiert.

Die dritte Methode ist, die Fragen des Kindes einfach in einer freundlichen, natürlichen, direkten Form zu beantworten. Leider tritt der kindliche Wissensdurst im allgemeinen immer zur Unzeit auf, etwa mitten in der Schlange vor der Supermarktkasse, in der Drogerie in Gegenwart von einigen mürrischen alten Damen, im Wartezimmer des Arztes oder im Bus. Der Versuch »Das erkläre ich dir, wenn wir zu Hause sind« funktioniert nicht immer. Die einzig sichere Vorsichtsmaßnahme gegen wenig überzeugendes Herumgestottere ist, sich alle Fakten kindgerecht zurechtzulegen, noch ehe die Fragen aufgetaucht sind. Kann's losgehen?

»Frauen haben in ihrem Bauch ein kleines Haus, in dem das Baby heranwächst. Das ist die Gebärmutter. Und dann haben sie noch so kleine Dinger, die man Eierstöcke nennt, und einmal im Monat kommt ein winzig kleines Ei...«

»Männer haben spezielle Samen in ihrem Körper, und der Samen kann aus dem Pimmel herauskommen und mit dem Ei in der Mami zusammentreffen...«

»Wenn ein Baby groß genug ist, auf die Welt zu kommen, muß es aus der Mami herauskommen. Es kommt aus einem speziellen Loch...«

Schwierig, oder? Meine Version klingt albern, zugegeben. Ich möchte keinesfalls irgend jemandem irgend etwas vorschreiben. Aber wenn Sie einmal im stillen Kämmerlein geübt haben, ersparen Sie sich viel peinliches Herumgestammele. Beantworten Sie nur die Fragen! Heben Sie sich Eileiter, Eisprung und Hoden für später auf, und konzentrieren Sie sich auf Babys, die im Bauch der Mutter wachsen, auf Samen, der vom Papi kommt, und die Tatsache, daß Mamis und Papis sich lieben und deshalb ein Baby wollen (Erstaunlicherweise wird das von allen Kindern, die ich kenne, akzeptiert, auch wenn ein Papi weit und breit nicht in Sicht ist).

Was nun den Geschlechtsakt an sich angeht, so werden mich die Sexualwissenschaftler jetzt sicherlich steinigen, wenn sie hören, daß ich nach einer langweiligen Erklärung der technischen Grundbegriffe (Der Samen kommt in die Mami durch eine spezielle Umarmung, die nur Erwachsene können) immer versucht habe, den Kindern den Eindruck zu vermitteln, daß Sex etwas ist, das erwachsene Mamis und Papis tun, das aber für Kinder nicht besonders interessant ist. Schließlich gibt es viele Dinge, die Erwachsene tun, die aber ihre Kinder überhaupt nicht interessieren – wie bitteren Kaffee trinken, mit anderen Frauen im Supermarkt quasseln, Schecks ausschreiben, Fernsehnachrichten gucken. Da kommt es auf eine seltsame Tätigkeit mehr oder weniger auch nicht mehr an.

Noch etwas: Wenn Sie sexuell gehemmt, unzufrieden oder sonstwie in dieser Richtung belastet sind, wenn Sie Zweifel haben oder wütend darüber sind, was der Sex aus Ihrem Leben gemacht hat, oder auch wenn Sie den ganzen Tag nur an Sex denken – dann ist das Ihr Problem und Ihre Last. Nicht die Ihres Kindes! Dies dem Kind aufzubürden oder es in einer sexuell aufgeheizten Treibhausatmosphäre aufwachsen zu lassen, ist ebenfalls eine Form der Kindesmißhandlung. Und das kann zu anderen Formen von Kindesmißbrauch führen. Alle Kinder sind in Gefahr, sexuell mißbraucht zu werden, aber »wissende« Kinder haben ein größeres Risiko. Sehen Sie sich jeden – auch einen Therapeuten – genau an, der zu viel von der »erwachenden Sexualität« kleiner Kinder spricht. Es ist viel sicherer, sich an die langweiligen alten Ratschläge zu halten: Du gehörst nur dir allein, du mußt niemanden umarmen, den du nicht umarmen willst, und Popo, Penis und Scheide sind nicht für die Öffenlichkeit bestimmt. Und manchmal darf man darüber auch Witze machen.

Kindergeburtstage: Traum oder Alptraum

Kindergeburtstage können traumhaft schön sein, aber sich auch zum absoluten Alptraum auswachsen. In der Traumsequenz sitzen ein Dutzend kleine Gesichter mit leuchtenden Augen an einem langen Tisch, auf dem ein riesiger Kuchen in Form einer Lokomotive steht. Die Kerzen verbreiten ein sanftes Licht, und helle Kinderstimmen singen Happy Birthday, ehe sie sich mit kleinen, aufgeregten Schreien (aber immer schön gedämpft und artig) in das nächste Spiel stürzen.

Im Alptraum haben Sie es mit einer unkontrolliert kreischenden, kuchenwerfenden Rasselbande zu tun, einem wilden Haufen, in dessen Mitte der kleine Asthmatiker fast zu Tode gequetscht wird und Ihr eigenes Geburtstagskind leise wimmernd am Rand der Schlacht steht.

Ich mag Kinderfeste und bin eher optimistisch. Ich habe auch ein Haus, das sich gut für Kinderfeste eignet (alt, mitgenommen, keine Teppichböden und nicht ganz neu tapeziert). Bis jetzt haben wir hier zwölf Geburtstagspartys, sechs Weihnachtsfeiern, zwei improvisierte Kinder-Gartenfeste im Sommer und eine kurzfristig angesetzte Miniparty für alle jüngeren Geschwister, die nie zu irgend jemandes Geburtstag eingeladen werden, veranstaltet. Wenn der unausweichliche Tag kommt, an dem meine Kinder vorteenagerhaft angewidert maulen und ein Theaterbesuch oder eine Burger-Session in einem Nepplokal fordern, werde ich tödlich beleidigt sein und wahrscheinlich darauf bestehen, daß sie entweder eine richtige Geburtstagsfeier zu Hause bekommen können oder gar nichts. Mit Götterspeise.

Dabei quassele ich immer recht hochgestochen daher, wie wichtig es ist, daß Kinder schon in jungen Jahren mit offiziellen gesellschaftlichen Ereignissen in Berührung kommen, für den Fall, daß sie eines Tages in den Buckingham Palace eingeladen werden. Aber wenn man mir ein buntes Plastiktischtuch und eine Schachtel voll Partygags in die Hand drückt, bin ich nicht mehr zu bremsen. Mit geradezu unmoralischem Eifer stürze ich mich in die Vorbereitungen.

Doch, ich habe auch Lehrgeld bezahlt. Es gibt Grundregeln, die beachtet werden müssen, was ich in der Vergangenheit nicht getan habe. Einen Haufen Kinder mit einem Haufen Luftballons in einem Raum aufeinander loszulassen, ergibt noch keine Party. Höchstens Tränen. Organisation ist alles. Eine Mutter ist ein Impresario, und eine gute Party ist wie eine Theateraufführung, ein Drama in drei Akten mit viel Improvisation um ein Rahmendrehbuch herum.

1. Akt: Die Spiele. Auf den Einladungen sollte immer eine Uhrzeit für Anfang und Ende des Festes angegeben sein. Also zum Beispiel 15.30 Uhr – 17.30 Uhr. Im Idealfall sollten alle Gäste rechtzeitig da sein, und das erste Spiel sollte losgehen, sobald alle die Mäntel ausgezogen haben. Das gilt besonders für Geburtstage von Vier- und Fünfjährigen. Ältere Kinder haben schon mehr Verständnis dafür, nur ein bißchen plaudernd herumzustehen und Geschenke aufzumachen, ohne daß es ihnen gleich langweilig wird oder sie zu raufen anfangen. Mütter, die zu spät kommen, sind ein Ärgernis. Und wenn Mütter schon bleiben (manche kleineren Kinder bestehen darauf), dann sollten sie sich tunlichst raushalten, sich nicht einmischen und ganz allgemein versuchen, die Atmosphäre nicht zu stören. Eine Mutter jedoch sollten Sie sich als Assistentin anheuern. Sie muß Kinder zum Klo bringen, aufgegangene Haarschleifen bei aufwendig zurechtgemachten Mädchen neu binden und Pflaster auf aufgeschlagene Knie kleben.

Das erste Spiel sollte etwas mit Auf- und Abhüpfen zu tun haben. Das löst die Spannung und stellt sicher, daß alle, die zum Klo gehen wollen, es auch rechtzeitig vor dem Essen tun und deutlich die entsprechenden Symptome verspüren. Für Kinder über vier Jahre alt empfiehlt sich meiner Erfahrung nach ein anspruchsvoller gestaltetes Spiel, etwas, das sich am Motto der Feier orientiert – Piraten oder Zirkus oder Ballerinas. (Übrigens, wenn Sie einen Kindermaskenball veranstalten, sollten Sie auf jeden Fall ein paar Extra-Piraten-Taschentücher, Clownhüte oder was auch immer bereithalten – es ist immer ein Kind dabei, dessen Mutter die Einladung nicht gelesen hat oder die gerade ein Baby bekommen hat und alles andere vergißt.)

Die Spiele unter einem bestimmten Motto sind leichter zu dirigieren, wenn Sie es mit Schulkindern zu tun haben. Es wirkt auf mich wie ein Wunder, daß sich eine große, bedrohliche, amorphe Masse von sechzehn Kindern in eine disziplinierte Klasse verwandeln kann. Wenn die Kinder erst einmal Schulerfahrung haben, dann können es auch Spiele sein, die ein paar einleitende Erklärungen erfordern. Klatschen Sie einfach laut und vernehmlich in die Hände, und sagen Sie: »ALLE MAL HERHÖREN! Jeder ist jetzt ein Pirat. Wir haben zwei Piratenmannschaften. Also bildet jetzt zwei Gruppen – rot und blau – hier sind eure Rosetten. Jetzt ist es eure Aufgabe, den Schatz zu finden...« Und so weiter. Im Vorschulalter machen Sie es einfacher. Wir hatten einen durchschlagenden Erfolg mit Papierschlangen, die durch das ganze Haus führten, Kletterstangen hinauf und Rutschen hinunter, durch einen provisorischen Tunnel, bei einer Tür hinein, bei der anderen hinaus, bis hin zu einer Pirateninsel voll mit Schokoladengeld.

Vor einiger Zeit beschloß ich, gegen das ewige Wettbewerbsdenken anzugehen, und dachte mir ein Spiel aus, bei dem es keine Gewinner gibt. Die Kinder waren alle Astronauten auf einer Raumfahrtmission, die vielen verwundeten außerirdischen Ungeheuern helfen sollten. Jedes Kind hatte eine Art Puzzlekarte, auf der ein Teil eines Tintenfischfangarmes zu sehen war. Mit kleinen Hinweisen und selbstklebenden grünen Fußabdrücken wurden die Kinder zu einem verletzten Tintenfisch aus Pappe in einem anderen Zimmer geführt, wo sie die einzelnen Puzzlestücke zusammensetzen mußten, bis der Tintenfisch wieder ganz war. Ohne das Zusammenwirken aller Kinder konnte das nicht bewerkstelligt werden, deshalb achteten die großen Kinder mit Argusaugen auf die kleinen, die in der Aufregung sehr gerne ihre Puzzlekarte verloren.

Das Spiel wurde ein voller Erfolg. Natürlich hätte ich das

am liebsten dem wettbewerbsfreien Teamgeist zugeschrieben. Nur widerwillig muß ich zugeben, daß es auch etwas mit einem weniger idealistischen Aspekt des Spiels zu tun gehabt haben könnte. In einem Zimmer trafen die Kinder auf meinen Mann als 1,90 Meter großer kreischender Papagei mit grünen Federn. Es lohnt sich immer, ein paar Überraschungen einzubauen. Im nächsten Jahr war er ein Bär.

2. Akt: Limo, Kakao und Kuchen. Das klingt einfach. Ich hoffe, ich verletze Sie nicht, wenn ich Sie daran erinnere, daß es immer Kinder gibt, die keine Süßigkeiten mögen, aber sich dafür auf Würstchen, Chips oder Käsestangen stürzen. Manche Kinder mögen auch keine Butter auf den belegten Broten. Abgesehen davon sind Ihrer Phantasie und Ihrer Arbeitswut keine Grenzen gesetzt. Sie können acht Stunden damit zubringen, Hexenhüte aus Eiskrem zu formen und Kuchen mit Gesichtern zu verzieren, oder aber einfach in den Supermarkt gehen und alles kaufen.

Schwieriger wird es dann schon mit den Kindern, die es nicht gewohnt sind, an einem gemeinschaftlichen Essen teilzunehmen, weil sie normalerweise vor dem Fernseher oder zwischen Tür und Angel abgefüttert werden. Diese Kinder sind entweder total fasziniert von einem hübsch gedeckten Tisch mit Kerzen und Knallbonbons, oder sie verderben den anderen das gemütliche Beisammensein, weil sie ständig aufstehen und herumrennen. Aber ein wenig Disziplin muß schon sein. Hiermit bestätige ich, daß ein 1,90 Meter großer grüner Papagei einen unschätzbaren disziplinarischen Wert hat: Einmal kreischen, und alle sitzen mucksmäuschenstill an ihrem Platz.

Der Kuchen ist natürlich wichtig. Allerdings werden kleine Kinder bei Geburtstagsfesten so mit Essen vollgestopft, daß sie den Kuchen kaum anschauen. Sie können also genausogut einen Schuhkarton mit Glasur überziehen. Wenn Sie Ihr Kind fragen, was der Kuchen denn für eine Form haben soll, dann wird es entweder heißen: »Er soll wie ein Traktor aussehen« oder »wie eine Ballerina«. Und wenn Sie dann kein Spitzenkonditor sind, werden Sie ganz schön dumm aus der Wäsche schauen. Mit einigen Tricks sollten Sie deshalb lieber das Gespräch auf machbarere Dinge bringen, wie etwa auf einen Zirkusring (rund und flach) oder eine Lokomotive (aus einem rechteckigen Biskuitteig mit einem Messer ausschneiden). Mein bislang ehrgeizigstes Projekt war eine Galeone – ist nicht so kompliziert, wie es klingt. Ich bat eine Freundin um zwei Bleche ihres so wunderbar formbaren, ziemlich festen Biskuitteigs, schnitt Schiffsbug und Heck aus, schmierte die Buttercremeglasur drauf, setzte Smarties als Bullaugen ein und fertigte mit Bleistiften und Fäden Mast und Takelung (lassen Sie sich nicht einreden, daß an so einem Kuchen unbedingt alles eßbar sein muß). Wenn Sie eine Künstlerin mit Glasuren und Verzierungen sind, gratuliere! Wenn Sie darin keine große Expertin und eher hilflos sind wie ich, dann tun es auch Bleistifte, Gummiband und ein Bugspriet aus rohen Spaghetti. Natürlich werden Sie ein besonderes Auge darauf haben, wenn der Kuchen gegessen wird, und vorher schnell die nicht eßbaren Teile entfernen. Die Überraschung war perfekt, als wir die Kerzen anzündeten und die Takelage Feuer fing.

3. Akt: Die Randale. Limo und Kuchen garantieren ein fröhliches Beisammensein, bei dem das Eis gebrochen wird. Leckeres Speiseeis hält vor Übermut berstende Kinder brav am Tisch. Das für nach dem Kakao vorgesehene Spiel endet meist in einem unentwirrbaren Knäuel von kreischenden Kindern. Wir versuchten bei unserem Astronautenfest ein Spiel, bei dem in jedem Fangarm des Tintenfischs eine Leckerei versteckt war. Manche Eltern versuchen die Kinder bei Laune zu halten, indem sie nach jeder Spielrunde einen Purzelbaum machen oder ein Lied singen müssen, aber die Randale bleibt unausweichlich.

Es gibt zwei Möglichkeiten, sie in den Griff zu kriegen. Entweder Sie engagieren einen professionellen Geburtstagsclown mit einem Kasperltheater oder einigen Zaubertricks. Es ist sehr beruhigend, aus dem Nebenzimmer eine in Kinderunterhaltung geübte Stimme zu hören: »Seid ihr alle da?« Und dann ein gehorsames »Jaaaa!« aus vielen Kinderkehlen.

Bei Kindern unter fünf Jahren besteht allerdings die Gefahr, daß sie in hysterischen Schrecken verfallen, wenn der Unterhalter auch nur im entferntesten furchterregend aussieht, und wenn er das nicht tut, kann er wiederum die brodelnde Randale nicht verhindern. Einen wirklich guten Zauberclown für Kindergeburtstage erfahren Sie nur durch Mundpropaganda oder indem Sie das Risiko auf sich nehmen, das Fest im Chaos oder in einem Flop enden zu lassen. Mein Traum ist immer noch, einen netten jungen Mann mit einer Gitarre zu finden, der alle Kinder zu einem friedlichen Abschiedssong vereint. Die andere Möglichkeit, die Randale nach dem Essen unter Kontrolle zu halten, ist, sie in eine Ihnen genehme Richtung zu lenken. In dem Jahr, in dem Paul als Bär verkleidet war, führten wir das Spiel Jagt-den-Bär-und-bindet-ihn-mit-Papierschlangen-fest. Das funktionierte sehr gut – Schreckens- und Freudenschreie hielten sich die Waage. Bei einer anderen Feier sauste ein Wolf herum, den die Kinder mit Wasserpistolen jagen durften (das war natürlich im Garten). Einmal war Paul als Clown verkleidet, und die Kinder durften ihn mit Schaumgummitorten bewerfen. Natürlich war das chaotisch, aber die Kinder konnten sich abreagieren, und das war gut so. Im allgemeinen rate ich Ihnen, damit erst zwanzig Minuten vor der offiziellen Rausschmißzeit anzufangen. Wenn dann die Mütter auftauchen und ihre lieben Kleinen mit Buttercreme beschmiert und mit Papierschlangen behängt vorfinden, werden sie sie schweigend an der Hand nehmen und zu Hause in die Badewanne stecken.

Epilog: Die Partytüte. Das ist eine nette Einrichtung. Jedes Kind bekommt zur Erinnerung an die Geburtstagsfeier ein kleines Tütchen mit nach Hause. Der Inhalt muß den Kindern Spaß machen, muß sie überraschen und für eine Weile glücklich machen und darf nicht viel kosten (auch wenn Sie das Geld haben. Wenn Sie die Sache zu hoch schrauben, dann werden Sie sich den gerechten Zorn der anderen Mütter zuziehen). Ich nehme meistens ein kleines Tütchen Süßigkeiten oder eine Schokoladenfigur, einen Luftballon, etwas Quietschendes (wenn so etwas gerade für ein paar Groschen zu bekommen ist), einen ganz billigen, kleinen Gegenstand (etwa einen winzigen Bleistift oder ein schreckliches Fünf-Pence-Plastikarmband) und einen billigen, aber interessanten Gegenstand. Wie ich schon in dem Spielzeugkapitel geschrieben habe, sammle ich diese Kleinigkeiten das ganze Jahr über. Der Dachboden ist voll von seltsamen Faseroptik-Miniaturleuchten und sonstigen Zauberdingen.

Zu guter Letzt: Der Stargast. Irgendwo im Freundeskreis Ihres Kindes muß ein Kind (meistens ein Junge) existieren, der nie Angst hat, sich nie aus der Ruhe bringen läßt, äußerst gesellig ist und einfach alles mitmacht. Ob Ihr Kind ihn mag oder nicht, *setzen Sie ihn auf die Einladungsliste.* Bei keiner meiner Kinderfeten darf ein gewisser Patrick fehlen, weil ich weiß, daß, wenn ich fröhlich sage »Wer kann am schnellsten einen Tischtennisball mit der Nase busieren? Das Ziel ist dort unten«, er der erste sein wird, der loslegt, noch ehe ich meinen Satz ganz zu Ende gesprochen habe. Und die anderen werden mitziehen. Wenn ich sage »Wer kann am höchsten springen?«, klebt Patrick schon an der Decke. Wenn ein kleineres Kind nicht weiß, wie ein bestimmtes Spiel geht, braucht es nur Patrick zuzuschauen und kann mitmachen. Ein Hoch auf Patrick und auf alle Patricks überall auf der Welt. In einigen Jahren wird er Star und Liebling der Klatschreporter sein. Wer könnte ihm das verdenken?

Der erste Schultag: Wer? Ich? Neurotisch?

Hin und wieder liest man von einer Familie, in der sich die Eltern entschlossen haben, ihre Kinder nicht zur Schule zu schicken (was in England möglich ist). Sie unterrichten ihre Kinder zu Hause, und manchmal mit erstaunlichem Erfolg. Im besten Fall sind das hingebungsvolle, hervorragende, kluge Leute, im schlechtesten Fall fanatische Spinner. Einige haben sich dazu entschlossen, weil ihr Kind es mit der Schule versucht hat, aber gescheitert ist. Andere, und die faszinieren mich mehr, wollen ihr Kind aus Prinzip nicht in die Schule schicken.

In dem Jahr, bevor mein erstes Kind in die Schule kommen sollte, las ich alles über Privatunterricht, was ich in die Finger kriegen konnte. Wie vielen Eltern von intelligenten, eifrigen, glücklichen, originellen und sensiblen Fünfjährigen (sind sie das nicht alle?) graute es mir bei der Vorstellung, ihn einer Institution übergeben zu müssen. Ich hielt es für puren Wahnsinn, ihn in eine Gruppe zu schicken, die viermal größer war als alles, was er bisher kennengelernt hatte, und ihn auf den Schulhof zu lassen, wo furchterregende Rangen sich um einen Fußball balgen und dabei »Gib's ihm!« brüllen. Jetzt weiß ich, daß das dumm war, und daß alle diese Kinder eine Mutter haben, die glaubt, ihr Kind sei das einzige feinfühlige, kleine Baby auf der ganzen Welt. Und die rüden Fußballrangeleien spielen sich ohnehin unter größeren Jungen ab. Aber wenn man sein Kind im Buggy an einem Sportplatz mit tobendem Jungvolk vorbeifährt, kann man es schon mit der Angst zu tun kriegen.

Eine ernsthafte Überlegung hingegen war schon die endlose Warterei in der Schule, an die ich mich erinnerte. Warum sollte mein Junge seine aufregendsten Lernjahre damit vergeuden, in irgendeiner Registratur zu warten?

Viele Menschen haben ganz verworrene Erinnerungen an

die Schule. Da flüsterte eine Gruppe von Schulkameraden in einer Ecke und heckte einen Plan gegen dich aus, da ärgerten einen die Mitschüler mit häßlichen oder grausamen Spitznamen, da wurde man schmerzhaft an den Haaren gezogen und schrie auf, woraufhin der Lehrer ungerechterweise den Falschen bestrafte, weil er nicht genau gesehen hatte, was passiert war. Alte Ängste sind noch immer gegenwärtig: Da gehen wir in die Schule als selbstbewußte, bestimmte Erwachsene, um den Klassenlehrer in die Mangel zu nehmen, und ein Hauch von dem alten, typischen Geruch genügt schon, um uns wieder zu nervösen kleinen Kindern zu machen. Diese Ängste projizieren wir wieder auf unsere Söhne und Töchter. Der kleine Freddie hat sein ganzes Leben bislang im Schoß der Familie zugebracht oder im kleinen Kindergartenkreis. Was soll er mit diesem riesigen, häßlichen Gebäude, in dem alle Stimmen so laut widerhallen, anfangen? Voller Mitgefühl zittern wir beim ersten gemeinsamen Besuch, während wir tapfer versuchen, dem Kind den netten Lehrer und die vielen schönen Bilder und Spielsachen in süßlichen Tönen anzupreisen. O weh, o weh, o weh, wird das mein Baby schaffen?

Keine Angst! Das Baby wird damit besser fertig als Sie. Aber vielleicht kennen Sie die oben beschriebenen Ängste ja gar nicht. Das kann gut sein. Ich habe dieses Kapitel absichtlich negativ begonnen, weil meine Karriere als Mutter eines Schulkindes auch negativ begonnen hat. Seither bin ich eines Besseren belehrt worden. Vergeben Sie mir, wenn Sie ein optimistischer Elternteil eines selbstbewußten Kindes sind, der keine Zweifel kennt oder kannte. Diejenigen von uns, die darunter leiden, haben das Bedürfnis, es zuzugeben. Und so schlecht ist es ja nun auch wieder nicht, wenn wir mit ein wenig Skepsis an die Sache herangehen. Jedes Mittel ist erlaubt, das das Verantwortungsbewußtsein bei der Schulauswahl schärft, das die Schule kritisch betrachtet, das das Einfühlungsvermögen mit dem verwirrten Schulanfänger stärkt. Natürlich ist es schlecht, wenn sich Ihr Unbehagen auf das Kind überträgt, aber das ist nur ein Grund mehr, die Ängste systematisch aufzuarbeiten, ehe es tatsächlich mit der Schule losgeht. Wenn Sie so tun, als wäre alles eitel Sonnenschein, und sich selbst und Ihrem Mann vorlügen, Sie würden sich »schon auf die ruhigen Tage« freuen, während Sie insgeheim der verlorenen Babyzeit nachweinen, dann können Sie sicher sein, daß Ihr Kind den Zwiespalt mitbekommt und richtig deutet.

Also arbeiten Sie an Ihren Ängsten und Bedenken! Treffen Sie eine gute Wahl, machen Sie einen guten Anfang, organisieren Sie die Umstellung gut. Bleiben Sie zuversichtlich! Grundschulerziehung bewirkt, generell gesehen, wahre Wunder.

Die Auswahl der Schule: Auch wenn die Schulen in Ihrem Stadtteil oder Landkreis den besten Ruf genießen, statten Sie ihnen vorher (ohne Kind!) einen Besuch ab, und dann sehen Sie sich noch eine andere Schule an. Das ist die beste Methode, ein »Gefühl« für Schulen zu bekommen. Andernfalls besteht die Gefahr, daß Sie überwältigt sind, wie schön das alles ist (alle Erstkläßlerzimmer sind nett, weil eben die Kinder nett sind), oder daß Sie entsetzt sind von Dingen, die wiederum in allen Schulen gleich sind (wie beispielsweise der Radau). Sie sollten bei der Wahl der Schule die folgenden Kriterien beachten:

- Aus *pädagogischen* Gründen: Es ist eigentlich selten, eine sehr schlechte Grundschule zu finden, es sei denn, sie ist personell hoffnungslos unterbesetzt und schülermäßig überbelegt. Die meisten sind so lala. Fragen Sie, wie viele Kinder ungefähr die Lernziele erreichen. Versuchen Sie, Einsicht in die Arbeitsbücher von Lehrern zu nehmen. Stellen Sie beiläufige Fragen wie: »In welchem Alter sollten sie Ihrer Meinung nach fließend alleine lesen können?« und achten Sie auf die Antwort. Betrachten Sie die Zeichnungen an der Wand. Sind sie phantasievoll präsentiert und von Kindern und Lehrern liebevoll und mit Stolz zusammengestellt? Schneien Sie zehn Tage später noch einmal in das Klassenzimmer und prüfen Sie, ob neue Bilder an der Wand hängen. Wenn nicht, gibt es Punkteabzug.

  Vorsicht vor Privatschulen, die große Versprechungen bezüglich Hausaufgabenplänen und Latein und Französisch für Sechsjährige machen. Ebenso Vorsicht vor staatlichen oder städtischen Schulen, die *nur* von Lernzielen und Lesealter sprechen. Und Vorsicht vor Schulen, die behaupten, die »offiziellen Schulfächer« wären nicht wichtig, ebensowenig wie Tests und Noten. Das Ideal liegt wie so oft in der goldenen Mitte. Es gibt zwei mögliche, konträre Katastrophen: Kinder, die sehr früh sehr intensiv zum Lernen angetrieben werden, können zwar Dinge nachplappern und recht ordentlich schreiben, später jedoch werden sie sehr oft zu lustlosen, mürrischen Schülern, die keine nennenswerten Leistungen mehr bringen. Genauso negativ wirkt sich eine Schule aus, die so wenig Wert auf Leistung legt und personell so unterbesetzt ist, daß ein durchschnittlich intelligentes Kind mit neun Jahren noch kaum lesen kann. Versuchen Sie darüber mit dem Rektor der Schule zu sprechen. Wenn Ihnen die Antworten nicht gefallen, überlegen Sie gut.

– *Atmosphäre und Ton* sind ebenso wichtig. Ist es eine freundliche Schule? Fühlen Sie sich gut aufgehoben? Machen die Lehrer einen interessierten Eindruck? Lächeln sie? Machen die Kinder einen gelösten Eindruck? Lassen Sie alle pädagogischen Überlegungen hinter sich und vertrauen Sie nur auf Ihren Instinkt. Manche Schulen haben eine trübselige, angespannte Atmosphäre, andere wieder sind wild, rauh und chaotisch. In guten Schulen liegt ein gewisses Summen in der Luft, ein Summen, das man nicht definieren kann, aber das man sofort spürt, wenn es da ist. Immer wenn ich durch die häßlichen Glastüren unserer Schule gehe, fühle ich mich sofort besser, entspannter, lebendiger und der ganzen Welt wohlgesonnen. Diese positive Ausstrahlung wird getragen von den Lehrern, dem übrigen Personal, den Sekretärinnen, dem Elternbeirat und natürlich von den Kindern. Versuchen Sie, bei Ihrem ersten Besuch nicht gleich all Ihre eigenen Theorien und Hoffnungen an den Mann oder an die Frau zu bringen. Hören Sie statt dessen den Lehrern zu, hoffen Sie, daß andere Lehrer und Kinder Fragen stellen und achten Sie auf den Umgangston. Werden die Meinungen anderer respektiert, spürt man Zuneigung, Hilfsbereitschaft und Interesse? Horchen Sie so nebenbei, wie die Kinder von Freunden, die schon in der Schule sind, über ihre Lehrer sprechen. In diesem Alter sollten sie sich noch nicht über die Lehrer lustig machen, sondern meist von ihnen wie von geachteten Freunden sprechen. Auch die Religion könnte bei Ihrer Wahl eine Rolle spielen oder der soziale »Ton« (wenn Sie dazu neigen). Aber nichts ist so wichtig wie dieses magische, unbeschreibliche Summen.

- *Bequemlichkeit* ist wichtiger als Sie glauben. Nehmen wir an, Sie haben zwei Schulen ausgesucht, die beide fast ideal sind, nur daß Ihr Kind zu der einen Schule eine zusätzliche Stunde – oder länger – mit dem Auto oder dem Bus fahren muß, unter Umständen ewig lang im Stau steckenbleibt oder auf vereisten Straßen eine gefährliche Rutschpartie macht. Wahrscheinlich müssen Sie sich auch um eine Mitfahrgelegenheit kümmern, und Sie selbst werden kaum einmal das lächelnde Gesicht am Schultor sein. Wenn die nähere Schule nicht irgendwelche gravierenden Nachteile hat, sollten Sie wirklich ernsthaft überlegen, ob Sie Ihrem Kind den weiteren Weg und die damit verbundenen Unannehmlichkeiten zumuten wollen. Was ist, wenn Ihr Kind Freunde einladen möchte? Denken Sie an dunkle Wintermorgen, an die Zeitverschwendung an heißen Sommernachmittagen im Auto. Macht die Schule wirklich all das wett?

Der erste Schultag. In guten Schulen haben Kinder im Einschulalter die Möglichkeit, schon vor dem eigentlichen Schulbeginn ein paar »Schnupperstunden« zu absolvieren. Aus eigener Erfahrung kann ich Ihnen dazu sagen, daß der erste Schultag ganz anders verlaufen kann, auch wenn das Kind den Probeunterricht begeistert genossen hat und ganz in sich zu ruhen schien. Unser Kind war in unserer Schule von Anfang an gut aufgehoben. Die anderen Kinder waren lieb und nett, die Lehrer waren freundlich, der Tagesablauf war lokker, und die Schnupperstunden hatten ihm Spaß gemacht. Nichtsdestotrotz – der September kam, und unser Sohn vergoß zwei Wochen lang jeden Morgen bittere Tränen. Jeden Tag klammerten sich seine kleinen Finger an meine Ärmel, und jeden Tag weinte ich fast mit ihm, fuhr mit falschen Zügen und steckte die Wäsche in den Backofen. Es war hart, sehr hart, seinem tränenreichen Flehen nicht nachzugeben. Ich war entschlossen, nicht weich zu werden, und zitierte sogar das Gesetz, das weder ihm noch mir eine andere Möglichkeit ließ. Das einzige, was ihn aufheiterte, war das Versprechen, daß er schon mit sechzehn von der Schule werde gehen dürfen, und nicht erst mit achtzehn.

Nun, es war nicht *ganz* das einzige. Wir bemerkten ganz deutlich, daß sein Geist auf eine Weise gefordert wurde, wie er das bislang noch nicht kannte. Das half uns, diese schrecklichen vierzehn Tage durchzustehen. Abends in der Badewanne wimmerte er zwar immer noch: »Ich will morgen nicht zur Schule gehen!«, hielt aber dann inne und sagte Sachen wie: »Aber wenn der Mond ganz sandig und trocken ist, wieso scheint er dann?« oder: »Mami, wußtest du, daß Wasser ein Gewicht hat?« Die Schule und ihre Lernmethoden erweiterten seinen Horizont, andere Menschen bekamen die Chance, ihm neue Informationen, Ideen und Weltanschauungen zu vermitteln. Ich hatte das Gefühl, daß die Sache mit der Schule in Ordnung gehen würde, ja, eigentlich schon in Ordnung ging, und daß er das schon bald selbst begreifen würde.

Was dann auch passierte. Ich weiß nicht, wie lange ich den stetigen Zwang, das qualvolle Losreißen am Schultor noch ausgehalten hätte, aber allmählich berichteten die Lehrer, daß er immer weniger weinte, wenn er einmal im Schulgebäude war.

Eines Morgens sagte ich zu ihm: »Weine nicht. Das bestürzt die anderen Kinder.« (Seltsamerweise tat es das nicht. Sie schienen es als seine Macke zu akzeptieren und zeigten ihm weiterhin ihre Spielsachen, auch wenn er hysterisch flennte.) »Oh, glauben sie also, daß es mir ernst ist?« Ich hätte ihn schütteln können. Die Heulerei war im Laufe der Tage wirklich zu einer Art Macke geworden. Er gab es auf und ist seither immer gerne zur Schule gegangen.

Das muß Ihnen natürlich nicht passieren. Uns ist es mit dem

zweiten Kind auch nicht passiert. Aber wenn es passiert – seien Sie resolut, und geben Sie sich und dem Kind Zeit. Besprechen Sie die Angelegenheit mit den Lehrern, vertrauen Sie ihnen, bleiben Sie ruhig. Ein nicht unwesentlicher Teil der Panik rührt wahrscheinlich nicht von einer Abneigung gegen die Schule, sondern von einer Abneigung gegen die Veränderung. Schließlich erlebt das Kind einen völlig neuen Lebensabschnitt, und manche Menschen begrüßen neue Lebensabschnitte mit Tränen – denken Sie an Hochzeiten.

Und so erleichtern Sie Ihrem Kind den Start:

- Machen Sie sich über den künftigen Tagesablauf Ihres Kindes kundig. Erklären Sie ihm die Abfolge der Stunden, die Pause, den Sportunterricht, aber alles nur allgemein. Trichtern Sie ihm ein, daß Fragen nie schadet. Niemand wird ihm das übelnehmen.
- Besprechen Sie im voraus mit dem Kind, was es zu tun hat, wenn es zur Toilette muß. Gehen Sie auch einmal mit ihm in eine ungewohnte öffentliche Bedürfnisanstalt, damit es die Scheu vor fremden Toiletten verliert.
- Achten Sie darauf, daß es sich seine Kleider richtig an- und ausziehen kann. In manchen Ländern gibt es Schuluniformen – eine Unsitte für Sechsjährige. Die ideale Kleidung für die Schule ist, ganz ehrlich gesagt, ein Trainingsanzug mit bequemen Hals- und Ärmelbündchen und ohne Gummizug an den Knöcheln. Schuhe mit Klettverschluß sind ein Geschenk des Himmels.
- Erzählen Sie begeistert von Ihrer Schulzeit. Nicholas' erste Schultage wurden einigermaßen erträglich durch eine sehr langweilige, aber beruhigende Geschichte, die ihm sein Vater erzählte, der seinen ersten Schultag damit zubrachte, in einem Schwan aus Holz zu schaukeln. Über meine ersten Schultage hat er nichts erfahren. Ja, Sie haben es sicher schon erraten: Auch ich habe an meinen ersten Schultagen nur geheult.
- Eine feine Sache, wenn Ihr Kind einen Freund (oder eine Freundin) hat, der zur gleichen Zeit mit der Schule anfängt. Ein älterer Freund in der gleichen Schule ist sogar noch besser. In diesem Zusammenhang ganz offiziell herzlichen

Dank an Matthew für alles, was er in jenen ersten Wochen getan hat. Geschwister sind am allerbesten. Dank auch an Nicholas für alles, was er wiederum zwei Jahre später für seine Schwester Rose getan hat.

- Arbeiten Sie sich selbst auch in den neuen Lebensabschnitt ein. Vereinbaren Sie mit Ihrem Kind einen bestimmten Standort vor der Schule, wo Sie es abholen, und erkundigen Sie sich, wie und wo Geld zu überweisen ist oder sonstige Formalitäten zu erledigen sind. KOMMEN SIE MORGENS NIEMALS ZU SPÄT, sonst ist das Ihrem Kind peinlich und es bekommt Schuldgefühle. KOMMEN SIE AUCH NIEMALS ZU SPÄT zum Abholen. Denken Sie daran, daß Sie momentan der einzige Fixpunkt in einem schwankenden Universum sind.
- Quälen Sie Ihr Kind nicht jeden Tag mit der Frage, was in der Schule passiert ist und was es getan hat. Vielleicht möchte es einfach nur seine Ruhe und alles vergessen. Aber wenn es erzählen möchte, hören Sie zu.

Organisation: Wie so vieles andere bei der Erziehung von Kindern ist auch Mutter eines Schulkindes zu sein eine Frage der Organisation. Da gibt es viele Dinge zu bedenken:

- Nicht genug damit, daß Sie an das Essensgeld am Montag, die Sportsachen am Dienstag, das Bibliotheksbuch am Freitag und so weiter denken müssen, Sie müssen die Schultasche Ihres Kindes auch noch nach etwaigen Aufforderungen, Ankündigungen und Notizen der Schulverwaltung oder der Lehrer durchforsten. Das können absolut wichtige Informationen über den letzten Schultag vor den Ferien, über Aufführungen des Schülertheaters oder über Elternabende sein. Vielleicht bittet man Sie um Kostüme für Theateraufführungen, »Requisiten« für den naturwissenschaftlichen Unterricht oder fordert Sie auch nur ganz profan auf, Ihr Kind nach Läusen abzusuchen. Auf jeden Fall sind es meist wichtige Informationen. Manche Kinder vergessen jedoch, diese Mitteilungen an ihre Eltern weiterzugeben. Erst wenn sie sieben oder acht Jahre alt sind, klappt das besser. Deshalb: Schultasche durchsuchen.

- Versuchen Sie, sich dem neuen Tagesrhythmus anzupassen. Berufstätige Mütter werden mit Mißfallen feststellen, daß es mit einem Schulkind mehr organisatorische Schwierigkeiten gibt als mit einem Kleinkind. Waren Sie beispielsweise einen ganzen Tag oder sogar länger unterwegs und haben Ihr Kleinkind einem Kindermädchen oder einer Tagesmutter überlassen, dann kamen Sie voller Begeisterung und Versprechungen zurück: Für den nächsten Tag wurde ein tolles Programm mit viel Spaß in Szene gesetzt. Ein Schulkind hingegen muß in der Früh aufstehen und zur Schule gehen. Mit einem Kleinkind können Sie spontan einen Einkaufsbummel machen oder mit Freunden zu Mittag essen. Mit einem Schulkind sind Sie an feste Zeiten gebunden und daran, daß Ihr Kind Sie nach der Schule auch noch uneingeschränkt braucht. Ich kenne Frauen, die tatsächlich ihre Arbeit aufgegeben haben, als ihr Kind in die Schule kam. »Die Zeit zu Hause ist so kurz, daß ich einfach da sein muß«, sagte eine Frau. Sie nahm einen Halbtagsjob am Vormittag an.
- In den ersten beiden Schuljahren Ihres Kindes sollten Sie keinen neuen Job annehmen, wenn es nicht sein muß. Denken Sie daran: Wenn Ihr Kind krank ist – keine Schule. In den Ferien – keine Schule. Wenn die Lehrer über die neue Lehrplanreform des Kultusministeriums beraten – keine Schule. Stellen Sie zusammen mit befreundeten Müttern einen Notdienst auf.
- *Elternabende* müssen auch erst gelernt sein, vor allem der schmale Grat zwischen entschlossenem und aggressivem Vorgehen gegenüber den Lehrern (»Warum ist Sarah Jane erst auf Seite 20 im Lesebuch – die Parallelklasse ist schon auf Seite 28!«). Sie kennen zwar Ihr Kind am besten, die Lehrer hingegen wissen mehr über den Mechanismus des Lernens. Deshalb ist es sehr wichtig, daß Sie mit den Lehrern zusammenarbeiten. Fragen Sie den Lehrer, ob Sie zu Hause irgendwie helfen können, eine bestimmte Leseübung vielleicht oder Spiele, die das Rechnen erleichtern. Wenn Sie ein bestimmtes Lehrsystem nicht verstehen, dann lassen Sie es sich erklären oder bitten, wenn dazu keine Zeit

ist, um eine Kopie des Begleitbuches für Lehrer. Zumindest sollte man Ihnen einen einführenden Text zur Lehrmethode beschaffen können. Bleiben Sie am Ball, wenn Sie etwas beunruhigt. Und verteufeln Sie eine Methode nicht deshalb, weil Sie noch nie etwas darüber gehört haben. Horchen Sie sich um, was in anderen Schulen gemacht wird, aber nicht aus Aggressivität oder falschem Konkurrenzdenken.

– Eine wirklich dankbare Aufgabe ist es, selbst eine Funktion in der Schule zu übernehmen. So erfahren Sie am meisten über die Schule. Im Umgang mit fremden Kindern verschiedenen Alters werden auch die Perspektiven wieder zurechtgerückt. Viele Schulen sehen es gern, wenn elterliche Helfer im Klassenzimmer miterleben, wie Erstkläßler lesen lernen oder sich im Werkunterricht ereifern. Wenn Sie Ihre Dienste anbieten wollen, dann sollte das möglichst auf regelmäßiger Basis sein. Und seien Sie dabei bescheiden! Vergessen Sie nicht, daß Sie der Amateur sind. Ich habe letztes Jahr einmal pro Woche mit Siebenjährigen gearbeitet, und, glauben Sie mir, noch nie war mir mein Amateurstatus so deutlich bewußt wie in dieser Zeit.

Wenn es geht, sollten Sie Ihr eigenes Kind im ersten Schuljahr nie in einer von Ihnen beaufsichtigten Gruppe haben. Das verwirrt! Später dann wird Ihr Kind das vielleicht lustig finden und Sie vielleicht mit »Fräulein« anreden, wie die anderen Kinder das tun.

– *Lesen:* Nehmen Sie das Lesen ernst, aber nicht zu ernst. Sie können zum Lesen anregen, indem Sie Bücher in der Wohnung haben und abends oft und gerne daraus vorlesen. Und Sie können Ihr Kind überschwenglich loben, wenn es versucht, den Text auf der Cornflakes-Packung zu lesen. Manches Kind lernt schneller lesen, manches langsamer, und diesen Prozeß in einem bestimmten Zeitraum erzwingen zu wollen, schafft nur Panik bei den Eltern, deren Kinder etwas langsamer sind. Es gibt nicht den geringsten Beweis dafür, daß ein Kind, das mit dreieinhalb fließend lesen konnte, mit sieben pfiffiger oder intelligenter ist als das Kind, das erst mit sechs lesen gelernt hat. Lassen Sie sich und Ihr Kind niemals verunsichern, nur weil der kleine Racker nebenan angeblich schon längst alleine liest. Wenn die Schule sagt, es wäre alles in Ordnung, glauben Sie es ruhig. Wenn Sie es nicht glauben, dann gehen Sie mit Ihrem Kind zu einem Schulpsychologen und vereinbaren Sie, daß er mit Ihrem Kind ein informelles Gespräch führt. Während Ihr Kind lesen lernt, sollten Sie es auch nicht mit irgendwelchen anderen Tests für eine andere Schule belasten. Tests sind sehr starr und lassen meist keinen Raum für individuelle Unterschiede zu.

Vor allem – und das ist besonders schwer, wenn man besorgt ist – nörgeln Sie nicht. Lesen ist ein ganz privates Vergnügen, manchmal ein subversives. Lesen sollte eine Tätigkeit sein, in die man sich stürzt, um den nörgelnden Eltern aus dem Weg zu gehen. Der echte Durchbruch ist nicht gekommen, wenn Ihr Kind fehlerlos eine Seite im Lesebuch runterrattern kann, sondern wenn es sich in sein Zimmer schleicht, um sich in ein Buch zu vertiefen. Die ehrgeizigsten, neurotischsten Eltern, die ich kenne, haben einen Sohn, der wunderbar lesen kann, es aber nie zu seinem Vergnügen tut. Er fährt nur auf Videos ab. Nicht zur Nachahmung empfohlen.

Geschwister: Der Sprung vom Vorschul- zum Schulkind ist die einschneidendste Veränderung im Leben eines Kindes seit der Geburt – kein Vergleich zu anderen wichtigen Entwicklungsstufen wie Sprechen, Gehen, ja nicht einmal zum Kindergarten. Schule ist so endgültig und allumfassend. Ab dem ersten Schultag dreht sich für lange Zeit das Leben Ihres Kindes Tag für Tag, Woche für Woche hauptsächlich um die Schule und die Schulkameraden. Es gibt neue Disziplinen zu lernen: in einer Reihe aufstellen, warten, bis man dran ist, den Mantel an den richtigen Haken hängen, konzentriert bei einer Sache bleiben. Nach der goldenen Freiheit des Vorschulkindes, das unbehelligt in der Küche oder im Garten herumtrödeln darf, ist die Schule ein ziemlicher Schock – wenn auch vielleicht ein angenehmer. Die früheren Freunde und jüngeren Geschwister wissen überhaupt nichts von den Aufgaben und Pflichten eines Schulkindes. Das kann zu Spannungen in ihrer kleinen Welt führen.

Gehen Sie behutsam damit um. Bei Geschwistern, die altersmäßig nur zwei Jahre oder weniger auseinander sind, ist es am schwierigsten. Wenn das ältere Kind müde aus der Schule kommt und Ihre ungeteilte Aufmerksamkeit erwartet, ist das jüngere eifersüchtig und kann nicht verstehen, warum so viel Aufhebens um das größere Kind gemacht wird. In diesem Stadium können sich echte Feindseligkeiten entwickeln. Eine kleine Hilfe kann es sein, das größere Kind zu animieren, mit dem kleineren »Schule zu spielen«. Dadurch wird die Neugierde des jüngeren Kindes befriedigt, und das größere Kind hat Gelegenheit, herumzukommandieren (das Kind braucht dieses Ventil, da es sich momentan sehr klein und unbedeutend vorkommt).

Da kann es zu sehr unschönen Szenen kommen, wenn das ältere Kind einen Schulfreund mit nach Hause bringt und die beiden ihre ganze vermeintliche Überlegenheit gegenüber dem kleineren Geschwister ausspielen – natürlich nur, um dieses Gefühl der Unterlegenheit loszuwerden. Beißen Sie die Zähne zusammen, das legt sich.

Auch die jüngeren Nachbarskinder können mit einem Schlag zum Problem werden. Wenn Rosamund und Chloe viermal pro Woche miteinander gespielt haben, seit sie Babys waren, aber Rosamund neun Monate älter ist, kann sie unter Umständen schon ein Jahr vor Chloe eingeschult worden sein. Chloe wird den ganzen Tag gelangweilt herumnörgeln, wenn sie nicht genügend andere Freunde hat. Und, was noch schlimmer ist, sie wird nach Schulschluß unbedingt zu Besuch kommen wollen, was die arme kleine Rosamund wiederum nicht begeistert, die sich seit Viertel vor neun der Klassengemeinschaft unterordnen mußte. Chloe möchte spielen, herumtollen und Spaß haben. Rosamund möchte nur auf Mamis Schoß sitzen und ganz ruhig sein. Ergebnis: Mißstimmung bei allen Beteiligten.

Wie so oft hilft die Zeit. Nach den ersten Wochen wird Rosamund die Sache lockerer sehen und sich wieder auf das unkomplizierte Beisammensein nach der Schule mit ihrer kleinen Freundin freuen. Aber es kann genausogut sein, daß diese »Kleinkinderfreundschaft« ganz in die Brüche geht. Von jetzt an wird Ihr Kind auch ohne Ihre Hilfe viele Entscheidungen treffen und Freundschaften schließen. Aber schließen Sie die Tür nie ganz zu: Einige Kleinkinderfreundschaften überleben entgegen allen Erwartungen.

Probleme: Natürlich wird es alle möglichen Probleme in der Schule geben. Da ist vielleicht ein anderes Kind, das Ihres unter Druck setzt, eventuell sogar unbewußt (»Ich kann Joanna um die Welt nicht leiden!«). Oder jemand, der sich wirklich in der Klasse aufspielt und andere schikaniert. Vielleicht ist es schwer, Freunde zu finden, weil es nur Cliquen gibt. Es gibt Mißverständnisse mit Lehrern, Ungerechtigkeiten oder ziemlich unbegründete Ängste vor einem speziellen Lehrer. Monatelang flippte unser Sohn jeden Donnerstag früh aus vor Angst vor einer Halbtagslehrerin: Nie habe ich eine sanftere, tolerantere Frau kennengelernt. Wir glaubten, es war ihre Figur, die ihn an jemanden erinnerte, den er nicht mochte.

Alle diese Probleme müssen besprochen werden – mit dem Kind. Und mit echtem Interesse, aber nicht übertrieben parteiisch: »Ach, das ist ja wirklich eine Schande! Ach! Wie kann sie es wagen!« Auch mit den Lehrern in der Schule! Wenn Sie eine gute Schule ausgesucht haben, dann wird man dort auch bemüht sein, Ihnen zu helfen. Versuchen Sie ganz ruhig zu bleiben. Nach einer durchwachten Nacht mit einem heulenden Kind werden Sie all Ihre Selbstdisziplin, Ihren Humor und Ihre Objektivität brauchen, aber Sie *müssen* auch zuhören, was der Lehrer zu sagen hat. Die Geschichte von dem größeren Kind, das Ihres einfach niedergestoßen hat, hört sich vielleicht aus der Sicht der Lehrer ganz anders an. Unter Umständen hat nach dieser Version Ihr Kind dem anderen gegen die Schienbeine getreten und seine Geburtstagskarte zerrissen. Noch schwieriger wird es, wenn Ihr Kind behauptet, vom Lehrer für etwas gerügt worden zu sein, was es nicht getan hat. Aber mit Takt und Diplomatie kann auch das ins rechte Lot gebracht werden. Wenn nicht, ist es vielleicht doch in der falschen Schule. Denken Sie daran: Wenn Ihr Kind aus irgendeinem Grund unglücklich ist, sollten die Lehrer darüber mindestens so besorgt sein wie Sie. Eine gute Schule erkennt man daran, daß immer die Kinder im Mittelpunkt stehen. Aber es bleiben immer *Ihre* Kinder, und *Sie* haben die letzte Entscheidung.

»Sprich ordentlich, Kind!«

Wenn Ihnen dieses Thema komisch vorkommt, weil doch die Sprache der Kinder etwas ganz Natürliches ist, worüber man sich keine Gedanken zu machen braucht, dann herzlichen Glückwunsch. Sie sind lobenswert selbstbewußt und kommen aus einer klassenlosen Gesellschaft. Für die meisten Eltern, besonders die der Mittelschicht, klingeln ständig Alarmglocken, wenn ihre Kinder sprechen. Akzente, Dialekte, Aussprache, Flüche, Euphemismen – alles läßt die Eltern aufhorchen.

Manche Eltern geraten dabei ganz schön aus den Fugen. In dem britischen Serienrührstück *The Archers* gab es eine herrliche Szene, in der die schreckliche Jennifer Aldridge ein Mädchen aus Birmingham als Kindermädchen für ihr Baby einstellt. Abends im Bett erzählt sie dann ihrem Mann Brian von ihren Bedenken, das drei Monate alte Baby Alice könnte den starken Birmingham-Akzent des Kindermädchens übernehmen und später womöglich auch so »gewöhnlich« sprechen. Die Vorstellung ist um so absurder, als Jennifers eigener Akzent höchst zweifelhaft ist. Mehr schlecht als recht versucht sie den Akzent oberer Gesellschaftsschichten nachzumachen. Brian lassen die Sorgen seiner Frau kalt.

Es ist eine typisch britische Eigenschaft, die Menschen nach ihrem Akzent einzustufen. Aber Ähnliches gibt es wohl in jedem Land. Wenn ein Kind aus Boston plötzlich in den typischen Dialekt der Bronx verfällt, kann es die Eltern in größere Unruhe stürzen, und provenzalische Ausdrücke aus dem Mund eines kleinen wohlerzogenen Kindes aus Paris sind absolut verpönt. Hier beweist sich wieder einmal eine Aussage aus Shaws *Pygmalion*: Ein Engländer kann den Mund nicht aufmachen, ohne daß ihn ein anderer Engländer deswegen verachtet. Klick, macht es im Gehirn, und die Nachricht leuchtet auf: »Sie kommt aus Wales... Irland... Schottland.« Nur allzuoft ist aber damit gemeint: vulgäre

Person oder Bauerntrampel oder einfach Landziege. Eine ebensolche aus dem weiteren Umkreis der königlichen Familie äußerte sich einmal in meinem Beisein: »Dieses Kind spricht wie ein Besenbinder.« Das war wohl für diese Frau der Inbegriff von Vulgarität.

Die vielstrapazierte Ermahnung: »Sag nicht Klo, man sagt Toilette!« ist eigentlich auch den Aufwand nicht wert. Denn Ihr Kind wird noch viele soziale Stolpersteine zu überwinden haben, ehe es in die Akademie des Heiligen Snobinian für soziale Aufsteiger aufgenommen werden kann.

Bei Teenagern hat sich ohnehin eine ganz eigene Sprache entwickelt, und sie finden es auch schick, Wörter aus anderen sozialen Schichten provokativ einzusetzen.

Aber bleiben wir bei unseren *kleinen Kindern*. Hat es Sinn, ihnen einzutrichtern, sie sollen richtig, in der korrekten Form sprechen? Gibt es überhaupt eine allgemeingültige, korrekte Form? Ist das, was der Sprecher im Radio spricht, die korrekte Form? Die Menschen in Norddeutschland behaupten von sich, sie sprächen das einzig korrekte Deutsch, und fragen mit einem kleinen Augenzwinkern, aber durchaus ernsthaften Bedenken: »Spricht man in Bayern auch deutsch?« Ein Kind aus Bayern hingegen wundert sich über die norddeutsche Aussprache: »Warum sagen sie ›Ferd‹, wenn sie ›Pferd‹ meinen, und ›Zuch‹, wenn sie ›Zug‹ meinen?« Sollen Sie nun ob solcher Unterschiede in Panik geraten oder einfach lächelnd darüber hinweggehen? Doch wohl letzteres!

Zuerst einmal muß man wissen, daß Kinder alles liebend gern nachmachen. Sie versuchen alles, was sie hören. Mein Sohn, noch keine zwei Jahre alt, konnte brillant Mamis vergeblichen Versuch, den Landrover zu starten, imitieren: »Oioioioioi. Oioi. Oioioi oi – BRUMM!« Der Linguist David Crystal zitiert in seinem ausgezeichneten Buch *Listen to your child* einen kleinen Jungen, der immer wieder »Herrgott noch mal!« sagte. Als man ihn fragte, was das bedeutete, antwortete er: »Es bedeutet, daß kein Parkplatz frei ist.« Kinder plappern die Spracheigenheiten und den Sprachklang aller Personen in Hörweite nach. Sie können auch sehr gut zweisprachig sein, zweisprachig nicht nur im Sinn von zwei verschiedenen Sprachen, wie es oft ohne Schwierigkeiten bei Eltern ist, die zwei unterschiedlichen Nationalitäten angehören, sondern innerhalb derselben Sprache. Viele Kinder sprechen zu Hause und in der Schule ganz korrekt, verfallen jedoch auf dem Schulhof und in ihrer Freizeit in einen breiten, regionalen Dialekt. Gelegentlich funktioniert die Trennung nicht so ganz, aber nach einem entsetzten Blick der Eltern, die das Kind sagen hören: »Schleich dich da mal weg, du doofe Nuß!« oder dem Erstaunen eines Kameraden, der sich darüber wundert, daß sein Freund ihm gegenüber »großes Bedauern« ausdrückt, wird das schnell korrigiert. Das einzige, was Jennifer und Brian also tun müssen, wenn sie nicht wollen, daß ihr Baby einen Birmingham-Akzent annimmt, ist, sich selbst sehr, sehr viel mit ihrem Kind zu beschäftigen, um ein Beispiel zu geben.

Ein sehr wichtiger Punkt ist, daß Kinder den Umgang mit der Sprache lieben. Und zwar die ganze Bandbreite der Sprache, ohne Vorurteile und Ausnahmen. Wörter sind Neuland für das heranwachsende Kleinkind und deshalb besonders aufregend. An der Erprobung einfacher Wörter verliert das Kind bald das Interesse. Versuchen Sie statt dessen »Rimski-Korsakow« oder »Supercalifragilisticexpialidocious«, und es wird begeistert mitzuhalten versuchen. Ein zweijähriges Kind liebt einfache Reime und Wortspiele, ein dreijähriges lernt neugierig ein paar fremdsprachige Brocken (englische Kinder sagen statt »danke« viel lieber »merci bokuu«, französische ziehen natürlich »sänkju« vor). Ein vierjähriger Junge zeigte einmal auf das Meer und meinte: »Hier gibt's Dauerwellen!« Danach krümmte er sich vor Lachen. Meine eigene Tochter sagte: »Großmama hat ein wehes Bein, das findet sie nun gar nicht fein.« Diese »Übungen« gehören zum freudigen Umgang mit der Sprache, eine sehr hoch zu bewertende Leistung des Menschen. Wenn Ihr sechsjähriges Kind kichernd aus der Schule kommt, dann machen Sie sich auf die schlimmsten Kalauer gefaßt, die aus der Mehrdeutigkeit von Wörtern oder der falschen Anwendung entstehen:

»Welches Tier kann höher springen als ein Haus? Jedes Tier. Häuser können nämlich nicht springen.«

»Was sagte die eine Wand zu der anderen? Treffen wir uns an der Ecke!«

»Klopf, klopf! Wer ist da? Eine Banane.

Klopf, klopf! Wer ist da? Eine Banane.

Klopf, klopf! Wer ist da? Eine Orange!

Eine Orange? Bist du denn nicht froh, daß es nicht noch eine Banane ist?«

Nun ja, Sie kennen diese Späße. Sie sind, so albern sie klingen mögen, Zeichen für einen enormen Fortschritt. Schätzen Sie das!

Kinder sollten auch mit der wirklich schönen Sprache konfrontiert werden, mit feierlichen, großen poetischen Worten. Es ist schade, daß die Sprache in Büchern, Gedichten und Gebeten für Kinder oft so sehr vereinfacht wird. Ein sechsjähriges Kind ist durchaus von der Sprache der Bibel fasziniert, oder von Rilke-Gedichten. Es muß keine altertümliche Sprache sein, nur vielfältig sollte sie sein: Lesen Sie Ihren Kindern stilvoll geschriebene Bücher vor, und lassen Sie sich dabei nicht von langen, episch ausladenden Passagen abschrekken, es sei denn, Ihre Kinder rutschen unruhig auf dem Stuhl hin und her. Versuchen Sie es einmal mit altmodischen Texten oder Märchen, die noch nach altem Muster geschrieben sind. Ausgefallene Satzkonstruktionen und schöne Worte werden sich automatisch in den Wortschatz Ihrer Kinder einschleichen und auch wieder zur Anwendung kommen. Nie werde ich die Nacht vergessen, in der meine Tochter, noch fast ein Baby, einen angstvollen Traum hatte und mein fünfjähriger Sohn zu ihr ging, ihr die Hand auf die Schulter legte und mit ernstem Gesichtsausdruck und feierlichem Ton sagte: »Rose, fürchte dich nicht. Kein Fremder soll dir je ein Leid antun.« Woher er diese Formulierung hatte, weiß ich nicht. Aber er hatte diesen emotionsbeladenen Augenblick abgepaßt, um sie zur Anwendung zu bringen. Bei einer anderen Gelegenheit sang uns unsere kleine Tochter Rose auf dem Schiff ein Lied vor, in das sie alle großartigen Worte aus Gedichten, Liedern oder Geschichten hineinpackte, die ihr einfielen:

Ruhmreicher Westen im gleißenden Sonnenlicht,
vor den Landen Südaustraliens,
Spanische Schiffe im Wind vor der Ostküste –
freie Fahrt gen Westen
Seemann segle, segle in den Hafen
bis hinauf nach Beth-le-hem!

Ich will mit diesem Beispiel nicht angeben. Jedes Kind, wirklich jedes Kind, steckt voller Phantasie und verwendet Worte, die es irgendwann einmal gehört hat. Wenn das Worte sind wie ruhmreich und wundersam, erhaben, altehrwürdig, frohlocken und Hoffnungslosigkeit, dann wird das Kind sie auch gebrauchen. Sicher auch gelegentlich falsch, aber mit viel Begeisterung und Einsatzfreude. Hören Kinder hingegen immer nur Wörter wie schön, super, großartig, braver Junge, ungezogen, böse, iß jetzt, dann wird ihr sprachliches Vermögen verkümmern. Sprache ist ein Mittel der Kommunikation, Sprache ist aber auch Musik. Geben Sie Ihren Kindern gute Bücher in die Hand, nicht die verkümmerte Machosprache von *Masters of the Universe* und auch nicht die schrecklich süßliche Sprache schlecht gemachter Märchenbücher. Kaufen Sie alte und neue Kinderbuchklassiker. Nehmen Sie die Kinder, wenn möglich, ins Theater mit, oder lassen Sie sie klassische Kinderserien im Fernsehen ansehen. Lesen Sie ihnen aus einer altmodischen Gedichtesammlung vor. Ich selbst erinnere mich, als Kind monatelang den Satz vor mich hingeplappert zu haben: »Nächtiger Rauhfrost macht den Äther lasch.« Ich wußte weder genau, was Rauhfrost noch was Äther war, aber ich berauschte mich an den schön klingenden Worten. Selbst wenn Sie nicht sehr gut Gedichte vorlesen können, Sie geben Ihrem Kind ein unschätzbares Gut fürs Leben mit. Und – hier werden Sie mich wahrscheinlich für einen hoffnungslosen Optimisten halten – das Bedürfnis nach häßlichen Schimpfworten und Flüchen tritt in den Hintergrund. Immerhin wird ein Kind, das Sie als »niederträchtiges Ungeheuer« bezeichnet (wie ich es bei meinem Bruder tat), Sie wenigstens nicht »dumme, alte Kuh« nennen.

Wollen Sie wirklich diese freudige Entdeckung der Sprache stören, indem Sie ständig an der Aussprache, der Grammatik oder der Ausdrucksweise Ihres Kindes herummeckern? Tun Sie es nicht! Und lassen Sie es auch Papi oder Großmama nicht tun. Zumindest nicht vor dem Teenageralter. Die einzigen Worte, für die Sie kämpfen müssen, sind »bitte« und »danke«. Kümmern Sie sich nicht um den Rest.

Es gibt nur einen sicheren Weg, Ihrem Kind eine klare und akzeptable Sprache zu übermitteln, und das ist, sie ihm vorzuleben. Korrigieren Sie nicht, machen Sie es vor. Das ist das gleiche Prinzip wie damals, als Ihr Kind sprechen lernte. Wenn es sagte: »Ich habe einen Mischbetoner gesehen«, dann antworteten Sie: »Oh, wo war die Betonmischmaschine? Auf der Straße?« Ohne Vorwurf vermittelten Sie damals das richtige Wort. Kinder verstehen sich auf Anspielungen. Das funktioniert später genauso, sogar besser, weil sie in diesem Alter sehr empfindsam sind. Wenn Sie sich hingegen auf jeden falschen oder unglücklich gewählten Ausdruck stürzen, wird Ihr Kind überhaupt keine neuen Worte mehr in Ihrer Gegenwart ausprobieren. Sind Ihnen Akzent und Aussprache wichtig, dann achten Sie selbst auf grammatikalische Korrektheit (und auch interessant formulierte Sätze und gute Geschichten). Vermeiden Sie Slang. Noch wichtiger jedoch: Streichen Sie langweilige, bedeutungslose Phrasen wie »Sie wissen doch, was ich meine?« und »Genau das ist es!« aus Ihrem Vokabular. Wenn Ihr Kind beim erfolglosen Legobau plötzlich »Oh, Scheiße!« schreit, wissen Sie meist, woher es das hat.

Aber Wortwahl, Kommunikation und Freude am Umgang mit der Sprache sind in jedem Fall wichtiger als Akzent, Dialekt oder Korrektheit. Sind Sie dagegen wirklich besorgt, daß Ihr Kind sich mit sechs oder sieben Jahren noch nicht richtig ausdrücken kann, dann gibt es Spiele, die Sie mit ihm spielen können – aber bitte ohne Druck. Ein Vorschlag ist Geschichtenerzählen. Ein Familienmitglied hört mitten in der Geschichte auf, der nächste muß weitermachen. Ein sehr gutes anderes Beispiel: Sie bekommen einen Satz Legobausteine, Ihr Kind exakt den gleichen. Sie sitzen am Boden und haben eine visuelle Barriere (eventuell einen Lehnstuhl) zwischen sich und dem Kind aufgestellt. Dann fordern Sie Ihr Kind auf, ein Gebäude zu bauen und Ihnen genau zu sagen, was es tut, damit Sie es ihm gleichtun können. Dadurch lernt das Kind, Farben und Formen zu beschreiben und Richtungen wie »gegenüber« und »seitlich« auseinanderzuhalten. Und der riesige Vorteil ist, wenn Ihr Kind sich schwer damit tut, sind *Sie* es, dessen Gebäude wackelig ist. Aber zumindest regen Sie Ihr Kind dazu an, nach einem Blick auf Ihr Bauwerk folgenden oder ähnlichen Kommentar abzugeben: »Das sieht ja aus wie der Turmbau zu Babel!« Nicht schlecht.

Feste, Ferien, Feiertage und andere Vergnügungen

Ab dem vierten Lebensjahr wird es plötzlich sehr viel weniger mühselig, mit Kindern etwas zu unternehmen. Vorher haben sie noch zu wenig Geduld, und so quälen Sie sich mit dem Kind durch einen Jahrmarkt, der weder Ihnen noch dem Kind gefällt, oder Sie stehen im Regen zu einer Veranstaltung an, für die das Kind noch kein Verständnis hat. In diesem Alter müssen die Vergnügungen in der Nähe und kurz sein oder von den Eltern so erwünscht, daß ein bißchen weinerliches Gejammere ihnen nicht den Tag verdirbt.

Jetzt jedoch, mit Vier- bis Siebenjährigen, werden diese Ereignisse das geteilte Vergnügen, das sich die Eltern immer erhofft hatten. Die Kinder haben gelernt, sich auf etwas zu freuen, im Auto auf dem Weg dorthin ein bißchen Geduld zu haben und es zu genießen, kleine Souvenirs mitzubringen. Bei kleinen Veranstaltungen dürfen sie schon alleine ihr Eis kaufen gehen (natürlich ohne daß die Mama dabei ihr Kind aus den Augen verliert) und sich andere Selbständigkeiten herausnehmen.

Einige Grundregeln gelten allerdings nach wie vor. Halten Sie immer nach dem Toiletten-Schild Ausschau, auch wenn momentan noch keiner danach verlangt. Nehmen Sie noch einen Jogginganzug zum Wechseln mit für den Fall von Regen, Schlamm oder sonstigen Unfällen. Nehmen Sie Obstsaft und Kekse mit, falls es vor Ort keine Erfrischungen gibt. Bereiten Sie die Angelegenheit gut vor, und verlassen Sie sich lieber auf die Ratschläge von anderen Eltern als auf die des Fremdenverkehrsamtes. Noch ein Tip: Jetzt, da die Kinder nicht mehr am Laufgeschirr hängen und auch nicht mehr unbedingt an der Hand gehen, sollten Sie bei sehr überfüllten Veranstaltungen Ihren Kindern immer zumindest ein gleiches Kleidungsstück anziehen – also beiden einen gelben Pullover, den gleichen Anorak, karierte Hosen oder was auch immer.

Wenn dann eines der Kinder verlorengehen sollte, können Sie das andere an der Hand nehmen und alle Passanten fragen: »Haben Sie vielleicht ein Kind gesehen, das genau so einen Pullover anhat?« Es ist erstaunlich, wie effektiv das sein kann. Gehen beide Kinder verloren, dann haben Sie einfach zu wenig aufgepaßt und können nur darauf hoffen, daß beim nächsten Mal eine Großmama mitkommt. Großmamas sind sehr wachsam, wenn sie nicht gerade zu der Sorte gehören, die selbst verlorengeht.

Hier ein paar Vorschläge für Unternehmungen mit Kindern:

THEATER. Das ist die lohnendste aller militärisch genau geplanten Operationen. Kinder sind geborene Schauspieler. Sehen Sie nur einmal einem Kleinkind zu, das sich ein Paar Hosen über den Kopf stülpt und sich dann bewundernd im Spiegel betrachtet. Hüte sind gewöhnlich der erste Schritt zur Verkleidung, weil man damit am schnellsten seine Identität verändern kann. Dann kommen die Schuhe. Beryl Reid sagt, bei einer neuen Rolle muß sie zuerst die richtigen Schuhe finden, alles andere geht dann von selbst. Jeder Dreijährige, der in Vaters Gummistiefeln herumstapft, könnte das bestätigen. Es ist ein großer Tag für ein Kind, wenn es die Gummistiefel von Vater oder Mutter anzieht und kein unangenehmes Reiben mehr im Schritt verspürt.

Als nächstes kommen Sakkos, Jacken, Schals, Tischtücher, Kissenbezüge und Masken. Danach sollten Sie zumindest eine große Kiste mit alten Kleidern haben (Hemden mit ausgefransten Kragen, verbeulte Regenhüte und diese kleinen buntglitzernden Tops, die Mami in ihrer Discozeit trug, bevor das Stillen ihr eigenes Top unwiederbringlich ruinierte). Offensichtlich gibt es Familien, die ohne große Kleiderkiste auskommen, aber ich kann mir nicht vorstellen, wie. In unserem Haus ist die Kleiderkiste die einzige Rettung davor, daß die Kinder nicht alle anderen Kleidungsstücke zweckentfremden. Warum bloß wollen sie sich nie für die Schule anziehen, wenn sie doch so schnell und geschickt mit Militärjacken, Feuerwehrhelmen aus Plastik, ausgefransten Piratenhosen, dicker

Schminke und Hawaiihemden, aus denen Stücke für einen Patchwork Quilt herausgeschnitten wurden, ein Spiel auf die Beine stellen. Aber ich komme vom Thema ab.

Theaterspiel ist kein Luxus, sondern ein Instinkt. Er muß lediglich mit ein paar wenigen professionellen oder Laienspielaufführungen genährt werden, und schon entstehen zu Hause stundenlang nachgespielte Aufführungen im heimischen Puppentheater. Wir leben auf dem Lande und nehmen unsere Kinder sehr oft mit ins Theater. Wohnten wir in der Großstadt, würden wir sie sicher von einer Marionettenbühne zur anderen schleppen. Momentan suchen wir ein bis zwei wirklich gute Kinderstücke pro Jahr aus und verlassen uns sonst ganz auf Pantomimenaufführungen.

Verachten Sie die Pantomime nicht! Eine gute Pantomime ist die perfekte Hinführung auf die Freuden des Theaters. Da steckt alles drin: Der Zuschauer lacht, zittert, fühlt mit und fragt sich, wie sie den riesigen Kürbis auf die Bühne gebracht haben. Pantomime ist große Oper, Shakespeare, Zirkus und griechische Tragödie – alles reduziert auf kindliche Proportionen. Manchmal, zugegeben, ist es zu sehr reduziert, so daß selbst Kinder beleidigt reagieren. Doch es gibt auch Dramen – nicht Komödien –, denen bei entsprechend einfühlsamer Inszenierung schon Siebenjährige etwas abgewinnen können. Aber im großen und ganzen ist eine Pantomime oder ein lustiges Kinderstück kein schlechter Einstieg.

Die Auswahl: Es ist sehr unklug, ein Kind zu seiner ersten Theateraufführung mitzunehmen, wenn man vorher nicht schon alles mögliche über das Stück in Erfahrung gebracht hat. Ist es eine aufwendige Show mit Rock 'n' Roll-Klängen und zweideutigen Witzen? Wie lange dauert es? Gibt es eine Handlung, die vorher erklärt werden muß? Kritiken helfen, aber Mundpropaganda ist besser. Für den Anfang eignet sich eine kleine Laienspielaufführung im Gemeindesaal vorzüglich. Kleine Kinder sind so fasziniert von der Vorstellung eines rauf- und runtergehenden Vorhanges und verkleideten Menschen, daß es ihnen gefällt zu sehen, wie jemand tatsächlich den Vorhangmechanismus betätigt. Auch sind Gemeindesäle weniger furchterregend für die Ängstlichen.

Die Vorbereitung: Kindern muß man vor dem ersten Theaterbesuch einiges sagen. Erstens, daß die Lichter im Zuschauerraum ausgehen werden. Zweitens, daß alle Schurken auch Papis von Kindern sind, die sich nur so verkleidet haben. Drittens, daß man ruhig sitzen und zusehen muß oder sehr leise flüstern darf oder rausgehen muß. Ich habe all das versäumt und war in dem Augenblick, in dem die Lichter ausgingen, mit einer Tochter konfrontiert, die wie am Spieß brüllte, wild um sich schlug und eine peinliche Szene heraufbeschwor. Da ich außerdem die Grundregel ein-Kind-pro-einem-Erwachsenen beim ersten Besuch vernachlässigt hatte, befand ich mich in der unerquicklichen Lage, ein brüllendes Kind durch die Sitzreihe tragen zu müssen, während ein anderes hinter mir herschrie, ich solle dableiben und mit ihm das Theaterstück anschauen. Die Schauspieler versuchten tapfer, sich nicht aus der Ruhe bringen zu lassen, während meine zwei ausgerasteten Kinder mich auf dem Gang in verschiedene Richtungen zogen. Mit ein wenig rechtzeitigem Nachdenken meinerseits hätte das alles vermieden werden können.

Beim nächsten Theaterbesuch – das ängstliche Kind selbst hatte ihn gewünscht – nahm ich eine »Großmama für Notfälle« mit, die bei dem älteren Kind und seinen Freunden bleiben konnte.

Lächelnd und voller Zuversicht verkündete meine Tochter, daß sie keine Angst haben würde. Der Vorhang ging auf, hübsche Mädchen tanzten auf die Bühne – zufriedenes Lächeln. Dann PENG! Der Dämonenkönig erscheint in roten Strumpfhosen und eingehüllt in eine orangerote Nebelwolke mit einem hämischen HAHAHAHAHA! Diesmal hatten wir in weiser Voraussicht Plätze am Ende der Reihe gekauft, und ich floh in Panik mit einem kreischenden Bündel unter dem Arm aus dem Theater. Im Foyer dann eine Lagebesprechung. Zehn Minuten später ein vorsichtiger Blick an der hinteren Eingangstür. Noch einmal zehn Minuten später saßen wir wieder auf unseren Plätzen. Eigentlich nur auf meinem Platz. Sie klammerte sich an mich, bis ihr Selbstvertrauen wieder zurückgekehrt war. Unglücklicherweise kam es mit solcher Macht zurück, daß sie gegen Ende des Stückes ohne

Schuhe auf ihrem Sitz stand und lauthals brüllte: »VERPISS DICH, DU BÖSER DÄMON DU!« Oh, die Schande!

Aber die Sache war es wert. Die beiden Kinder waren noch monatelang damit beschäftigt, das Gesehene nachzuspielen, und lernten dabei vieles hinzu: daß die Dinge nicht immer so sind, wie sie scheinen, daß es manchmal hilft, zu schreien und seine Gefühle auszudrücken, daß Rollen vertauscht, Ausflüchte erfunden und Konflikte zu gangbaren Lösungen ausgearbeitet werden können. Und daß wir alle, zumindest zu Hause vor dem Spiegel, das Recht haben, Helden unserer eigenen wundervollen Geschichten zu sein.

KINOS. Hier gelten in etwa die gleichen Vorsichtsmaßregeln. Kino ist weniger hautnah als Theater, aber intensiver als Fernsehen und auf jeden Fall einen Besuch wert. Allerdings müssen Filmbesuche noch genauer vorbereitet werden als Theateraufführungen. Einige sogenannte »Kinderfilme« – ein ziemlich schwammiger Begriff – sind eigentlich nicht für Kinder unter 13 geeignet. Der schlimmste Fehler vieler Filme, sofern es um kleine Kinder geht, ist die lästige Angewohnheit ständiger Anspielungen. Man nimmt einfach an, daß alle Kinder völlig in eine bestimmte amerikanische Schulkultur integriert sind und deshalb alle Anspielungen verstehen. Ein Sechsjähriger aus Europa versteht da sehr oft nur Bahnhof. Die guten, alten Disneyfilme jedoch sind immer ein Erfolg. Superman paßt für Kinder über sieben ebenso wie meiner Meinung nach die Spielberg-Filme. Noch eine Warnung: Kinobesitzer erweisen sich oft als sehr unsensibel gegenüber Kindern und zeigen vor dem Hauptprogramm eine Vorschau auf einen geschmacklosen Erwachsenenfilm oder einen relativ furchterregenden Vorfilm. Einmal (und nie wieder) ist mir das passiert. Rufen Sie vorher an und fragen Sie.

MUSEEN. Sie haben plötzlich die Kinder als Zielgruppe entdeckt. Vorbei sind die Zeiten mit Reihen von langweiligen Glasvitrinen und der gedämpften, muffig-wissenschaftlichen Atmosphäre. Museen sind fast zu perfekt geworden mit beweglichen Dinosauriern und Maschinen, die man selbst in

Gang setzen darf. Schwierig wird es nur, wenn Sie heutzutage ein Kind haben, das eben gerade sehr gerne die Zähne von Flugsauriern in Glasvitrinen betrachtet. Als wir einmal mit dem speziellen Vorhaben, Ritterrüstungen zu betrachten, ins Stadtmuseum von York gingen, empfanden wir es durchaus als störend, daß wir gezwungen waren, einem vorgegebenen Weg nachzugehen, vorbei an Reproduktionen von alten Läden, Puppenhäusern und allen möglichen anderen Dingen, ehe wir an unser Ziel gelangten. Unsere Laune war dahin!

Unsere Kinder entdeckten ihre Liebe zu Museen mit den tausend interessanten Dingen, die man in aller Ruhe erklären kann (»Diese Münzen sind hier vor tausend Jahren vergraben worden und wurden jetzt gerade freigelegt. Die Wikinger benutzten sie. Was, meinst du, haben sie sich dafür gekauft?«), oder bei größeren Geschichts- und Technikmuseen, die dem Besucher anschaulich einen Leuchtturm aus dem 19. Jahrhundert oder den Fahrersitz einer Straßenbahn demonstrieren. Gehen Sie nie davon aus, daß ein einfaches Museum für Kinder unbedingt langweilig sein muß. Ich habe einmal meine Kinder aus dem einzigen Grund in das Norwich Castle Museum geschleppt, um dem strömenden Regen zu entgehen. Wir haben dann schließlich zwei geschlagene Stunden damit zugebracht, ausgestopfte Tiere zu betrachten und die Beschriftungen auf Mumienkästen zu entziffern. Eine zusätzliche Attraktion ergab sich aus dem Heizsystem mit Gitterrosten im Boden, auf denen sich ein kleines Mädchen wie Marilyn Monroe fühlen kann, wenn ihr der warme Luftzug von unten das Röckchen hochweht.

Museen können Kindern auch eine sehr gute Lektion in Geschichte erteilen. In Portsmouth besichtigten wir einmal an einem Tag die Schiffe Mary Rose (16. Jahrhundert), die Victory (18. Jahrhundert) und die Warrior (19. Jahrhundert). Später sahen wir dann noch eine Reproduktion eines Wikingerschiffes aus dem 11. Jahrhundert. Seither überlegt Nicholas immer, wenn er etwas zeitlich einordnen möchte: »War das, als Mary Rose auf dem Meer unterwegs war? Oder später? Aber doch vor der Victory, oder?« Er kann geschichtliche Ereignisse ganz bequem nach verschiedenartigen

Schiffsformen einordnen. Das gleiche funktioniert auch mit Schlössern, Architektur, technischen Neuerungen, eigentlich mit allen Bereichen.

KUNSTAUSSTELLUNGEN. Auch sie sind erstaunlich interessant für Kinder. Kleine Kinder sollten einfach frei herumlaufen dürfen und nicht dazu gezwungen werden, systematisch alle Bilder anzuschauen oder etwa gar Namen der Künstler zu lernen, wenn sie nicht selbst danach fragen. Ab sieben Jahre können Sie mit Kindern das Spiel spielen, das Christina Hardyment in ihrem Bericht über eine Europatour mit Kindern beschreibt: Sie läßt sie am Postkartenstand eine Karte von einem Gemälde aussuchen. Dann dürfen die Kinder losgehen, sollen das Original im Museum finden und es ihr zeigen. Kindern sollte man vorher sagen, daß man in Kunstmuseen nicht wild herumtoben darf und nur über die Bilder reden sollte. Darüber hinaus sollten Sie möglichst wenig verbieten, damit das Kind nicht die Lust verliert. Lächeln Sie das Aufsichtspersonal besonders freundlich an. Die meisten sind sehr verständnisvoll, besonders wenn die Kinder wirklich die Bilder anschauen. »Sieh mal! Da liegt ein Löwe neben seinem Fuß! Hat der Mann denn keine Angst, von ihm gebissen zu werden?«

FREIZEITPARKS. Genug von der Kultur, jetzt ist Spiel und Spaß an der Reihe. Warum auch nicht? Weinen Sie auch den Rummelplätzen von früher nach mit ihren messingglänzenden Maschinen und der barocken Blumenverzierung? Die moderne Version ist eher schrill, in Farben wie in Formen, laut im Ton und manchmal auch nicht einmal kindersicher (Ausnahmen gibt es, aber die scheinen alle in Holland zu sein). Sie sind eigentlich eher für Teenager gedacht, nicht für Kinder. Also sind Freizeitparks nach amerikanischem Muster entstanden mit wunderschönen Karussellfahrten, freundlichen, flauschigen Bären, die umherwandern und jedem zuwinken, süßen kleinen Eisenbahnen, ausreichenden Toilettenanlagen und sehr strengen Bestimmungen. Auch sind meist mit dem Eintrittspreis sämtliche Fahrten abgegolten, eine nicht unwesentliche Tatsache für den elterlichen Geldbeutel. Wenn es um die Gestaltung eines ganz besonderen Tages geht, kann nichts anderes mithalten. Aber der Lack ist auch ganz besonders schnell ab. Ein Besuch pro Sommer ist sicherlich ausreichend.

AUSSTELLUNGEN, PFERDEMÄRKTE, JAHRMÄRKTE. Sie haben meist sehr viel Lokalkolorit. Mit Kleinkindern noch eine echte Pein, werden daraus mit älteren Kindern wirklich lohnende Ausflüge, vor allem dann, wenn Sie selbst nichts Besonderes suchen, sondern mit den Kindern einfach ziellos herumwandern. Wählen Sie Ihren Besuch je nachdem aus, ob Ihr Kind mehr an Maschinen oder an Pferden interessiert ist. Die Karussells, Buden, Flohmärkte etc. drum herum werden immer wieder das gleiche sein.

RITTERSPIELE & CO. Verschiedene Gesellschaften und Vereine sind offensichtlich ganz wild darauf, historische Schlachten und Ritterspiele wieder aufleben zu lassen. Selbst die sanftmütigsten Kinder scheinen daran Gefallen zu finden. Zwei Dinge sollten Sie beachten: Setzen Sie sich nicht zu nahe an den Ort des Geschehens, denn nicht alle Spieler können wirklich mit ihren Äxten, Lanzen etc. gut umgehen. Und sehen Sie einigen Wochen mit totalem Chaos in Ihrem Haus gelassen entgegen. Machen Sie das Beste daraus, und schmuggeln Sie ein bißchen echte Geschichte ein, auch wenn Sie (so wie ich) die Fakten immer wieder in einer Kinderenzyklopädie nachlesen müssen.

FERIEN. Auch Ferienreisen werden mit Kindern ab vier Jahren viel einfacher. Kinder, die zeichnen, Bücher anschauen oder ihrem Walkman zuhören, sind kein Problem mehr im Auto, in Zügen oder in Flugzeugen. Womit ein Kind am besten abzulenken ist, ist ganz individuell, und es würde mir nie im Leben einfallen, Ihnen da zu enge Grenzen zu setzen. Manchmal helfen kleine Spielsachen, manchmal Brettspiele, einige Kinder schauen gerne durch bunte Kaleidoskope, mit Papier und Bleistift können alle etwas anfangen.

Das Beste ist allerdings ein gleichaltriges Kind. Von einer Absprache mit anderen Familien profitieren alle Beteiligten. Nur noch ein kleiner Rat, ehe es losgeht. NEHMEN SIE NICHT ZU VIEL MIT. Ich packe grundsätzlich sehr wenig ein, und doch habe ich nie all die Kindersachen gebraucht, die ich eingepackt hatte. Nicht ein einziges Mal! Packen Sie ein Minimum ein und nehmen dann noch rigoros zwei Sachen pro Kind heraus. Aber nicht den Teddy!

Gut überlegen sollten Sie sich allerdings, *was* für Ferien Sie mit Ihren Kindern machen. Sind Sie als Erwachsener auf die Türkei oder auf Venedig oder auf eine Kreuzfahrt im Mittelmeer fixiert, dann müssen Sie zusehen, wie Ihre Kinder da hineinpassen, oder ob Sie sie lieber vierzehn Tage zu Hause lassen und zu einem späteren Zeitpunkt dann etwas anderes mit ihnen unternehmen. Kinder über fünf Jahre lassen sich sehr gut in einen exotischen Erwachsenenurlaub integrieren, aber das erfordert eine Menge Arbeit. Und das Ergebnis ist für die Kinder nicht immer so optimal, daß das teure Flugtikket gerechtfertigt ist. Die wunderschönen griechischen Strände sind vielleicht voller Kies und übersät mit gefährlichen Seeigeln. Die romantischen Hotelbalkons können für kleine, gelangweilte Kletterkünstler die reinsten Todesfallen sein. Selbst Kreuzfahrtschiffe und Segelyachten können für Kinder, die lieber Fußball spielen, die reinste Qual sein.

Erinnern Sie sich, was die Kinder von früheren Ferien erzählt haben. Wovon haben sie geschwärmt? »Oh«, antworten sie mit leuchtenden Augen, »am besten hat mir gefallen, als Papi auf dem Weg zum Flughafen den Reifen wechseln mußte und wir mit dem Wagenheber helfen durften.« Nachdem ich verschiedene Urlaubsarten ausprobiert und mich auch mit Freunden besprochen habe, bin ich zu dem erstaunlichen Schluß gekommen, daß Kindern recht spartanische Ferien am liebsten sind. Ist es nicht jammerschade, daß unser wohlorganisierter westlicher Tourismus Urlaub in einem spanischen Hotel billiger anbietet als Ferien im eigenen, oft unbekannten Land. Billiger oder nicht, einfacher ist es allemal, in ein Reisebüro zu gehen, auf die entsprechende Seite im Katalog zu zeigen und alles andere den Reisebüroexperten zu überlassen. Am Flughafen wird ein Bus bereitstehen, eine freundliche Reiseleiterin wird Sie durch den Zoll schleusen, und der Hotelmanager vor Ort wird Ihre Muttersprache sprechen und wissen, was Cornflakes sind. Und wenn etwas schiefgeht, können Sie sich immer noch beim örtlichen Reiseleiter beschweren. Ferienmachen ist etwas sehr Passives geworden. Man macht die Ferien eigentlich nicht, sie werden gemacht.

Wie anders waren da doch die Ferien unserer Kindheit! Im Zeitalter vor dem Pauschaltourismus erlebten wir mit, wie unsere Eltern Zugfahrpläne und Fährenabfahrtzeiten studierten, Reiseführer lasen und Landkarten studierten. Welcher Pauschaltourist schaut sich heute noch einen Atlas an? Nach der Umfrage eines Reisejournalisten konnte nur einer von fünfzig britischen Touristen in Spanien, denen eine Landkarte gezeigt wurde, genau zeigen, wo er sich befand. Auch die deutschen Touristen schnitten nicht viel besser ab. Die altmodische Sommerfrische in einer kleinen Pension ist auf dem Rückzug, weil wir Erwachsenen es so wollen. Wir wollen Sonne, Meer, jemanden, der das Essen kocht, und eine Disco für den Abend. Weder Herausforderung noch Bildung sind sonderlich gefragt. Und wenn uns etwas nicht paßt, schreiben wir das nicht aufgeregt in unser Reisetagebuch, sondern wir beschweren uns an geeigneter Stelle. So verhält sich eben ein Tourist im Gegensatz zu einem Reisenden.

Aber wie ist das mit den Kindern? Sie brauchen Herausforderungen und eine Horizonterweiterung. Das Beste für das Kind zu tun, bedeutet nicht unbedingt, ihm den größten Freizeitpark zu zeigen oder es im Flugzeug ans Mittelmeer mitzunehmen. Kinder sind nicht so sehr auf die Sonne erpicht wie Erwachsene und auch nicht so übersättigt in punkto Unterhaltung. Sie mögen einfache Dinge, sie mögen in Pfützen herumhüpfen und den Wellen zusehen, die im Sturm über die Seepromenade schlagen. Oft finden sie Ebbe und Flut an den nordischen Stränden aufregender (»Oh, Mami, hat der liebe Gott das getan?« fragte mein Sohn, als plötzlich Wasser in dem von ihm gebuddelten Graben stand) als gezeitenlose, südliche Strände, die täglich mit riesigen Staubsaugern von

Unrat gesäubert werden müssen und an denen man ständig über einen sich faul bräunenden Erwachsenenkörper stolpert.

Wie auch immer, dreiviertel des kindlichen Vergnügens macht die Tatsache aus, beide Eltern um sich zu haben. In unserem modernen Leben bekommen die Kinder eine sehr wesentliche Erfahrung nicht mit, weil sie ihre Eltern so selten bei der Arbeit beobachten können. Die Welt der Erwachsenen und ihre Gedanken sind ein Geheimnis. Zwar sehen sie ihre Mutter bei der täglichen Hausarbeit, nie aber ihren Vater beim Verdienen des Lebensunterhalts. Väter verbringen ihren Tag für gewöhnlich in geheimnisvollen Büros und Fabriken, wo sie unverständliche Dinge tun. Bei Müttern ist das in zunehmendem Maße ebenso.

Deshalb ist ein gemeinsamer Urlaub doppelt wichtig. Früher hatten die Kinder bei einem Urlaub Gelegenheit, auf eigene Faust zu beobachten, wie ihre Eltern Probleme lösten – Zelte, die nicht stehenbleiben wollten, oder Züge, die keinen Anschluß hatten. Das Kind hatte die Chance, an der Lösung des Problems mitzuhelfen. Eine von Gwenda Cornell für das Buch *Cruising with Children* befragte Mutter sagte:

»Auf dem Meer sah mein Sohn seinen Vater wirklich arbeiten, sah, wie er Probleme löste, als beispielsweise bei einem heftigen Sturm das Steuerruder brach. Vorher hatte er seinen Vater immer nur kurze Zeit gesehen, müde nach des Tages Arbeit. Jetzt hat Jeff mehr Respekt für seinen Vater, und die beiden verstehen sich prima.«

Nicht jeder wird ein solches Wagnis wie eine Atlantiküberquerung mit Kindern unternehmen, aber das Prinzip bleibt das gleiche. Meine Kinder sprechen beispielsweise immer noch von dem Urlaub, in dem wir alle an einem öden irischen Strand mit einem Campingofen zum Teemachen entlangstapften, von den drei Tagen, in denen wir in einem, nun ja, notdürftig ausgestatteten Planwagen mit einem Pferd, das jeden Abend angepflockt werden mußte, durch Norfolk zogen, von dem Schloß, in dem wir auf der Flucht vor dem britischen Regen Zuflucht suchten, oder von dem schrecklichen Hausboot, das den stürmischen Winden kaum standhielt. An die Pauschalreisen erinnern sie sich kaum. Vielleicht gerade noch an die hilflosen Eltern, die zusammen mit fünfzig anderen Passagieren um Mitternacht wütend auf einem fremden Flughafen warten mußten. Passive Eltern, Eltern, die sich einer gebieterischen Reiseleiterin fügten, Eltern, denen Plätze zugewiesen wurden und die ihre Pässe rüberreichen mußten. Ist das eine Ferienerinnerung, die den Rest des Jahres bereichern kann?

Kinder können im Ausland wundervolle Ferien erleben. Manche Pauschalreisen lassen wenigstens ein bißchen Raum und Freiheit für individuelle Unternehmungen. Aber wenn es finanziell nur für einen Wohnwagen oder ein Zelt auf einem Zeltplatz in der Nähe des Heimatortes reicht, dann machen Sie sich nichts beziehungsweise das Beste draus. Die Kinder werden genauso viel, wenn nicht mehr, davon haben. Sie werden Seesterne oder Kaninchenlöcher entdecken, Heimatmuseen besuchen, Sagen und Legenden kennenlernen, Karten zeichnen und die Wegstrecke des nächsten Tages vorbereiten lernen. Und sie werden echte Erinnerungen haben, an einen Urlaub, der vielleicht manchmal unbequem war, aber doch unverwechselbar – Ihr ganz privates Familienabenteuer.

Das einzige Problem bei diesen sandknirschenden Pionierurlauben mit Kindern ist, daß die Eltern danach meist das Bedürfnis nach einem Erholungsurlaub haben. Vielleicht ein verlängertes Wochenende zu zweit in Paris? Lassen Sie die Kleinen zu Hause bei den Großeltern. Sie werden sich an den schon halbvergessenen Spielsachen freuen, während die Photos beim Entwickeln sind, das feuchte Zelt und die Schlafsäcke langsam in der Garage vor sich hin trocknen und Mami und Papi Muscheln am Montmartre essen. Nun, zumindest träumen wir davon. Geschafft haben wir es bisher noch nicht.

Pflaster, Gips und Wundverband: Der erste Weg zur Besserung

Sollten Sie jemals an der Zerbrechlichkeit des menschlichen Körpers zweifeln, dann setzen Sie sich an einem schönen Sonntagabend einmal für eine Stunde in das Wartezimmer einer Unfallstation. Kinder humpeln auf Krücken vorbei und tragen dabei immer noch das bunte Hemd und die Ellbogenschützer, die darauf hinweisen, daß sie noch vor einer halben Stunde das absolute As auf dem Skateboard waren. Bedrückt dreinblickende Kleinkinder drängen sich ängstlich an die Mutter und halten ihr ein Handgelenk entgegen, das bedeutend dicker ist als das andere. Erwachsene haben Wunden von Rasenmähern, Hunden und anderen Taten Gottes vorzuweisen. Ein Teenager hüpft umher und erklärt ihrem Vater, daß sie doch eben dabei gewesen war, beim Korbball den Ausgleich zu schaffen. Und mindestens ein Kind steckt mit dem Finger in irgendeinem Haushaltsutensil oder hat ihn hastig und blutig in etwas eingewickelt, das wohl das Unterhemd des kleinen Bruders sein könnte. Sie alle sitzen da, gehorsam und gefaßt, warten darauf, eine Nummer zu bekommen und zu Patienten mit ordentlichen weißen Verbänden zu werden. Die Erwachsenen unternehmen gelegentlich erfolglose Streifzüge nach etwas Lesbarem. Aber außer einer zehn Jahre alten Ausgabe von *Reveille* und einem halben Strickmuster gibt's da nichts. Manchmal – bei weitem nicht oft genug – erscheint eine frischgestärkte weiße Krankenschwester und ruft einen Namen auf.

Der Warteraum der Unfallstation ist ein ungewöhnlicher Ort, auch innerhalb des Krankenhauses. In Kliniken herrscht eine ganz andere Atmosphäre, weil die meisten Patienten schon lange einen Termin haben und schon länger von ihrer Krankheit wissen. Sie sind akklimatisiert. Sie haben sich Zeitschriften gekauft oder ihr Strickzeug mitgebracht. Die Kinder sind mit Büchern wie *Mary geht ins Krankenhaus* ausreichend vorbereitet worden. Alle hatten Zeit, eine positive, vernünftige Haltung einzuüben. Es gab »Familienkriegsrat« und Beraterstunden.

Bei wirklichen Notfällen, wenn es um Leben und Tod geht, ist wieder alles anders: dramatisch und verzweifelt, mit Tragbahren und Eile und Angst vor dem Schlimmsten. Wenn man das Schlimmste befürchtet, ist man nicht gelangweilt oder peinlich berührt. Nur im Wartezimmer der Unfallstation haben Erwachsene und Kinder gleichermaßen diesen eigenartig verlorenen Blick, wie Kabeljaufische, die an Land gespült wurden. Vor Minuten noch war alles eitel Sonnenschein, jetzt sehen alle seltsam niedergeschlagen aus. Sie ahnen, daß die Unaufmerksamkeit eines Bruchteils einer Sekunde in Wochen von juckendem Gipsverband enden wird. Und die Eltern der verletzten Kinder machen sich unnötigerweise schweigend Vorwürfe oder erzählen allen Anwesenden tränenreich, daß es ein sehr stabiles Baumhaus, wirklich sehr stabil war, doch wer hätte je gedacht, daß er einen Handstand auf dem Sicherheitsgeländer versuchen würde...

Und da kommt unser Auftritt. Genauer gesagt, meine vierjährige Tochter und ich betreten die Unfallstation des Krankenhauses an der Heath Road in Ipswich durch die elektrischen Doppeltüren. Nach einem Besuch beim praktischen Arzt (»vielleicht eine Verstauchung, schwer zu sagen«) wurde uns angeraten, das Handgelenk röntgen zu lassen, weil es nicht besser wurde und vielleicht gebrochen sein könnte. Wir kamen uns ziemlich dumm vor. Nachdem wir ein Jahr zuvor 1700 Meilen gesegelt waren und 45 Hafenleitern, allesamt in irreparablem Zustand, ohne den kleinsten Kratzer erklommen hatten, war das Kind auf der patentierten rutschfreien Umrandung des örtlichen Schwimmbades ausgerutscht. Tröstlich, daß das jedem passieren kann: Einer Freundin von mir passierte es mit ihren zwei Kindern innerhalb von zehn Minuten zweimal, wobei sich jedes der Kinder ein Bein brach. Sie können der nächste sein. Damit Sie dieses Ereignis mit etwas mehr Würde, Ruhe und Gelassenheit als ich überstehen, hier ein paar Sätze über das Leben auf der Unfallstation. Es handelt sich um die eigenen, bitteren Erfahrungen und diejenigen anderer Eltern.

Regel Nr. 1: Gehen Sie, wenn möglich, nie in ein Krankenhaus, ohne ein paar persönliche Dinge eingepackt zu haben. Wenn es sich nicht um Bewußtlosigkeit oder eine starke Blutung handelt, dann nehmen Sie sich fünf Minuten Zeit, um nachzudenken und ein paar Sachen zusammenzupacken. Rennen Sie nicht wie ich kopflos zum Wagen, um dann bei der vierzigminütigen Fahrt festzustellen, daß das Kind keine Schuhe und keinen Mantel anhat, Sie keine Handtasche, kein Geld, keine Tempo-Taschentücher, nichts zu trinken und nichts zu lesen haben. Sie werden reichlich Zeit haben, über Ihre Unzulänglichkeiten nachzudenken, wenn Sie erst einmal auf der Plastikbank sitzen und warten, daß Sie aufgerufen werden. Glücklicherweise ist mein Auto ein mobiler Müllwagen, und so fand sich eine Ausgabe von *Alice im Wunderland* hinter einem der Sitze. Ohne dieses Buch wären die Dinge für Rose (und für mich) unerträglich gewesen – wir warteten eine Stunde, ehe wir drankamen, fünfzehn Minuten vor dem Röntgenraum, noch einmal zwanzig Minuten auf den Arzt, der sich das Röntgenbild ansehen sollte, und dann noch einmal einige Minuten. Schließlich kamen wir in dem Buch bis zum *Weißen Ritter*, ehe wir wußten, was nun wirklich mit dem Arm war.

Meine tiefe Bewunderung galt einer Frau, die mit einem blutverschmierten, hinkenden Neunjährigen mit einem blauen Auge hereinkam, es aber nichtsdestotrotz geschafft hatte, einen Karton mit Apfelsaft, einen Stapel Comics, ihr Strickzeug und seinen Walkman samt einem Stapel Kassetten mitzubringen. »Nun, wir sind ja schon das dritte Mal hier«, sagte sie. »Oder ist es das vierte Mal? Er ist so mutig und tapfer mit seinem BMX-Rad. Wie sein Vater. Er hat sich beim Speedway beide Beine gebrochen. Wir mögen dieses Krankenhaus, hier sind alle so nett.« Ja, Erfahrung ist alles.

Regel Nr. 2: Wenn Sie mit dem Kind im Krankenhaus sind, versprechen Sie ihm nichts außer: »Der Arzt wird versuchen, dir zu helfen, damit du wieder gesund wirst« und »Mami und Papi lassen dich nicht alleine.« Das zweite Versprechen können Sie aller Wahrscheinlichkeit nach einhalten. Heutzutage dürfen Eltern in den meisten Fällen bei ihren Kindern bleiben. Das ist ein harterkämpftes Recht, wie Ihnen jede Mutter aus den sechziger Jahren bestätigen wird. Damals übergab man sein Kind einer fremden Person in der Röntgenstelle – in eine fremde Welt mit fremden Maschinen. Und vor nicht allzu langer Zeit wimmelten Krankenschwestern auf Kinderstationen Besucher mit der Begründung ab, Besuch würde die Kinder nur »beunruhigen«. Heutzutage können Sie guten Gewissens sagen: »Mami bleibt bei dir.« Hüten Sie sich vor Versprechungen wie: »Natürlich wird dir der Doktor nicht wehtun. Er wird die Wunde nur anschauen.« (Vielleicht wird er dem Kind wehtun. Vielleicht muß er.) Oder: »Nein, ich bin sicher, daß du keinen so schrecklichen Gips kriegst.« Und keinesfalls sollten Sie sagen: »Sicher sind wir wieder zu Hause, wenn die Sesamstraße anfängt.« Das werden Sie nicht sein.

Aber weiter mit unserer Geschichte. Wir sprachen bei einer reizenden Ärztin vor und gingen dann zur Röntgenstelle, wo Rose einen Skelettanstecker bekam, auf dem stand: ICH BIN EIN RÖNTGENFILMSTAR. Allmählich wurde ich übermütig und verstieß gegen Regel Nr. 2. »Wir werden bald wieder zu Hause sein. Wie wird Papi sich freuen, wenn er deinen Anstecker sieht.« In diesem Augenblick trat ein anderer Arzt hinter dem Vorhang hervor. »Ich fürchte, es ist ein doppelter Knickbruch.« Nun gut, auch nicht schlimm, ich hatte Rose im Auto alles Wissenswerte über Gipsverbände erklärt. Sie freute sich darauf. »O ja, ich weiß, was ein Knickbruch ist. Wie lange glauben Sie...« »Wir legen sie auf Station«, sagte er. »Jetzt.«

Mutter, nahe am Zusammenbruch, tarnt ihre Panik nur unzulänglich mit einem Lächeln. Der Cleveland-Fall hat aus uns allen Paranoiker gemacht. Glaubten sie, ich würde ihr auch den anderen Arm brechen, lauerten hinter jedem Pfeiler schon die Sozialarbeiter? Sie hatten uns in ihrer Gewalt, wir waren weit weg von der Eingangstür. Um uns herum nur

Krücken und Bandagen, eilige Krankenpfleger und viele Ärzte. Wir waren wie Alice hinter den Spiegeln und mußten auf alles gefaßt sein.

Ich hatte *Regel Nr. 3* entdeckt: Gehen Sie nie davon aus, daß Sie nur ein ambulanter Patient sind.

Der Arzt beeilte sich, seine Entscheidung zu erklären. Es war Abend, und der Arm mußte vielleicht unter Narkose eingerenkt werden. Deshalb meinte er, Rose wäre auf der Station besser aufgehoben. Wie ein Verdächtiger auf der Polizei bat ich, einen Anruf tätigen zu dürfen: Ich erklärte, wir bräuchten Kleider, Geld, einen Kamm, je eine Zahnbürste für uns beide und Jingle, den Bären. Mein Mann war bei unserem anderen Kind zu Hause, und eine Nachbarin konnte die Aufsicht übernehmen, damit mein Mann zu uns fahren konnte. Mit Schaudern fiel mir ein, daß ich so sicher gewesen war, in ein paar Stunden wieder zurück zu sein, daß ich sicherlich Nicholas, wenn Paul nicht dagewesen wäre, nur schnell bei der Nachbarin gelassen hätte, ohne auch nur den Schlüssel dazulassen, damit sie Pyjama und Teddy holen konnte.

Deshalb *Regel Nr. 4:* Nutzen Sie die Zeit im Wartezimmer, um Pläne für den Fall auszuarbeiten, daß Sie über Nacht bleiben müssen. Das ist eine nützliche geistige Übung, auch wenn sie zum Glück nur selten in der Praxis Anwendung finden wird. (Machen Sie es jedoch nicht wie meine Freundin Victoria, die jedesmal, wenn ein Familienmitglied niest, einen Plan für eine eventuelle lebenslange Invalidität ausarbeitet. Sie liest die Gesundheitsseite des *Independent* zu genau, finde ich.)

Da saßen wir nun, Rose und ich, in diesem weißen Korridor zwischen zwei Welten. Wir waren weder stationäre noch ambulante Patienten, konnten nicht gehen, hatten aber auch noch keinen festen Platz im Krankenhaus zugewiesen bekommen. Irgendwie kam ich mir hier wie verloren vor. Aber zumindest waren wir zusammen verloren. Dann brachte man uns auf die Station, die dank jahrelanger Bemühungen und privater Zuschüsse wirklich sehr angenehm renoviert worden war. Von freundlichen Schwestern, sauberem, zweckdienlichen Mobiliar, Spielsachen und Kinderzeichnungen umgeben, fühlten wir uns gleich weniger verloren. Roses einzige Vertrauenskrise kam, als eine Schwester ihr mit Hilfe eines Buches erklären wollte, was im OP vor sich gehen würde. Das Buch handelte von Herbie dem Igel, der seine Stacheln verloren hatte und deswegen von den Feen eine geheimnisvolle Salbe bekam. Rose warf einen Blick auf das Buch und fing an zu weinen. »Ich will nichts von komischen Igeln wissen«, sagte sie eigentlich ganz verständlicherweise. Deshalb:

Regel Nr. 5: Erkundigen Sie sich selbst eingehend über die Vorgehensweise der Ärzte, und erklären *Sie* es Ihrem Kind. Besonders wenn es ein erschöpftes, vierjähriges Kind ist. Ältere Kinder möchten es vielleicht schon mit dem Arzt besprechen und sollten das auch tun. Aber denken Sie doch einmal zurück, wie Sie sich im Kreißsaal fühlten, wie froh Sie waren, Ihren Mann oder sonst jemanden um sich zu haben, der Sie gegenüber den Halbgöttern in Weiß vertrat. Dann können Sie sich ungefähr vorstellen, wie sich Ihr Kind fühlt.

Im Krankenhaus unserer Geschichte gibt es Betten für Eltern. Wenn es das in Ihrem Krankenhaus nicht gibt, tun Sie was dagegen. Versuchen Sie Sponsoren zu finden und Geld aufzutreiben. Als die kleine Patientin schon fast schlafend in den OP gerollt wurde und danach fest schlafend wieder herauskam, kam auch ich zu sechs Stunden Schlaf in einem ruhigen Zimmer und war rechtzeitig wieder an Roses Bett, als sie aufwachte, gähnte und sich gleich auf meinen Schoß setzte. Glücklicherweise durften wir zwei Stunden später nach Hause, und drei Wochen später kam der Gips runter. Er wird als Andenken mit allen Unterschriften ihrer Klassenkameraden darauf in einer Plastiktüte aufbewahrt. »Im großen und ganzen«, bemerkte sie, »ist es nicht so schlimm, wenn man sich den Arm bricht.« Paradoxerweise sind kleine Kinder zwar sehr viel zerbrechlicher, aber auch sehr viel zäher als wir. Nicht sie hat Alpträume von jenem Ereignis, sondern ich.

Seither habe ich mit vielen anderen Eltern gesprochen, deren Kinder mit weitaus dramatischeren Krankheiten oder Unfällen ins Krankenhaus mußten. Sie alle waren sich im Sinne des Wohles ihrer Kinder einig: Man muß ruhig bleiben, sich sachkundig geben, den Fall unter vier Augen mit dem Arzt durchsprechen (ob er nun will oder nicht), dem Kind kindgerecht erklären, was mit ihm passiert und – wenn irgend möglich – *da* sein. Geht das nicht, dann tun Sie eben, was Sie können. Ich verbrachte einmal wegen einer journalistischen Recherche vierundzwanzig Stunden auf einer Kinderstation. Ein kleiner siebenjähriger Junge lag da, hatte ein Bein in einem Streckverband und weinte nach seiner Mami. Von sieben Uhr bis elf Uhr starrte er traurig jeden neuen Besucher an. Innerlich verwünschte ich diese herzlose Frau, die es nicht einmal für nötig hielt, sich um ihr eigenes Kind zu kümmern. Um elf Uhr kam sie dann schließlich, und in den nächsten Stunden verwünschte ich mich selbst. Sie hatte, so sagte sie mir auf der Toilette, mit drei verschiedenen Bussen herfahren und vorher ihre drei Kinder im Alter von einem, zwei und vier Jahren bei Nachbarn unterbringen müssen. Ihr Mann hatte sie kurz vorher verlassen, und der Unfall des Jungen hatte sie gezwungen, ihre Arbeit aufzugeben und von der Sozialhilfe zu leben, die kaum für die Lebensmittel reichte. Aber sie war mit einem kleinen, fröhlichen Picknick gekommen, hatte ein paar selbstgebastelte Spielsachen und Zeichnungen von den kleineren Geschwistern mitgebracht und saß mehrere Stunden singend und plaudernd bei ihrem kleinen Jungen, als hätte sie sonst keine Sorgen. Sie lehrte mich eine wichtige Grundregel: Was immer Sie tun können, es ist gut. Schuldbewußtes Weinen und Mitleid hilft keinem.

Aber es gibt noch eine andere Krankenhausregel: Selbst wenn Sie Tag und Nacht bei Ihrem Kind bleiben können, gehen Sie gelegentlich raus. Kinder schlafen auch mal. Die Krankenschwestern sind zur Stelle, wenn sie aufwachen. Es ist heiß und entnervend in einem Krankenhaus, zu hell und ungemütlich. Die Krankenhausatmosphäre vermittelt jedem Menschen das Gefühl, hilflos einem mächtigen Apparat ausgeliefert zu sein und sein eigenes Leben nicht mehr unter

Kontrolle zu haben. Um Ihrem Kinde wieder ein bißchen Normalität vermitteln zu können, müssen Sie mindestens einmal pro Tag aus dem Gebäude raus, und wenn Sie dabei nur im Regen um den Block gehen, eine Zeitschrift am Kiosk an der Ecke kaufen und mit dem Besitzer ein paar belanglose Worte über das Wetter reden.

Die meisten Kinderkrankheiten sind Gott sei Dank nicht mit einem Krankenhausaufenthalt verbunden. Oft braucht es nur ein paar Packungen Tempotaschentücher, einen Tiegel Salbe und viel Geduld. Schlagen Sie zur Beruhigung in Ihrem medizinischen Wörterbuch nach, aber lassen Sie sich von mir gesagt sein, daß Kinderkrankheiten im allgemeinen immer nach folgendem Muster verlaufen:

1. Akt: Auffallendes Verhalten. Das Kind ist plötzlich zwei Jahre jünger, tausendmal quengeliger und eigentlich unausstehlich. Sie reagieren gereizt, drohen das Taschengeld zu kürzen und schicken das Kind zu Bett. Plötzlich sagt das Kind von sich aus, daß es ins Bett gehen möchte. Das erste Krankheitssymptom: Erbrechen bei Kindern unter sechs oder sieben, »Kopfschmerzen« bei älteren Kindern. Damit geht es ängstlich und liebevoll auf den

2. Akt zu: Krankenpflege. Abgesehen von dem schrecklich schlechten Gewissen, weil Sie so ungnädig mit Ihrem Kind waren, ist das keine allzu schwere Sache. Sie gehen zum Arzt oder lassen ihn kommen, er macht die üblichen Untersuchungen auf Meningitis oder Mittelohrentzündung, setzt dann seinen optimistischen Blick auf und erzählt Ihnen, daß eben momentan »ein Virus grassiert«. Dann bekommen Sie entweder ein sirupartiges Antibiotikum oder auch nicht. Ihr Kind schluckt ein mildes Schmerzmittel. Es schläft ein, wacht nachts vier- oder fünfmal verschwitzt auf, doch sein Gesundheitszustand bessert sich. Manchmal ist es vernünftig, das Kind in das große Elternbett zu nehmen. Eimer in Reichweite stellen, Handtuch zurechtlegen. Vielleicht kommen rote Flecken raus, die sich als Windpocken entpuppen. Vielleicht schwellen die Backen an, und es wird Mumps. Danach folgt jedoch der schlimmste Teil, der

3. Akt: die Genesung. Natürlich fällt Schule oder Kindergarten flach, aber auch das Bett ist nicht mehr das Richtige. Keine Ablenkung hält länger als fünf Minuten vor. Fernsehen oder Videos sind in solchen Tagen ein Segen, natürlich nur, wenn das Kind normalerweise nicht zu viel fernsieht. Aber Ihre Geduld wird auf die härteste aller Proben gestellt. Besonders, da Sie inzwischen selbst den Virus aufgeschnappt haben und sich hundeelend fühlen.

Diese Katastrophe ist sehr wohl einige Betrachtungen wert. Die Pflege von kranken Kindern ist sehr häufig Gegenstand von Büchern, aber niemand hat bislang ernsthaft Überlegungen darüber angestellt, was passiert, wenn in einem wohlgeordneten Haushalt die Mami plötzlich Mumps bekommt. Kleine Kinder zu beaufsichtigen ist, besonders wenn sie sehr viel mit anderen Kindern zusammenkommen, wie eine Wanderung durch einen mit Fiebermücken verseuchten Sumpf. Die Viren, die Kinder nach Hause bringen, sind meist eher harmlos für die Kinder, nehmen aber Erwachsene oft ganz schön her. Den Kleinen läuft ein paar Tage die Nase, dann ist alles vorbei. *Wir* hingegen schleppen uns ewig mit grippeähnlichen Symptomen herum. Sie laufen für kurze Zeit mit einem geschwollenen Gesicht herum, schlecken Eis und sehen Popeye zu. *Wir* bekommen Mumps und fühlen uns, als hätte uns der große Hammer getroffen. *Sie* bekommen Windpocken, bei *uns* äußert sich das in einer schmerzhaften Gürtelrose. Und so weiter. Sie sind schließlich jung und kräftig. Wir sind alt und ziemlich mitgenommen. Zumindest bin ich es.

Berufstätige Mütter haben es besonders schwer. Der Ihnen allen bekannte Familienkrankheitszyklus läuft folgendermaßen ab: Zuerst werden die Kinder krank (nacheinander, versteht sich) und bringen so den ganzen Haushalt durcheinander. Dann wird Mami krank. Wenn sie wieder auf den Beinen ist, ist das Kindermädchen oder der Babysitter an der Reihe. Alle sitzen mürrisch und genesend herum und brüten über die unvermeidliche Tatsache nach, daß in genau einer Woche Papi wie das Phantom der Oper aussehen und sich ein paar Tage nur von Medikamenten ernähren und seine Pflichten vernachlässigen wird.

Kinder werden mit Recht gut umsorgt, wenn sie krank sind. Wollen sie den ganzen Tag schlafen, so dürfen sie das. Schon beim leisesten Wimmern wird ihnen zu jeder Tages- und Nachtzeit frisches Wasser gereicht. Eine spezielle Krankenkost wird zubereitet. Lauwarme Bäder kühlen den kleinen, erhitzten Körper ab. Kein Wunder, daß es ihnen so schnell wieder besser geht. Aber Eltern, besonders Mütter, haben niemanden, der sich um sie kümmert. Ihre Krankheit verläuft bei weitem nicht so zufriedenstellend wie die ihrer Kinder. Gegen sechs Uhr abends geht Mami dann schließlich zittrig und erschöpft mit dem Kind zum Arzt und krächzt heiser: »Ich glaube, ich habe diesen – ah, nein, Liebling, das Stethoskop des Onkel Doktors darf man nicht kaputtmachen – Virus, den die Kinder hatten, aufgeschnappt... Ich habe das Gefühl, mein Kopf zerspringt, ich glaube, ich habe auch Fieber, aber der Hund hat das Fieberthermometer kaputtgemacht – nein, Schätzchen, du bekommst ein Eis, wenn wir zu Hause sind, du sollst das Baby nicht stoßen –« Der Arzt antwortet: »Ah, hmhm, nichts Ernstes, Mrs. – Ah – einige Tage Bettruhe und alles ist vorbei. Bleiben Sie im Haus und gönnen Sie sich Ruhe.«

Ruhe? Der Arzt meint offensichtlich, diese arme Frau macht Sahnetorten im Dutzend für den örtlichen Kirchenbasar und schwimmt täglich vierzig Runden im Hallenbad. Er meint, sie könnte etwas kürzer treten, die Vorhangschabrakken einmal nicht mit der Hand stärken und die neuen Bettbezüge einfach später nähen. Er macht sich nicht klar, daß in einem Haushalt mit Kindern, eventuell auch noch im Vorschulalter, Zeit nicht etwas ist, was man im Überfluß hat. Sehr wenige Dinge in der täglichen Haushaltsroutine sind unnötig. Mami versucht wahrscheinlich seit etwa achtzehn Monaten ein- und dasselbe Buch fertigzulesen.

Auch wenn sie alles schleifen läßt, müssen Kinder angezogen, gewaschen, mit Essen versorgt, unterhalten, zur Schule gebracht oder beaufsichtigt und daran gehindert werden, aus den Fenstern zu klettern. Sie wollen ihre Fragen beantwortet haben. Sie wollen wissen, wie Raketen fliegen. Sie wollen in der frischen Luft spazierengehen, sonst werden sie unleidlich. Was meinte der Arzt mit »im Hause bleiben«? Was ist, wenn man in einer Wohnung wohnt?

Die Kinder müssen gebadet werden und brauchen einen sauberen Pyjama. Und am Morgen etwas Frisches zum Anziehen. Ihr Kopf pocht zum Zerspringen. Der einzige Hoffnungsschimmer besteht in der Möglichkeit, eine halbe Stunde auf der Couch zu liegen, während eine besonders spannende Folge einer Kinderserie läuft. Als strenge Bettruhe kann man das allerdings nicht unbedingt bezeichnen.

Was also tun, wenn Sie nicht so krank sind, daß es gerechtfertigt wäre, Ihren Mann von der Arbeit nach Hause zu holen oder eine Haushaltshilfe zu beantragen? Die kleineren Krankheiten, die Sie in Ihren kinderlosen Tagen mit ein, zwei Tagen Bettruhe und einem tröstlichen Whisky mit Zitrone hinter sich gebracht haben, sind zu einem Alptraum geworden. Niemand kümmert sich um Sie. Wenn eine Mutter altruistisch genug ist, sich durch den Tag zu schleppen, wird sie niemand daran hindern.

Es sei denn, Sie bitten um Hilfe. Das sollten Sie, es ist wirklich keine Schande. Eines Morgens, als ich allein war und um acht Uhr früh zum vierten Mal wegen einer Lebensmittelvergiftung erbrechen mußte, bemerkte ich, daß die Kinder allmählich unruhig wurden. Meine pseudo-fröhlichen Aufmunterungen durch die Toilettentür: »Ich bin gleich wieder draußen – macht euch keine Sorgen – hat Teddy schon sein Frühstück bekommen?« verloren ganz offensichtlich an Überzeugungskraft. Also stolperte ich mit weichen Knien zu meiner Nachbarin hinüber und sagte: »Ich schaff's nicht. Können Sie mit den Kindern reden, während sie frühstükken?« Dann ging ich schnurstracks ins Bett. Wie gut, daß ich so eine Nachbarin hatte. Keine Mutter sollte je mit den Leuten, die nebenan wohnen, verkracht sein. Liebe und verläßliche Freunde, die in acht Kilometer Entfernung wohnen, tun's nicht immer. Neben Nachbarn kommen auch Freunde, Großmütter und Lieblingsbabysitter in Betracht. Sie müssen nur bitten – schamlos.

Manchmal sind kleine Kinder wirklich sehr mitfühlend und helfen, wenn die Eltern krank sind. Nur müssen Sie auch hier wieder erst einmal erklären, daß es Ihnen schlecht geht. Ich kenne eine alleinerziehende Mutter, die sich mit einer schrecklichen Grippe herumquälte, ohne es jedoch ihren vierjährigen Sohn merken lassen zu wollen, daß sie sich krank fühlte. Er sollte sich um Gottes willen nicht beunruhigen. Das Kind konnte sich nicht erklären, warum die Mutter so aufbrausend und seltsam war und nicht wollte, daß er sie umarmte. Am dritten Tag schließlich brach er in Tränen aus und jammerte: »Mami, liebst du mich denn nicht mehr?« Als sie ihn ihrer Liebe versicherte und ihm erklärte, daß sie sich eben nur krank fühlte, war er so erleichtert, daß er sie begeistert umsorgte und den ganzen Nachmittag Wasser zum Trinken heranschleppte. Mädchen scheint die Vorstellung einer auf der Couch zusammengerollten Mami noch besser zu gefallen. Nur gelegentlich müssen Sie vielleicht aufspringen, um eine Katastrophe zu vermeiden. Es zahlt sich aus, Ihre Schwäche zu zeigen. Wenigstens ein bißchen.

Die einzige andere Strategie, die ich noch vorzuschlagen hätte, ist, für den Krankheitsfall etwas Neues, Aufregendes, Ruhiges in petto zu haben. Ich hatte immer so etwas aufgehoben, aber eigentlich war es gedacht, wenn die Kinder einmal krank würden. In einer Schachtel hebe ich Papierpuppen zum Ausschneiden, Puzzles, neue Buntstifte und so weiter auf. Die Realität hat gezeigt, daß Kinder solche Sachen, wenn sie selbst krank sind, gar nicht mögen. Da muß der gute, alte Plüschhase ran, das entsetzliche abgeschmuddelte Baumwolltuch zum Lutschen oder ein total abgespieltes Video von Asterix und Obelix. Erst wenn *Sie* krank sind, kommt die Überraschungsschachtel zum Einsatz. Dann können Sie leicht benommen auf der Couch vor sich hindösen, die Kinder aus dem Augenwinkel beobachten und auf bessere Tage hoffen. Schließlich ist jetzt niemand mehr da, der Ihnen das Leben schwer machen kann, nachdem die Kinder den Virus hatten, dann Ihr Mann und zuletzt auch noch die Tagesmutter. Oder? Und ehe Sie den nächsten Virus in Ihr Haus lassen, muß doch etwas Zeit vergehen, nicht wahr?

Nehmen Sie brav Ihre Vitamine. Die sollen ja helfen.

Mami verduftet

Dies ist ein subversives Kapitel. Es ist ein Schlag ins Gesicht von Konvention und Tradition. Es paßt nicht in das ordentliche Bild eines glücklichen Familienlebens. Wenn Sie es öffentlich vorlesen, dann sollten Sie lieber den Titel ändern, in etwas, was der Mutterrolle besser entspricht. Beispielsweise in

»FROTTEEWINDELN MACHEN SPASS«

oder in

»MATHEMATIK FÜR DEN FÖTUS IM MUTTERLEIB«.

So wird jeder Sie für eine richtige, pflichtbewußte Ehefrau und Mutter halten, die nicht im Traum auf die Idee käme, auf der Suche nach Abenteuern aus ihrem Nest zu flüchten. Denn hier geht's jetzt um Urlaub: Kurzurlaub, Wochenenden oder auch länger. Aber es geht nicht um Sandeimerchen und Schaufel und Freizeitparks, o nein! Auch nicht um die »zweiten Flitterwochen« oder die Wochenenden unter dem Motto »Entfliehen Sie dem Ehealltag«, während Großmama sich um die Kinder kümmert. Auch die mögen ihre Berechtigung haben, aber nach meiner Erfahrung läuft es immer nach einem bestimmten Schema ab, wenn Eltern von kleinen Kindern miteinander verreisen: Der eine telephoniert schniefend ununterbrochen nach Hause, während der andere aus reinem Schuldgefühl ganze Läden mit Designeroveralls und Spielzeug aufkauft.

Die beiden obengenannten Ferienkategorien erfreuen sich breitester gesellschaftlicher Billigung. Ferien mit Kindern – ah! wunderschön! Wochenenden allein mit dem Ehemann – ah! wunderschön! Es ist so wichtig, an der Ehe ständig zu arbeiten. Das kommt der ganzen Familie zugute, nicht wahr? Alle sind sich einig. Ich spreche jedoch über etwas Unerhörtes: Ferien *für Mütter – alleine*! Ich spreche über Frauen, die ganz bewußt, trotz der Schmähungen der Nachbarn und der hochgezogenen Augenbrauen der eigenen Mütter, verkünden, daß sie ein paar Tage ganz alleine wegfahren. Die Kinder können bei Papi bleiben, bei der Tante oder der Großmama oder ein paar Nächte bei Freunden unterkommen. Mami ist einfach mal nicht da. Das Ding im Korridor ist Mamis Reisetasche. *Auf Wiedersehen. Bis zum Montag.*

Ehe jetzt lauter Protest anhebt, wie man so etwas den armen Kindern antun kann, denken Sie erst mal nach: Mütter gehen ins Krankenhaus, um neue Babys zur Welt zu bringen. Manchmal sind sie deshalb eine Woche oder länger weg. Sie fahren weg, um ihre alten Eltern zu pflegen oder ihren Schwägerinnen mit den Babys zu helfen. Niemand käme auf die Idee, sie deswegen in Grund und Boden zu verdammen. Jeder gibt zu, daß Kinder, sofern sie einmal der Brust entwöhnt sind, kurze Trennungen von der Mutter ausgezeichnet überstehen, wenn die Beziehung an sich gut ist. Und daß sie eventuellen Unmut oder Unruhe sehr schnell wieder ablegen. Keiner verurteilt Sie, wenn Sie ein Familienmitglied pflegen oder ein weiteres Baby bekommen (nicht einmal, wenn Sie mit Ihrem Mann allein wegfahren), weil das alles ja schließlich gute Gründe sind. Solange sich Mütter mit Kindern für andere – egal für wen – aufopfern, stehen sie über jeder Kritik.

Männer stehen immer darüber. Ein Mann braucht schließlich seine Hobbys. Er braucht eine gewisse Zeit abseits von Frau und Kindern. Auch wenn er ohnehin den ganzen Tag nicht zu Hause ist, hat man Verständnis für das Segelwochenende mit seinen Freunden oder das Länderspiel in Italien. Aber die Mütter – das ist doch ganz etwas anderes. Als Mutter kann man sich doch nicht so einfach zum eigenen Vergnügen davonmachen, wenn man statt dessen Gurken in Hasenform schnippeln oder sich langatmige Geschichten von Roger Rabbit und all den anderen blöden Comics anhören sollte. Auch wenn Sie die übrigen dreihundertsechzig Tage im Jahr Ihren Mutterpflichten gewissenhaft nachkommen – ein Urlaub allein? Nein, da wird man dafür sorgen, daß Sie sich wie ein egoistisches Luder vorkommen. Und wir wollen jetzt diesen Unsinn ganz weit von uns weisen und klar, deutlich und selbstbewußt verkünden, daß ein Urlaub allein der Mutter, und damit auch der Familie guttut.

Schließlich sind wir auch nur Menschen. Unter dieser Schicht von ewig freundlicher Mütterlichkeit und lächelnd-beruhigendem Sachwissen in allen Lebenslagen sind wir auch nur die unsicheren, hoffnungsvollen, abenteuerlustigen Mädchen von damals. Wir sind nicht unzufrieden, wir haben nicht vor, die Familie für immer zu verlassen, geschweige denn mit lüsternem Blick einen jungen Mann zu erobern. Nichts läge uns ferner! Es ist einfach nur ein wunderbares Gefühl, einmal für ein paar Tage das Leben, das wir so sorgfältig aufgebaut haben, hinter uns zu lassen. Auf Wiedersehen Haus, auf Wiedersehen Garten, auf Wiedersehen pädagogisch wertvolle Spielsachen, die zu pädagogisch wertlosen Haufen aufgetürmt sind, auf Wiedersehen Peter Rabbit, auf Wiedersehen Telephon, Babysittergruppe und Schuldgeld in Umschlägen; auf Wiedersehen dem täglichen Kleinkram. Und weil die Kinder klein sind und höchstpersönlich die Verursacher des täglichen Kleinkrams sind, muß es auch ein Abschied von ihnen sein. Für ein paar Tage. Und auf Wiedersehen, Ehemann. Teils weil jemand die Stellung halten muß, und er das wahrscheinlich am besten kann, teils aber auch, weil jede verheiratete Frau gelegentlich aus dem Alltagstrott rauskommen muß, um sich zu erinnern, wer sie war, ehe sie Ehefrau und Mutter wurde.

Wohin soll's denn nun gehen? Kommt auf den Geschmack und den Geldbeutel an. Seit mein jüngstes Kind drei Jahre alt wurde, habe ich drei verschiedene Kurzurlaube ausprobiert. Beim ersten Mal startete ich zwei Tage vor dem alljährlichen Urlaub in Irland mit einem Zelt und einem Rucksack. Nachts schlief ich auf dem harten Boden, ganz allein auf einer entlegenen westlichen Insel, über mir nur den weiten Himmel. Der Vollmond erhellte die Nacht, Wolkenfetzen flogen über das Firmament. Tagsüber las ich *Pilgrims Progress*, wanderte, kaufte mir auf den Bauernhöfen Ziegenmilch und brutzelte meine Würstchen im Regen auf Zeltpflöcken über einem winzigen Campingkocher. Gewaschen habe ich mich nicht viel, sprang aber jeden Tag von einem warmen, flachen Felsen in das eisige Meer und rannte dann so lange herum, bis mich der Wind getrocknet hatte. Es gab keine Spiegel weit und breit.

Manchmal kamen andere Camper oder Wanderer vorbei, und wir plauderten ein bißchen. Aber zwei ganze Tage lang hatte ich keinen Zeitplan, niemanden, den ich zufriedenstellen mußte. Ich war nur für mich allein verantwortlich.

Danach, ich schwöre es Ihnen, war ich für ganze achtzehn Monate eine bessere Mutter. Ich habe mich an Dinge, Gedanken und Freiheiten erinnert, die ich seit meiner Hippiezeit als Teenager vergessen hatte. Ich wurde mehr wie eine große Schwester und habe mich lange nicht mehr so über die unvorstellbare Unordnung im Spielzimmer aufgeregt. Bereitwilliger ließ ich mich zu verrückten Spielen überreden, erfand sogar selber welche und war nicht mehr so darauf fixiert, die Kinder pünktlich ins Bett zu bringen.

Als die Wirkung nachließ, verbrachte ich ein ausgelassenes Wochenende in Schottland mit einer alten Schulfreundin und dem Versuch, Skilanglauf zu lernen. Wir schliefen in einer Hütte mit ziemlich ernsthaften Teenagern, die Proust lasen, und brachten Schimpf und Schande über uns, indem wir mit dem Royal Pioneer Corps Langlauf-Skiteam ausgiebige Zechgelage veranstalteten. Zu den Skigebieten wurden wir in einem abscheulichen roten alten Lastwagen gekarrt, wobei wir unanständige Lieder sangen und uns wieder wie sechzehn fühlten.

Als dieser Ausflug ein Jahr später nur mehr eine wehmütige Erinnerung war, genehmigte ich mir eine ganze Woche, kratzte ein paar Ersparnisse zusammen und heuerte als zahlendes Crewmitglied auf einem 100 Fuß Brixham Trawler zu den Hebriden an. Obwohl ich auf dieser Fahrt fast täglich eine halbe Flasche Scotch schluckte, mehr schlecht als recht versuchte, einer Pfeife Töne zu entlocken und bis ein Uhr morgens wehmütige Lieder zur gälischen Harfe sang, kam ich klaren Auges und vor Energie und Gesundheit strotzend nach Hause. Eigentlich fühlte ich mich nach all diesen unverantwortlichen Entgleisungen einfach wunderbar, nahm freudig mein ehrbares Leben wieder auf, schlief in einem richtigen Bett, trank brav nur alle vierzehn Tage ein Glas Wein und schnitt als besonderes Samstagabendvergnügen je zwanzig kleine Finger- und Fußnägel. Ich war viel netter zu meiner

Familie als zuvor und hatte erwiesenermaßen weniger Wutanfälle. Für das nächste Mal plane ich eine längere Wanderung.

Sie müssen es natürlich nicht so extrem treiben. Aber ich rate Ihnen auch nicht, nur faul am Strand zu liegen. Denn dabei werden Sie ständig daran denken, wie sehr das den Kindern gefallen würde. Selbst auf einer Gesundheitsfarm haben Sie vielleicht zu viel Zeit zum Nachdenken und für Schuldgefühle. Ideal ist ein Projekt, bei dem Sie etwas *tun* müssen, etwas lernen, sich einer Herausforderung stellen können, die absolut nichts mit Ihrem normalen Leben zu tun hat. Einen Kletterkurs beispielsweise. Oder Russisch. Es gibt Kurse, in denen man lernt, wie man einen Pferdewagen lenkt, und andere, in denen man zirkusreif werden und Jonglieren, Stelzengehen und Einradfahren lernen kann. Jeder, der mit Kindern unter acht zurechtkommt, kann auch das alles lernen. Wenn es wirklich etwas Besonderes sein soll, dann gibt es Kurse, wo man Ihnen ein Stück Holz und einen Meißel in die Hand drückt. Nach ein paar Tagen haben Sie unter Anleitung eines Lehrers eine Lockente geschnitzt, die Sie als Erinnerung mit nach Hause nehmen können. Fehlt es Ihnen an Geld, dann können Sie einer alleine lebenden Freundin die Wohnung ausmalen und abends mit ihr essen gehen.

Sie bekommen viele lange Wochenenden für den Preis von zwei Paar Jeans. Suchen Sie sich einen Kurs für Studenten aus, oder – wenn Sie wirklich gar kein Geld haben – gehen Sie mit einigen Freundinnen oder einer vergessenen Kusine auf eine lange Wanderung. Bei einer Radtour können Sie für ein paar Mark in einem Bauernhof übernachten, einen Zeichenblock mitnehmen und versuchen, ein passables Schwein zu zeichnen. Wenn Sie Wert auf angenehme weibliche Gesellschaft legen, in den Volkshochschulen gibt es Hunderte von Kursen. Viele Klöster bieten Unterkunft und Meditation an. Wollen Sie etwas für die Umwelt tun, dann schließen Sie sich einer Gruppe an, die freiwillige Helfer sucht. Sie können beim Restaurieren von alten Eisenbahnen helfen oder ein Feuchtbiotop anlegen.

Normalerweise machen das alles Studenten, aber es gibt

absolut keinen Grund, warum eine weggelaufene Mami das nicht tun könnte. Eine langjährige Freundin von mir ließ ihre sehr anspruchsvolle Familie (fünf Kinder unter acht) ein langes Wochenende allein, um jungen Straffälligen beizubringen, wie man in Kanus über Stromschnellen hinwegschießt. Alle berufsmäßigen Sozialarbeiter waren danach völlig erschöpft, aber sie strahlte, weil es etwas so ganz anderes gewesen war.

Was immer Sie tun, es wird um so mehr bringen, je mehr Sie auf zufällig zusammengewürfelte Erwachsene treffen. Wie schrecklich, wenn man in seinem Umkreis nur mehr Eltern mit Kleinkindern hat, Erwachsene, die gleich alt sind und im gleichen Viertel wohnen. Schon *ein* Einradfahrer oder ein Bauer erweitern Ihren Horizont. Eine der schönsten Erfahrungen während meiner Trawler-Woche war, daß ich mit Teenagern und Rentnern an den Tauen stand, mit überflüssig gewordenen Baumwollspinnereiarbeitern und Krankenschwestern, mit Einsamen und Schwachen. Plötzlich wurde mir wieder bewußt, daß es auch noch andere Menschen auf dieser Welt gibt als Mamis, Papis, Onkel, Tanten, Großmamas und Lehrer.

Und lassen Sie kein schlechtes Gewissen aufkommen. Schließlich kommen wir nach diesen Ausflügen frisch, fröhlich, aufgeschlossen und entzückt, die Kinder wieder zu sehen, zurück. Nach den paar Tagen Abwesenheit wundern Sie sich, wie nett sie sind, wie klug und schön und originell und liebevoll. Wie sagte doch der Dichter: *Was weiß der von England, der nur England kennt?* Wie können Sie die Freuden der Elternschaft genießen, wenn Sie jeden Tag mitten drin stekken?

»Mami ist auf 'ner Demo!«

Die Begleiterscheinungen, die ein Baby mit sich bringt, sind hinlänglich bekannt: gestörte Nachtruhe, Aufgabe der persönlichen Freiheit, Stolz und Entsetzen, Verwirrung, Panikanfälle in unregelmäßigem Wechsel mit überschäumender Freude, die Neigung, bei traurigen Nachrichten über Babys im Fernsehen in Tränen auszubrechen. Die Begleiterscheinungen, die ein Kleinkind im Haus mit sich bringt, sind uns ebenso vertraut: Spinat an der Zimmerdecke, Legobausteine in Ihren Schuhen, hysterisches Gekichere und die Neigung, wütend zu schimpfen, wenn im Fernsehen über Kindesmißbrauch berichtet wird. Aber was wir als Eltern am allerwenigsten erwartet hätten, ist unsere wunderbare Wandlung in Idole, Punchingbälle, Sicherheitspuffer, unbezahlte Wäscherinnen, aber auch in Aktivisten und Demonstranten. Oder können Sie mir auch nur eine einzige junge Mutter zeigen, die sich nicht mit irgend jemandem angelegt hätte?

Mit der Geburt eines eigenen Kindes entsteht zwischen der Mutter und allen Kindern dieser Welt eine unentrinnbare Beziehung, die auch die Sanfteste unter uns wild entschlossen auf die Barrikaden bringt. Vielleicht marschieren oder demonstrieren wir nicht direkt bei einer politischen Kampagne mit, aber wir opfern zumindest einen Abend, um einen scharfen Brief an die Lokalzeitung wegen gefährlicher Spielplatzbodenbeläge zu verfassen. Vielleicht schaffen wir es auf Grund einer familiären Mumpsepidemie niemals, den Brief wirklich aufzugeben, aber der Drang ist da. So demütig wir am Schultor auch aussehen mögen, tief in unserem Innern schlummert eine Johanna von Orleans, die es drängt, ihren Schrei nach Freiheit und Ehrbarkeit auszustoßen, dem Wunsch, die Gesellschaft möge Kinder und Eltern – und alle Menschen – besser behandeln, als sie es jetzt tut. Auffällig und zweifelsohne besonders nützlich ist, daß wir Kleinarbeit an der Basis leisten. Wir schließen uns nicht nur den großen, weltumfassenden Kampagnen an, sondern kümmern uns vor allem um die kleinen, lokalen oder umweltschützenden Themen, die so wichtig sind für die Gemeinden.

Nehmen wir als Beispiel einmal mich. Ich bin ein gemäßigter, neutraler Mensch. Es wäre mir ein Alptraum, in einen Rat oder einen Vorstand gewählt zu werden, oder (mein Schrekken aller Schrecken), daß ich im Parlament Verantwortung tragen müßte. Und doch bin ich momentan in nicht weniger als sechs lokalen oder umweltschutzpolitischen Streitfragen aktiv tätig und habe eben einen weiteren zänkischen Brief an den Direktor für Freizeitgestaltung verfaßt. Ich kenne viele andere Frauen, die an der gleichen Krankheit leiden: Eine Zeitschriftenredakteurin, lieb, nett und normalerweise gar nicht aufmüpfig, fand sich in einem Krankenhaus wieder, das geschlossen werden sollte, und sang: *Wir weichen nicht von hier.* Ein vor fünf Jahren noch sorgloses Discomädchen verhinderte im Alleingang, daß eine geplante Straße mitten durch ein Wohngebiet mit Spielstraße gebaut wurde. Es ist ein fast unausweichliches Schicksal: Wenn wir Kinder auf die Welt gebracht haben, scheinen wir automatisch darauf programmiert zu sein, unseren Teil dazu beizutragen, daß diese Welt auch noch für unsere Kinder eine lebenswerte Welt sein wird. Wie glücklich, sorglos und unpolitisch wir auch gewesen sein mögen, in uns tickt eine Zeitbombe sozialen Verantwortungsbewußtseins, und die Geburt hat sie ausgelöst. WUMM! »Sehr geehrte Herren, hiermit möchte ich Sie auf den erbärmlichen und gefährlichen Zustand der Toiletten am alten Sportplatz hinweisen –.« Zumindest für uns ältere Mütter der neunziger Jahre ist Protest etwas ganz Natürliches. Wir sind Überbleibsel der Hippie-Zeiten und sind damals schon ausgezogen, um die Welt zu retten. Wir können immer noch Joan-Baez-Lieder singen, um uns aufzuheitern, während wir auf den hohen Herrn vom Planungsreferat hoffen, der uns schon so lange warten läßt. Einige von uns tragen immer noch dieselben ausgebeulten Jeans (zumindest heimlich). Die jüngeren Mütter, das muß ich auch einmal sagen, machen einen etwas verwirrten Eindruck, wenn Handlungsbedarf angesagt ist. Vor einer Londoner Entbindungsstation, der die Schließung drohte, traf ich eine verwirrt dreinblikkende junge Frau mit einem Baby und einem Demoplakat mit harten Worten. Verschämt gestand sie: »Ich weiß nicht, was ich hier tue. Ich dachte, ich wäre ein Yuppie.« Resigniert faßte sie unter ihr Babytragetuch. »Aber diese Mistkerle wollen die Station hier schließen. Die Schwestern sind einfach Spitze hier, und ich sehe gar nicht ein, daß ich bei meinem nächsten Baby acht Kilometer weiter fahren soll, also...« Hatte sie eben neidisch auf mein »Rettet-die-Wale«-Abzeichen und meinen abgetragenen »Vollkornponcho« geschaut? Sie war auf dem richtigen Weg. Noch ein Baby, und sie würde sicher eine fronterfahrene Kämpferin sein.

Wenn Sie in einer angenehmen Umgebung mit einem Park und schönen Spielplätzen wohnen, dann mag es wohl länger dauern, ehe Ihr Protestpegel über aufgebrachte Kommentare zu den Fernsehnachrichten hinaus ansteigt. Die aktive Politik, auch der Einsatz auf lokaler Ebene, ist eine ernsthafte Herausforderung, wenn Sie Kinder unter fünf haben. Aber wenn sie älter sind und in die Schule gehen, ändert sich alles. Dann haben Sie mehr Zeit, die Reste vom Mittagessen von der Wand zu kratzen und nachzudenken. Eine seltsame Ruhe liegt über dem Haus, denn selbst wenn die Kinder zu Hause sind, wollen sie jetzt oft alleine spielen. Und Sie haben vielleicht zum ersten Mal seit Jahren Zeit, in Ruhe die Zeitung zu lesen und dabei festzustellen, wie sehr die Welt unsere Hilfe braucht. Sie sehen die Welt mit anderen Augen, klar und ohne Zynismus, geschult durch den Umgang mit der Unschuld der Kindheit. Und Sie sind entsetzt.

Mit dem Beginn der Schulzeit werden Ihre Kinder unwiderruflich in den Strom der Gesellschaft gesogen. Kein Mensch kann nur für sich alleine leben, und Erstkläßlereltern schon gar nicht. Plötzlich sehen Sie in die frischen, optimistischen Gesichter dieser Kinder und spüren mit nie gekanntem Nachdruck, daß Sie die Welt für diese Kinder in Ordnung bringen müssen. Ein Bericht, in dem es heißt, ein Drittel aller Schulen entspräche nicht den Anforderungen, bekommt eine neue, schreckliche Bedeutung. Das würde ja auch, auf die Schüler übertragen, heißen, daß eines von drei dieser aufgeweckten, gescheiten, wißbegierigen Kinder nicht weiterkommt, einfach fallengelassen wird. In der Dritten Welt gibt es Schulen, in denen sich acht Schüler einen Bleistift teilen müssen. Sie lesen das und werfen einen Blick hinüber zu Ihrem eigenen Kind, das Filzstifte in Hülle und Fülle hat. Panik befällt Sie. Jetzt haben Sie die Wahl. Entweder gehen Sie die Sache global an und arbeiten gegen die Zerstörung der Ozonschicht und gegen den Elfenbeinhandel. Oder Sie ziehen die lokale Ebene vor, versuchen Geld aufzutreiben für ein neues Ultraschallgerät für das Krankenhaus, setzen sich ein für gesündere Nahrungsmittel und bringen den Gemeinderat dazu, etwas gegen den Hundekot im Park zu tun (Die Antwort des Gemeinderats wird wahrscheinlich sein, daß die Firma Baulöwe & Baulöwe ein Bürogebäude auf das Parkgelände setzt. Da haben Sie den nächsten Grund für eine Kampagne). Aber ich möchte wetten, daß Sie, auf welcher Seite und Ebene auch immer, schließlich *irgend etwas* tun. Ich kenne berufstätige Mütter, die nach einem harten Arbeitstag im Büro nach Hause kommen, ihre Kinder zu Bett bringen und sich dann erst hinsetzen und die Tagesordnung für die nächste Sitzung des Ausschusses »Eltern gegen giftigen Sondermüll« ausarbeiten. All das ist natürlich großartig. Keine Interessengruppe, keine soziale Einrichtung könnte ohne die idealistische, unbezahlte Hilfe und Unterstützung von motivierten Eltern längere Zeit überleben und im besonderen wahrscheinlich nicht ohne die Frauen: Frauen, die zu Hause sind, ein Telephon haben und einen flexiblen (wenn auch hektischen) Tagesablauf mit Kindern und eventuell Teilzeitarbeit. Vor allem lokale Anliegen profitieren von entschlossenen Müttern mit glänzenden Augen. Wenn man tagtäglich in eine ganz andere Umgebung zur Arbeit fährt, kann sich nie so ein geballter Zorn über lokale Mißstände aufbauen, der einen dazu bringt, gegen eine Behörde zu Felde zu ziehen. Es ist schwierig, sich vor einen Bulldozer zu legen, um eine Wildblumenwiese zu retten. Das Fernsehen könnte ja vor Ort sein, und der Chef würde ganz schön schauen. Aber zu Hause mit einem Kind sind Sie genau richtig. Und Kleinkinder lieben Aktionen des zivilen Ungehorsams. Wenn Sie jedoch neu sind im Demo-Geschäft und Ihnen die Vorstellung gefällt, Ihre »Haus- und Hof«-Jahre dazu zu verwenden, die Welt zu verändern, dann gibt es ein paar Fußangeln, von denen Sie wissen sollten.

Da wäre zunächst einmal die *Zeit*. Zu Beginn einer Kampagne sollten Sie nie den Fehler machen, alles alleine auf Ihre Schultern nehmen zu wollen. Wird Hilfe angeboten, greifen Sie schamlos zu. Die meisten lokalen Protestaktionen scheitern an Zeitmangel. Da gab es einmal einen kleinen Teich, nichts Besonderes, aber sauber, und die Kinder liebten ihn. Er sollte zugeschüttet werden. Wochenlang bemühten sich alle geschlossen, das zu verhindern, sammelten Geld und Unterschriften. Dann kam Weihnachten, und die übliche Grippe ging reihum. Plötzlich gab es eine öffentliche Bekanntmachung, als alle etwas anderes im Kopf hatten. Bevor der Elternprotest sich wieder formiert hatte, war aus dem Teich ein Parkplatz geworden. Auch den besten Kampagnen geht manchmal die Luft aus.

Die Organisation ist das nächste Problem, weil sie, ganz offen gesagt, eine furchtbar langweilige Arbeit ist. Viele von uns, die früher berufstätig waren, sind so froh, es zu Hause einmal nicht mit Terminkalendern, Katalogen und endlosen Besprechungen zu tun zu haben. Berufstätige Mütter, die den ganzen Tag im Büro verbringen, ziehen es vor, bei irgendwelchen Aktionen Fähnchen zu verkaufen oder Tapeziertische abzuschrubben, nur um nichts mit Listen, Nummern und Namen zu tun zu haben. Warum auch nicht einmal den Stolz herunterschlucken und einen pensionierten Buchhalter oder Bankangestellten bitten, ob er nicht als ehrenamtlicher Generalsekretär fungieren möchte? Viele Männer fühlen sich gebauchpinselt, und so entstand in Birmingham einmal eine florierende Spielgruppe mit einem pensionierten Oberstleutnant als Sekretär. »Der einzige Haken an der Sache«, gestand mir eine der Mütter, »war, daß er darauf bestand, daß Inventarlisten von den nicht verkauften Flohmarktsachen angefertigt wurden.« Aber immerhin war er es auch, der die Einnahmen des Flohmarktes verdoppelte, indem er die restliche Kleidung zu einem guten Preis an eine Teppichfirma losbrachte.

Heutzutage läuft alles global. Die großen Organisationen

und Wohlfahrtsinstitutionen sind so gut organisiert, daß man leicht den Eindruck bekommen kann, man brauchte nur in einem Telefonanruf seine Kreditkartennummer anzugeben, Mitglied zu werden, und sie würden den Rest tun. Die Nachrichten laufen so schnell um den Erdball, daß unsere kleinen Bemühungen manchmal sinnlos erscheinen. Zynische Menschen betrachten verächtlich Ihren Komposthaufen und Ihr Fahrrad und fragen Sie herablassend, wie viele Regenwälder Sie denn heute morgen schon gerettet hätten. Sie haben unrecht. Jede kleinste Bemühung hilft. Aber der Moral der Mütter (die ohnehin im besten Fall unterschätzte Kreaturen sind) tut es gut, auch bei einer ganz konkreten, lokalen Aktion ihren Einsatz zu bringen.

Publicity für eine bestimmte Sache ist ein Thema für sich, und auch ein Problem für sich. Ein großer Vorteil, den Mütter haben, die sich für eine Sache einsetzen, ist, daß sich Zeitungsleute immer auf photogene kleine Kinder stürzen. Eine Zeitung, die keinerlei Interesse zeigt, Ihre Aktion an die Öffentlichkeit zu tragen, wird wahrscheinlich nur allzugern vor Ort vertreten sein, wenn Sie lächelnde Kindergesichter (oder noch besser verzweifelte Kindergesichter) bieten können. Wenn Sie sich auf diesen Pfad begeben – und Sie haben, sobald die Kinder etwas größer und schon befangen sind, sicherlich zunächst kein allzu gutes Gefühl dabei –, dann sollten Sie sichergehen, daß die Photographen *Ihre* Spielregeln beachten. Journalisten haben Ihnen nichts vorzuschreiben – vergessen Sie das nie. »Der goldlockige Kevin, 5, weint, weil sein Lieblingsspielplatz geschlossen werden soll.« Lautet die Bildunterschrift so, dann sollte es auch so gewesen sein. Und der goldlockige Kevin, 5, sollte nicht geheult haben, weil ihm der Photoreporter ein Zoomobjektiv direkt vor die Nase gehalten hat. Publicity, bei der Kinder zu schamlos ausgenutzt wurden, hinterläßt einen schalen Nachgeschmack. Sie werden sich hohl, ausgebeutet und erschöpft fühlen. Was als Spaß begonnen hatte, kann später schnell in Persönlichkeitsverletzungen umkippen. Denken Sie daran, daß Bilder weitergegeben werden. Das Photo, das Ihnen nicht paßte, kann immer wieder auftauchen, kann zum Symbol für die Spielplatzkampagne werden. Und Ihnen wird es ewig leid tun, ganz zu schweigen von Kevin, der das Photo scheußlich findet.

Ich möchte eine Empfehlung an betroffene Eltern aussprechen, die vielleicht überrascht und sicher gegen meine Interessen als Journalistin ist. Als Mutter jedoch kann ich nicht anders. Ist Ihr Kind ernsthaft krank, schlimm verletzt oder nach einem Angriff unter schwerem Schock, dann sollten Sie es unter keinen Umständen für die Zeitung photographieren oder fürs Fernsehen filmen lassen. Ein Photo in der Zeitung ist aber sehr hilfreich, wenn z. B. ein Kind vermißt wird. In diesem Fall können Photos helfen, es wiederzufinden. Aber wenn ich ein Baby oder ein Kind auf der Intensivstation hätte, und wäre die Krankheit noch so selten, das Geld noch so nötig, die Transplantation noch so dringend, ich würde keine Kamera auch nur in einem halben Kilometer Umkreis an das Kind heranlassen. Ich spreche als ein Mensch, der viel mit Kamerateams zu tun hatte und sie stets eingesetzt hat, wenn es nötig und verantwortbar war. Manche Familien kommen mit dem Druck der plötzlichen rührseligen Berühmtheit gut zurecht, andere wieder gar nicht. Auf jeden Fall müssen Sie mit einer gewissen psychischen Belastung leben. Und denken Sie daran, daß es Ihr gutes Recht ist, die Reporter mit einem alten Photo abzuspeisen, als es dem Kind noch gut ging. Oder ein Photo von den Geschwistern oder der Schulmannschaft. Kein Kind sollte ein Werbeplakat oder eine billige Sensationsmeldung für die Haupteinschaltzeit sein müssen.

Ein anderes Problem für alle unerfahrenen Aktivisten ist der Zorn. Ihr eigener Zorn, Ihre eigene Wut. Viele Menschen haben sehr viel unterdrückten Zorn in sich, Wut auf den Zustand unserer Welt, gepaart mit Ängsten um unsere Kinder. Aber wir verspüren auch nicht so gut unterdrückte Frustrationen, weil die besagten Kinder all unsere Geduld aufsaugen und nicht viel als Ersatz dafür bieten. Ihr durchaus legitimes Verbraucher-, Bürger- oder weltpolitisches Anliegen läuft also Gefahr, von Ihrem Zorn förmlich überrannt zu werden. Dann passiert es schnell, daß Sie zu massiv vorgehen, ohne vorher die Fakten überprüft zu haben. Besonders, wenn Sie sich deswegen womöglich auch noch eine Nacht um die Ohren geschlagen haben. So mancher höhere Beamte hat sich zu seiner Überraschung in Briefen als schlimmster Übeltäter seit Hitler beschimpft gesehen, obwohl seine Behörde den Mißstand längst aus dem Weg geräumt hat. Zählen Sie also bis zehn, bleiben Sie ruhig und prüfen Sie nach, ob die Fakten noch stimmen. Und *dann* schießen Sie los!

Noch etwas zum Schluß: Stellen Sie sich darauf ein, daß die Kampagne ein Schlag ins Wasser werden könnte und Sie das zur Verzweiflung bringen wird. Für jede gerettete Wiese, jede zur Rechenschaft gezogene Wasserbehörde, jede Zwergschule, die nicht geschlossen wird, jede Chemikalie, die verboten, und jedes Unrecht, das gesühnt wird, gibt es mindestens einen niederschmetternden Fehlschlag. Dann können Sie nur Ihre Kinder anschauen, Hoffnung schöpfen und von neuem anfangen. Die Kinder sollen das auch mitbekommen. Sie sollten ihnen die Sachlage so fair wie möglich erklären. Denn so lange ist es nicht hin, bis sie erwachsen sind und diese Probleme selbst übernehmen müssen. Eine gute Faustregel, die Dinge so objektiv wie möglich darzulegen, ist: Geben Sie der Gegenseite immer ein wenig mehr Gewicht, als Sie es eigentlich für richtig halten (»Natürlich würden die Bauern nicht so viel Geld bekommen, wenn sie auch gegen die Reihenhäuser wären. Und sie haben Angst, nicht genug für ihre Familien zu haben... Nun, die Weißen in Südafrika glauben schon, daß sie die Schwarzen korrekt behandeln...«). Oktroyieren Sie den Kindern Ihre Meinung nicht auf, aber geben Sie Denkanstöße. Fragen Sie sie nach ihren Vorstellungen, und lassen Sie sie an Ihren teilhaben. Und wenn Ihr Kreuzzug vergeblich war, das Elektrizitätswerk schließlich doch gebaut wird und die schönen Bäume der neuen Straße weichen müssen, dann denken Sie daran, daß Ihre Kinder ebenso wie Sie das Recht haben, darüber nachzugrübeln. Versuchen Sie nicht, Ihren Mißerfolg zu verbergen. Die Kinder sind als nächstes dran, und es schadet ihnen nicht zu wissen, daß die Sache schiefgegangen ist. So sehen sie auch, daß manche Dinge – sehr viele Dinge – wert sind, bekämpft zu werden, auch wenn dieses Bemühen nicht immer von Erfolg gekrönt ist.

War das alles? Das letzte Baby

Stellen Sie sich eine Gruppe von Freundinnen vor, alle in der Nachbarschaft. Sie hatten alle ihr erstes Baby ungefähr um die gleiche Zeit, saßen beim Kaffee zusammen und tauschten Erfahrungen über Muttermilch und erste Zähne aus. Dann kam eine nach der anderen mit der zweiten Schwangerschaft. Die Geschwister waren da. Die Kinder wurden größer, gingen gegenseitig zu den Geburtstagsfeiern, besuchten zusammen den Kindergarten und waren später in derselben Klasse. Alles ganz normal: die klassische Familie mit zwei Kindern. Alle hatten genug Platz in ihrem Auto, ausreichend Sicherheitsgurte, genügend Etagenbetten, wenn die Nachbarskinder über Nacht bleiben wollten. Die Mütter bekamen allmählich wieder die Figur zurück.

Dann, eines schicksalträchtigen Tages, gähnte eine der Mütter, lehnte Kaffee und Alkohol ab und verabschiedete sich früh am Abend: »Nun, ja, warum sage ich es euch nicht gleich… also, wißt ihr…« Bestürzung, Klatsch, Neid. Eine Unruhe machte sich in der Gruppe breit, die Ehemänner rutschten unruhig auf ihren Plätzen und blickten verstohlen zur Seite. Nichtschwangere Mütter sahen mit Mißmut, daß ihre jüngsten Kinder so schnell in die Höhe schossen, schlank und groß wurden. Die Zeit der Windeln und des Laufstalls war vorbei. Die Mütter machten einen Umweg zu der Entbindungsstation des Krankenhauses, sahen zu den Fenstern hinauf und überlegten sich, wie es wohl sein würde, noch einmal dort zu liegen, dickbauchig, nervös und aufgeregt, um ein paar Tage später mit einem neuen Erdenbürger in den Armen wieder nach Hause zu gehen. Die Frauen, die ein schönes Geburtserlebnis hatten und sich mit den Vorgängen zuvor intensiv beschäftigt hatten, waren bekümmert, daß all die wunderbaren Vorrichtungen in ihrem Körper – Eier, Eileiter, Gebärmutter – noch da waren, aber nie mehr zum Einsatz kommen und statt dessen in klimakterischer Nutzlosigkeit dahinwelken sollten. Sollte dieser warme, gemütliche Schoß, der noch so perfekt in Schuß war und nur zwei sorgsame Vorbesitzer hatte, nie mehr einen Mieter aufnehmen? Diese Brüste nie mehr ein Baby stillen? Und was war mit den Babysachen, der Rassel, dem Laufstall, dem Buggy... sollte da nicht auch einmal eine Entscheidung getroffen werden?

Die Geschichte kann so und so ausgehen. Wahrscheinlich überwanden die meisten ihre wehmütige Phase und gaben sich damit zufrieden, das neue Baby der Freundin zu herzen. Einige Frauen folgten ihrem Beispiel und machten sich daran, ihren langgehegten Geheimplan, mehr Kinder zu haben, in die Tat umzusetzen. Wenn sie das taten, mußten sie bemerken, daß die Gesellschaft heute eine Familie mit vier oder fünf Kindern eher schief ansieht, es quasi als perverse Zügellosigkeit betrachtet. Freunde, die zuvor häufig und gerne zwei Erwachsene und zwei Kinder zu sich einluden, schrecken jetzt vor so vielen Personen zurück und brechen den Kontakt ab. Die vielköpfige Familie selbst wird die Freuden der Gemeinsamkeit genießen können, den engen Zusammenhalt und die Tatsache, daß immer jemand da ist, der das neue Baby schaukelt.

Was ich damit sagen will? Weil das zwanzigste Jahrhundert uns mehr medizinische Möglichkeiten als je zuvor gegeben hat, können sich Ehepaare, anders als unsere Großmütter, viel länger die Frage stellen: »War das mein letztes Baby?« Es ist eine erstaunlich schmerzliche Frage. Abgesehen von der Sehnsucht, noch einmal ein kleines Wesen mit Daunenflaum auf dem Kopf in den Armen zu wiegen, noch einmal das erste Lächeln zu erkennen, noch ehe es eines ist, noch einmal zwei stramme Beinchen strampeln zu sehen, haben viele von uns ein ungutes Gefühl dabei, unsere Familie künstlich zu begrenzen. Das ungute Gefühl verstärkt sich noch dazu mit der Anzahl der Kinder. Zwar mag es einsichtig, praktisch und absolut vernünftig sein, einen Schlußstrich zu ziehen, wenn es Ihre Finanzen, Ihre Lebensumstände und Ihre Wohnverhältnisse gebieten, aber Vernunft ist eben doch nicht alles. Haben Sie einmal einen so engen Kontakt mit elementaren Lebenskräften gehabt, wie ihn eine Mutter bei der Geburt ihres Kindes hat, dann verliert der gesunde Menschenverstand etwas von seiner Anziehungskraft. Wir haben neues Leben in uns gespürt, haben uns seinetwegen geängstigt, haben es geschützt, uns danach gesehnt, es schließlich schmerzhaft-triumphierend auf die Welt gebracht und an unseren Brüsten gesäugt. Wir haben es auf ganz unvernünftige Weise geliebt. Sehen Sie sich einmal eine blasse Mutter und einen Vater an, die vor einem armseligen Würmchen in einem Brutkasten stehen und sich nichts so sehr wünschen, wie daß es am Leben bleiben möge, selbst wenn es behindert wäre. Sie werden zugeben, daß das mit berechnendem Kalkül wenig zu tun hat. Auch wenn wir Witze über Entbindungsstationen reißen und uns über die ewigen Windeln und die nächtliche Ruhestörung beklagen, so haben wir doch nie die insgeheime Ehrfurcht vor dem Geburtserlebnis abgelegt. Nie werden wir jemals wieder etwas Bedeutsameres erleben.

Ein entschlossenes »Nein« zu einem weiteren Kind ist in gewisser Hinsicht sicher sehr vernünftig. Auf einer anderen, nur halb bewußten Ebene ist es hingegen eine Ungeheuerlichkeit gegen die Natur.

Außerdem steckt in jedem von uns ein gutes Stück Peter Pan. Schließlich schließen wir mit einem wichtigen Kapitel unseres Lebens ab, wenn wir keine »jungen Mütter« mehr sind, wenn wir unsere Kinder groß werden und zur Schule gehen lassen, wenn wir Töpfchen, Kinderstuhl und Strampelhosen weggeben. Das Leben mit neugeborenen Babys und atemberaubend schnell wachsenden, verrückten Kleinkindern war eine aufregende, ermüdende Reise, manchmal monoton, manchmal angsterfüllt, aber immer wundervoll. Etwa so wie eine Atlantiküberquerung oder die Erschließung eines undurchdringlichen Regenwaldes. Und wie immer, wenn eine große Reise zu Ende geht, überkommt uns ein Gefühl der Traurigkeit und des Verlustes – und die Erkenntnis, daß wir älter geworden sind. Das Leben mit größer werdenden Kindern ist in vieler Hinsicht, im Gefühlsbereich und intellektuell gesehen, viel anspruchsvoller. Dieses ganze Buch handelt von diesen Ansprüchen, und es war schwieriger und mühsamer zu schreiben als das erste Buch über Babys. Ihre Kinder werden groß, und Sie müssen das akzeptieren. Die

Versuchung, noch ein Baby zu haben, das mit Milch, Liebe und ein bißchen Knuddeln zufrieden ist, kann ein Fluchtversuch sein. Nicht alle Eltern mit mehreren Kindern sind so, aber einige vernachlässigen ihre älteren Kinder und konzentrieren sich ausschließlich auf das neue Baby. Es gibt Leute, die schreiben seit ewigen Zeiten an einem Roman und sind nie über das erste Kapitel hinausgekommen. Manche Frauen schieben ihre kleinen Kinder quasi als Entschuldigung vor. Wie sagte doch eine Frau, als ihr Jüngster zwei wurde: »Jetzt wird's kritisch. Entweder muß ich jetzt wieder schwanger oder wieder schlank werden.« Einigen Frauen graut es auch davor, an einen stumpfsinnigen Arbeitsplatz zurückzukehren, nachdem sie ihren Haushalt perfekt organisiert und Spaß an der Arbeit haben. Aber sie haben ohne die Entschuldigung, ein kleines Kind zu haben, nicht den Mut, zu Hause zu bleiben.

Und einige denken so wie Mrs. Victoria Gillick, die katholische Kämpferin gegen Geburtenkontrolle, die einmal in einem Interview etwas gesagt hat, was mir nie mehr aus dem Kopf gehen wird. Sie sprach von ihren zwölf Kindern. (Ich habe neun davon kennengelernt. Was immer man von ihr halten mag, auf ihre Kinder können sie und ihr Mann Gordon stolz sein.) Mrs. Gillick erklärte, eine Familie zu haben sei wie eine Party zu geben. Entweder kann man eine wohlgeordnete Einladung zum Essen geben mit perfekt gedecktem Tisch und Einladungen, bei denen »um Antwort gebeten« wird. Oder man kann einfach sein Haus allen öffnen, alle willkommen heißen, die auftauchen, und den Abend genießen.

Nennen Sie es verantwortungslos, wenn Sie wollen, eine Einstellung, für Armut und sozialen Abstieg geradezu prädestiniert. Als Lebensphilosophie kann man dieser Einstellung die Würde jedoch nicht absprechen. Die Idee, die Familie als ein großes Fest zu sehen, zu dem der liebe Gott oder das Schicksal die Gäste schickt, hat was für sich. Wenn Sie selbst aus einer großen, verrückten Familie kommen, liegt Ihnen die Vorstellung wahrscheinlich noch näher. Mindestens zwei meiner Brüder, so wurde mir versichert, waren nicht geplant, aber der Gedanke einer Welt ohne die beiden erfüllt mich mit Entsetzen. Wie viele verpaßte Chancen, wie viele nicht gemachte Witze, wie viele nicht gespielte Hauskonzerte! Wie viele nie geborene Neffen und Nichten. Wenn ich jetzt einen Schlußstrich ziehe – operativ, chemisch oder wie auch immer – wie viele wunderbare menschliche Geschöpfe lauern da ungeboren im Nichts. Sie hatten nicht einmal eine Chance.

Romantische, gluckige Gefühlsduselei, sagen Sie? Wie steht's mit der Überbevölkerung? Mit den Kosten für die Ausbildung? Es gibt ein Dutzend gute Gründe, die Familie klein zu halten, und nur ein sehr vages ungutes Gefühl oder eine sehr persönliche Vorliebe, es nicht zu tun. Aber können Sie allen Ernstes leugnen, daß Sie selbst auch schon einmal dieses Verlangen verspürten? Und wenn es doch da war, haben Sie es dann rasch verdrängt, so getan, als wäre nichts gewesen, und rasch ein paar wohlgeordnete Kommentare von sich gegeben wie »... freue mich schon, wieder mehr Zeit für mich zu haben«. Und nachdem Sie das gesagt hatten, erfüllte Sie da nicht zumindest eine Zeitlang eine gewisse Traurigkeit? Begegnen Sie nicht jedem nach Milch und Vertrauen duftenden Baby mit ein wenig Wehmut, vor allem, wenn Sie an die streitbare Rasselbande denken, die zu Hause auf Sie wartet? Ist Ihre Antwort ein klares NEIN, dann muß man Sie beglückwünschen. Ihr seelisches Gleichgewicht ist in einem besseren Zustand als das der meisten Frauen – zumindest besser als meines. Aber warum sollten Sie es andererseits verleugnen, wenn Sie diese seltsame, kosmische Traurigkeit erfüllt, die Frauen verspüren, die – aus welchen Gründen auch immer – sich entschlossen haben, keine Kinder mehr zu bekommen. Leiden Sie nicht alleine vor sich hin! Verdonnern Sie sich nicht zu Jubel, Trubel, Heiterkeit! Sprechen Sie über dieses Gefühl, schwelgen Sie darin, und wenn Ihr Mann eine finanzielle Misere heraufziehen sieht, dann erklären Sie ihm, daß Sie ihn damit nicht unter Druck setzen wollen, sondern einfach Trauerarbeit leisten müssen, für etwas, das nicht sein kann und wird. Man empfiehlt uns dringlichst, doch jede noch so ausgefallene sexuelle Phantasie auszuleben. Die Sehnsucht nach einem weiteren Geburtserlebnis sollen wir dagegen einfach unter den Tisch kehren. Wie absurd! Also geben Sie sich der bittersüßen Mischung aus Erinnerung und Sehnsucht hin, und fragen Sie sich, wie dieses andere Baby – das Phantom, das nie gezeugte Baby – wohl ausgesehen hätte. Trauern Sie, wenn Ihnen danach zumute ist. Eine Frau, die gerne ein Kind haben möchte, auch wenn sie schon sechs hat, ist nichts Ungewöhnliches, Abartiges oder Unnatürliches. Das ist nur das Leben, das versucht, herauszukommen. Sie können es verdrängen, aber nicht seine Kraft verleugnen.

Der andere Weg aus dem Dilemma ist natürlich, Vorsicht, Spirale und Pille in den Wind zu schreiben und doch noch ein Baby zu bekommen. Aber das ist eine andere Geschichte.

Zu guter Letzt…

- Mozart komponierte bereits mit fünf Jahren. Ebenso Dolly Parton.
- Der Historiker Thomas Macaulay, der mit drei Jahren fließend lesen konnte, schrieb in den Monaten vor seinem siebten Geburtstag ein Traktat, mit dem er die Eingeborenen von Malabar zum Christentum bekehren wollte. Es ist nicht überliefert, ob dem Werk Erfolg beschieden war.
- John Stuart Mill sprach schon vor seinem vierten Lebensjahr griechisch, schrieb mit sechseinhalb eine Geschichte Roms, beklagte aber später seine verlorene Kindheit.
- Ein durchschnittliches vierjähriges Kind kennt 1500 Wörter. Mit fünf sind es 2072, mit sechs 2562. Es ist nicht bekannt, wie viele davon unanständig sind.
- Ludwig XIV., der Sonnenkönig, bestieg vier Monate vor seinem fünften Geburtstag den Thron und wurde als Führer (und dem Gesetz nach als Besitzer) von neunzehn Millionen Menschen bejubelt. Er ertrank jedoch beinahe in einem Teich, weil er einmal unbeaufsichtigt war.
- Paul Klee, der Schweizer Maler, malte mit vier Jahren so verbissen, daß er Angstzustände bekam. Er dachte, die Teufel, die er gemalt hatte, wären lebendig geworden und in ihn gefahren.
- Der derzeitige Dalai Lama wurde mit fünf Jahren inthronisiert. Der heilige Beda trat mit sieben in sein Kloster ein.
- Busby Berkeley trat mit fünf Jahren auf. Ebenso der Akrobat Blondin und Vesta Tilley, die schon sehr früh anfing: Sie trat in Männerkleidung auf, samt einem artigen kleinen Oberlippenbart. Shirley Temple bekam ihren ersten Oscar mit sechs. Fred Astaire stand mit sieben auf der Bühne.

Ilse Achilles

». . . und um mich kümmert sich keiner«

Die Situation der Geschwister behinderter Kinder. 219 Seiten. SP 2198

Geschwister behinderter Kinder müssen vieles lernen und können. Oft werden ihnen zu früh und zuviel Pflichten aufgebürdet, Rücksichtnahme und Verantwortung abverlangt. In manchen Familien sind sie nicht nur Spielgefährten, Babysitter und Freund des behinderten Geschwisters, sondern auch sein Pfleger, Lehrer, Co-Therapeut und Dolmetscher. Ilse Achilles läßt Geschwister selbst zu Wort kommen und ihre Erfahrungen schildern. Sie zeigt auf, was Eltern tun können, um ihre nicht-behinderten Kinder weder zu vernachlässigen, noch zu überfordern. Und sie macht deutlich, daß das Leben mit behinderten Geschwistern auch eine Bereicherung sein kann.

»Von mir wurde immer Rücksicht, Verständnis, Verzicht erwartet. Ich mußte leise sein, weil jedes Geräusch Daniel erschreckte. Ich mußte im Schlepptau mit, wenn Mutter mit Daniel zur Sprachtherapie, zur Krankengymnastik, zum Arzt fuhr. Irgendwie waren wir immer seinetwegen unterwegs.«

David, sein Bruder ist geistig behindert

Was macht Ihr Sohn denn da?

Geistige Behinderung und Sexualität. Mit einem Vorwort von Joachim Walter. Aktualisierte Neuausgabe. 150 Seiten. SP 2566

»Geistig behindert – das wird leicht mit dumm, unberechenbar, triebhaft verbunden. Stellt man sich diese Eigenschaften im Zusammenhang mit Sexualität, Liebe und Lust vor, kann man schnell ins Gruseln kommen ... Mit solchen Gedanken beginnt Ilse Achilles, Mutter eines geistig behinderten Sohnes, ihr Buch über geistige Behinderung und Sexualität und darüber, wie hilflos, unwissend und alleingelassen sich Eltern und Betreuer diesem Problem gegenüber fühlen.«

Neue Zürcher Zeitung

Libby Purves

Die Kunst, (k)eine perfekte Mutter zu sein

Aus dem Englischen von Michael Hoffmann. 256 Seiten. SP 2746

Mami füttert das Baby, wechselt Windeln, wäscht, putzt, kocht, füttert das Baby, wechselt die Windeln ... Solche Tagesabläufe bringen Libby Purves auf die Palme: Wo bleibt Raum für die persönlichen Wünsche und Vorstellungen? Zum Beispiel einfach mal auf dem Sofa sitzen und ein gutes Buch lesen. Nach der Geburt ihres ersten Kindes wollte auch sie perfekt sein – immer da, zärtlich, fürsorglich, geduldig, selbstlos. Nur langsam lernte sie wieder, ohne Schuldgefühle einfach mal einen Stadtbummel zu machen und in Ruhe einen Plausch zu halten. Sie beschreibt humorvoll ihre Erfahrungen und gibt praktische Tips, die das Leben mit Babys leichter machen.

Arno Makowsky

Hausmann mit Tochter

123 Seiten. SP 2279

Als Arno Makowsky den Erziehungsurlaub antrat, um seine Tochter zu versorgen, nahm ihn niemand ernst. Er blieb dennoch zu Hause. Seine Frau ging arbeiten, und er kümmerte sich um Laura. »Urlaub?« Mitnichten! Herzerfrischend zu lesen, wie unser Hausmann entdeckt, daß ein einziger Nachmittag mit Kind anstrengender ist als ein ganzer Tag im Büro. Und wenn dann noch die Waschmaschine ausläuft und das grüne Nilpferd verschwunden ist, weiß mann was frau gewöhnlich zu Hause treibt. Arno Makowsky hat ein Jahr lang mitgeschrieben. In herrlichen Glossen, die wöchentlich in der »Süddeutschen Zeitung« erschienen sind, schildert er den Alltag mit Tochter, in dem er die ganze Skala von Freud bis Leid seitens der kleinen Laura kennenlernte und seinerseits die Bandbreite von echtem Vergnügen bis zur völligen Entnervung durchlebte.

Marie Binet
Roseline Jadfard

Drei Teller und ein Baby

150 Rezepte für die neuen Eltern. Aus dem Französischen von Albrecht Winterberg. 216 Seiten mit Illustrationen von Pascale Laurent. SP 2621

Vorbei die Zeit, in der erst fürs Baby und dann für die Eltern gekocht wurde! Und vor allem: vorbei auch Fertigbrei und Gläschen-Futter! Endlich gibt es ein Buch mit 150 anregenden Rezepten, die sowohl dem Baby – von 2 Monaten bis 2 Jahre alt – als auch den Eltern schmecken. Ob Ente auf Feigen oder Hase in Estragon, ob Artischocken-Risotto oder Birnensuppe: Dies ist ein Kochbuch, das den erwachenden Geschmackssinn des Babys ernst nimmt, denn Babys reagieren von Geburt an sensibel auf die unterschiedlichsten Geschmacksrichtungen und lieben die Vielfalt. Gleichzeitig wird das Leben der Eltern erleichtert: Die Speisen sind nicht nur schnell und einfach zuzubereiten, sondern sie erweisen sich als großartige Grundlage einer gemeinsamen Küche für die ganze Familie.

Sabina Manes

Mama ist ein Schmetterling, Papa ein Delphin

Kinderzeichnungen verstehen. Aus dem Italienischen von Rosetta Pillatzki. 229 Seiten mit 36 Farb- und 76 Schwarzweißzeichnungen. SP 2558

Kinder malen sich selbst, den Bruder, die Schwester, Mutter und Vater als Tier. Das ist das »Zoo-Familien-Spiel«, in dem Kinder erstaunlich viel über ihre Gefühle und Vorstellungen zum Ausdruck bringen. So entstehen Bilder etwa eines gutmütigen Bären, eines schillernden Schmetterlings oder aber eines sturen Esels, einer listigen Schlange. Sabina Manes, die diesen Test mit Hunderten von kleinen Kindern an der Universität von Rom »gespielt« hat, gibt hier vertiefende, mit leichter Hand gebotene Seh- und Interpretationshilfen. Sie erklärt, was überhaupt Tiere als »Projektionsflächen« für ein Kind von heute bedeuten, das nur noch selten Tiere in ländlicher Umgebung erlebt. Die Autorin animiert zu einer Sensibilitätsübung der Wahrnehmung und zu einem erhellenden Austausch mit dem Kind.

Daniel N. Stern

Tagebuch eines Babys

Was ein Kind sieht, spürt, fühlt und denkt. Aus dem Amerikanischen von Gabriele Erb. 172 Seiten. SP 1843

Mit dem sprichwörtlich ersten Schrei des Kindes beginnt für viele frischgebackene Eltern eine Phase, in der sie sich neugierig (und manchmal auch verzweifelt) fragen: Was geht in meinem Kind vor? Was sieht, spürt, erlebt es? Was kann es wahrnehmen? Drückt es jetzt Schmerz aus? Für diese Eltern hat Daniel N. Stern, ein international anerkannter Kinderpsychologe, ein einzigartiges Buch geschrieben. Es skizziert die Entwicklung des Babys Joey von der sechsten Woche bis zum vierten Lebensjahr.

»Daniel N. Stern, einer der bekanntesten amerikanischen Babyforscher, hat versucht, durch Einfühlung und Phantasie die Erlebniswelt eines Säuglings darzustellen. Sein Buch kann ein wissenschaftliches Kunstwerk genannt werden.«

Frankfurter Allgemeine Zeitung

Remo H. Largo

Babyjahre

Die frühkindliche Entwicklung aus biologischer Sicht. Das andere Erziehungsbuch. 492 Seiten. SP 1977

Die Bedürfnisse eines Säuglings und Kleinkindes zu erkennen und richtig zu deuten ist für Eltern nicht immer leicht, besonders wenn es ihr erstes Kind ist. Sprechen kann das Baby nicht, aber es hat eine Vielzahl von Möglichkeiten, sich auszudrücken. Dieses Buch will das Verständnis bei Eltern und Erziehern für die biologischen Gegebenheiten und die Vielfalt des kindlichen Verhaltens wekken. Es orientiert sich nicht an abstrakten Normen oder überlieferten Erziehungsprinzipien; vielmehr will es helfen, den Blick für das individuelle Kind und seine besondere Entwicklung zu schärfen.

»Largos Erziehungsbuch ist vor allem darum anders, weil es von der unglaublichen Spielbreite der Entwicklung gesunder Kinder und nicht von einem Ideal – davon, wie und wozu sich ein Kind entwickeln sollte – ausgeht.«

Cecile Ernst, Tages-Anzeiger, Zürich

SERIE PIPER

Andreas Flitner

Konrad, sprach die Frau Mama ...

Über Erziehung und Nicht-Erziehung. 173 Seiten. SP 357

»Flitner bietet eine bewundernswert sensible und gescheite Auseinandersetzung mit der Anti-Pädagogik, er sitzt weder auf dem hohen Roß seiner Wissenschaft noch in den Polstern jener Retourkutsche, aus der die vollmundige Parole ›Mut zur Erziehung‹ schallt. Sein knapp und lesbar gehalteenes Buch ersetzt Regale von erziehungswissenschaftlicher Literatur. Der ersehnte Leitfaden im Labyrinth der Erziehungsprobleme – hier ist er.«
Süddeutsche Zeitung

Reform der Erziehung

Impulse des 20. Jahrhunderts. Jenaer Vorlesungen. Mit einem Beitrag von Doris Knab. Erweiterte Neuausgabe. 299 Seiten. SP 1546

Erziehung hat sich in diesem Jahrhundert verändert wie nie zuvor. Die Veränderungen sind Antworten auf veränderte Lebenswelten und eine veränderte Öffentlichkeit, auf den Wandel der Technik, der Wirtschaft und der Moral.

Spielen – Lernen

Praxis und Deutung des Kinderspiels. 137 Seiten. SP 22

Das Kinderspiel – eine elementare Erscheinung aller Zeiten und aller Kulturen – verdient als Welterfahrung heute ein besonderes Interesse. Dieses Buch, ein Standardwerk für Pädagogen und Eltern, erscheint hier in einer neuen Fassung. Es wurde nicht nur der jetzige Stand der Spielforschung verarbeitet, sondern ein neuer Teil hinzugefügt, der die Praxisprobleme heutiger Erziehung behandelt: Mädchen- und Jungenspiele, Kriegs- und Kampfspiele, Spielzeugqualität, Technik- und Computerspiele, Spielen in der Schule, Spiele ohne Sieger u.a.m.

Einführung in pädagogisches Sehen und Denken

Texte. Herausgegeben von Andreas Flitner und Hans Scheuerl. 248 Seiten. SP 322

Autorität und Gehorsam, Leistungsforderung und Spontaneität, Überforderung und Nachgiebigkeit, Anpassung und Widerstand sind immer wiederkehrende Themen der Erziehung.

Sybil Gräfin Schönfeldt

Kinder brauchen Großmütter

191 Seiten. SP 2127

Sybil Gräfin Schönfeldt macht in diesem Buch Mut, als Großeltern sich einzumischen, sich der wichtigen Rolle bewußt zu sein und auf die Enkelkinder zuzugehen. Denn Mutter oder Vater können niemals bieten, was Großeltern voraushaben. Nicht nur mehr Zeit und Muße, sondern auch die Geschichte und die Geschichten der älteren Generation.

Großmütter (und Großväter!) haben bekanntlich alles, was Eltern nicht haben: Zeit, Muße, tröstende Worte, Phantasie und jede Menge Geschichten und Geschenke, die es nicht überall zu kaufen gibt. Kinder brauchen heute mehr denn je die andere, die ältere Generation. Sie brauchen auch Menschen, nahe Menschen, die von einer anderen Zeit und einer anderen Welt erzählen können. Noch jedes Kind ist begeistert, wenn eine wirkliche Geschichte mit dem Satz beginnt: »Als dein Papi so klein war wie du, da ...« Sybil Gräfin Schönfeldt gibt in diesem Buch ein höchst persönliches, lebendiges und energisches Plädoyer für die Rückgewinnung der Großeltern, sie spricht sogar von der Pflicht und Verantwortung, sich in das Leben der Enkelkinder einzumischen. Was ein Kind von einer Großmutter und/oder einem Großvater bekommen kann, kann ihm niemals Mutter und/oder Vater geben.

»Die Autorin spricht nicht von Idealgestalten, sondern von lieben, aufgeschlossenen Großmüttern, die manchmal sogar den Unsinn der Enkel mitmachen.«

Welt am Sonntag

Bei Großmutter ist es am schönsten

Ein Handbuch für Großeltern. Gemeinsam spielen, essen, lesen, basteln, malen, Feste feiern. Illustriert von Steffen Butz. 269 Seiten. SP 2517

Für moderne Großeltern hat Sybil Gräfin Schönfeldt tausend kleine Reime, Spiele, Texte und all die andern Anleitungen zum gemeinsamen Spielen, Essen und Basteln gesammelt.